刺客信条
诸神的命运
ZHUSHEN DE MINGYUN

［美］马修·柯比 著 徐宇 小圆圆 译

桂图登字：20-2017-195

© 2018 Ubisoft Entertainment. All Rights Reserved. Assassin's Creed®, Ubisoft, and the Ubisoft logo are trademarks of Ubisoft Entertainment in the U.S. and/or other countries.

Chinese (simplified characters) edition published by Jieli Publishing House Co., Ltd. By arrangement with Scholastic Inc., 557 Broadway, New York, NY 10012, USA.

图书在版编目（CIP）数据

诸神的命运／（美）马修·柯比著；徐宇，小圆圆译．—南宁：接力出版社，2018.5
（刺客信条）
书名原文：An ASSASSIN'S CREED series-LAST DESCENDANTS-FATE OF THE GODS
ISBN 978-7-5448-5559-4

Ⅰ.①诸…　Ⅱ.①马…②徐…③小…　Ⅲ.①长篇小说－美国－现代　Ⅳ.① I712.45

中国版本图书馆 CIP 数据核字（2018）第 078970 号

责任编辑：张慧芳　文字编辑：刘盛楠　美术编辑：严冬　装帧设计：严冬
责任校对：王静　杜伟娜　责任监印：刘冬　版权联络：闫安琪
社长：黄俭　总编辑：白冰
出版发行：接力出版社　社址：广西南宁市园湖南路9号　邮编：530022
电话：010-65546561（发行部）　传真：010-65545210（发行部）
http：//www.jielibj.com　E-mail：jieli@jielibook.com
经销：新华书店　印制：北京鑫丰华彩印有限公司
开本：880毫米×1260毫米 1/32　印张：10.625　字数：255千字
版次：2018年5月第1版　印次：2018年5月第1次印刷
印数：00 001—20 000册　定价：39.80元

版权所有　侵权必究

质量服务承诺：如发现缺页、错页、倒装等印装质量问题，可直接向本社调换。
服务电话：010-65545440

目录

第一章	维京祖先的海战	001
第二章	自责的娜塔莉亚	009
第三章	不被尊敬的祖先	021
第四章	执法者现身	032
第五章	伊甸园碎片里的噩梦	044
第六章	出发，奔赴战场	055
第七章	你不能反抗	065
第八章	巨蛇出现	076
第九章	大卫的恐惧	087
第十章	剑拔弩张的时刻	097
第十一章	巨蛇袭来	108
第十二章	挪威的神话	118
第十三章	肖恩率先见到匕首	128
第十四章	神秘的垂死之人	139
第十五章	下了毒的陷阱	150
第十六章	终于在战场相遇	162

第十七章	大狗的归属	173
第十八章	游走在悬崖峭壁	187
第十九章	复仇的火焰	199
第二十章	第一意志的工具	212
第二十一章	冒犯了诸神	222
第二十二章	谁才是懦夫	234
第二十三章	向圣物集结	251
第二十四章	瑞典匕首泉	264
第二十五章	全军覆没	276
第二十六章	肖恩的崩溃	288
第二十七章	重返鹰巢	298
第二十八章	三叉戟的力量	310

尾声		325

第一章　维京祖先的海战

　　肖恩已逐渐习惯了暴力，但他还没法欣赏他的维京祖先那种暴力的方式。斯泰尔比乔恩正沉浸于眼前战场上的喧嚣与血腥弥漫的感觉之中：一面盾牌在他的兰德格里斯钩斧的一记重击之下碎裂的感觉，他的因格瑞[①]剑劈开人体的感觉，以及渡鸦群在尸体堆上吱嘎的叫声。

　　实际上，斯泰尔比乔恩暗自为丹麦国王哈拉尔·蓝牙拒绝议和感到高兴，这意味着战争终将开始。尽管肖恩并不期望看到血腥的记忆，但他仍默许自己为祖先的强悍感到欣喜。

---

　　① 在北欧，许多著名的剑上都刻有其制作团体的名字，比如乌尔贝特、路维利特和因格瑞等等。因格瑞出现的时间比广为人知的乌尔贝特要稍晚一些。——本书脚注若无特别说明，均为译者注

斯泰尔比乔恩的舰队停泊在日德兰半岛的海岸，他在阿罗斯等待着哈拉尔的战船与他相遇。丹麦国王的堡垒绝对无法顶住斯泰尔比乔恩麾下的乔姆斯维京人的陆地攻击，并且毫无疑问他相信他更为庞大的舰队可以轻易赢得一场海上会战。与此同时，可能哈拉尔怀疑他的妻子基莉德——斯泰尔比乔恩的妹妹会谋划叛变，于是她被带离了战场。无论出于何种原因，斯泰尔比乔恩冲着战船即将到来的方向咧嘴一笑。

肖恩能嗅到空气中的海水腥味，鸬鹚与鹈鹕在他身边俯冲进了波光闪烁的海水里。他在 Animus 里耗费了数周才追溯到这趟旅程的这一刻，他经历斯泰尔比乔恩的数年岁月，追寻到他的祖先终将得到哈拉尔·蓝牙的匕首——伊甸三叉戟的第三段戟尖的这一刻。但要找到他现代的长眠之地，肖恩依然要继续体验斯泰尔比乔恩在死前的经历。

虚拟场景运行情况良好，以赛亚在肖恩耳边说道，**看来下一场战事已迫在眉睫。你准备好了吗？**

"我准备好了。"肖恩说道。

十天前鹰巢彻底失陷后，以赛亚将肖恩从那里带了出来。肖恩仍然没有任何关于格蕾丝，或是大卫、娜塔莉亚的消息，甚至连他们身上发生了什么事也一无所知。以赛亚说他们已经倒戈，维多利亚正在帮助他们，他们甚至可能已经加入了刺客兄弟会。肖恩得负责在伊甸园碎片落入错误之手前找到它。

你的坚忍让我刮目相看。以赛亚说道。

"谢谢你，先生。"

这个世界欠你一声感谢。

肖恩在斯泰尔比乔恩的脑海中笑道："很高兴我能帮上忙。"

我们开始吧。

肖恩将注意力转回到虚拟场景中，聚精会神地感受着他脚下木板的震动，以及环绕在斯泰尔比乔恩身边，冲破海浪直朝着哈拉尔行进中的战船而去的震天怒吼。他转向他的战士们，他那些令人恐惧的乔姆斯维京人。在他的舰队中心，他下令将两打战船捆绑在一起做成漂浮堡垒，以方便他的手下从那里射出矛和弓箭。他的其他战船则可以近距离迎战敌人，不管是撞船，还是使用钩爪登船战斗。斯泰尔比乔恩计划找出哈拉尔的战船，这样他或许就可以一对一对战丹麦国王，并且迅速结束战事。斯泰尔比乔恩的手下杀光那些他希望能够号令的战士于他而言毫无益处。

"我数了数，至少有两百艘战船。"帕尔纳托克站在他身旁说道，此人一头灰发，身形硬朗。自斯泰尔比乔恩打败酋长成为乔姆斯维京人首领后，这两人便一直保持着表面上的互相尊敬。

"不，不止两百艘战船。你确定吗？"

"我确定。不过如果这能让你高兴的话，昨晚已经有好几个人向托尔[①]祈祷了。一个人宣称他看到我将哈拉尔像只狗一样拴在我的战船桅杆上，回到我的故乡的海岸。"斯泰尔比乔恩脱下毛皮外衣，从腰带中抽出战斧——兰德格里斯，"哈拉尔的舰队将会是我的。"

帕尔纳托克嗤笑一声。"我很好奇哈拉尔有没有向他的白色基督祈祷。"

斯泰尔比乔恩抬手示意向着即将到来的舰队前进。"就算他祈祷过了，这会让你担心吗？"

"不，"帕尔纳托克说，"基督可不是战神。"

---

① 北欧神话中负责掌管战争与农业的雷神。

斯泰尔比乔恩讽刺道:"那他是什么神?"

"你会向哪个神祈祷?"

斯泰尔比乔恩低头看向他的战斧。"我不需要向神灵祈祷。"

哈拉尔·蓝牙那边的战鼓声越发高昂,声声鼓点穿破巨浪传来,这时肖恩让斯泰尔比乔恩的怒火席卷自己的全身。他举起战斧,用他祖先的声音发出一声雷霆怒吼,乔姆斯维京人立刻便回应了他令人恐惧的战斗渴望。他下达了命令,舰队便向前冲去,船首装饰的巨龙之爪划开海浪,飞溅的海水打湿了斯泰尔比乔恩的嘴唇。

他的舰队与哈拉尔舰队之间的距离迅速缩短,须臾间敌人便已在射程之中。斯泰尔比乔恩掐准时机便一声令下,先头战船急剧侧转,切开巨浪,为他的舰队中心的堡垒开出一条通路,弓箭手与投矛手此刻已尽数发动攻击。突如其来的火力给了哈拉尔的舰队沉重打击,带来巨大的破坏,打乱了他的划桨手的节奏与战船前进的方向。他的好几艘战船甚至与别的战船撞在了一起,有的撞上礁石,将船上的人都摔进了海里。

斯泰尔比乔恩对战况十分满意,接着下了第二道指令。他的先头战船再次恢复列队,一刻不停地全速撞向已仓皇失措的敌人。哈拉尔的战船还没从长矛与弓箭的密集攻击下恢复,便受到了来自船侧的猛烈撞击,顿时护盾碎裂,船身倾覆。片刻工夫,狂烈的战斗已如风暴般席卷海上,溺水之人的哭喊与木头碎片充斥这片海域。

斯泰尔比乔恩在一片混乱中搜寻着哈拉尔的旗帜,待他找到后,他便下令先头部队立即行动。他两侧的两艘战船如同楔子一样,一路破开了敌人的队形,这让他的划桨手能够最大程度地使他的战船深入哈拉尔的船队。斯泰尔比乔恩必须在敌人发现之前,趁乱出击,尽快接近国王,不给丹麦人重整旗鼓的机会。

斯泰尔比乔恩身后的乔姆斯维京人的杀气,在没有吟唱或是战鼓伴随的情况下,无声地穿越巨浪而来。斯泰尔比乔恩一手抓着战斧,另一手则撑在战船的巨龙雕像上,撑住自己的身体。他正在靠近哈拉尔的战船,但在他到达之前,丹麦人之中已响起警报。霎时,弓箭与长矛纷纷落在了斯泰尔比乔恩的船上。铁钩插进木头和肉体之中,尽管好些划桨手负伤,却无人叫喊,其他人则是片刻不停地摇桨前进。斯泰尔比乔恩退到后方,远离船首,做好战斗准备。

下一刻他看到了哈拉尔。

哈拉尔也看到了他。

但一艘丹麦战船闯进他们之间,保护王船并将他们逐渐隔开。

斯泰尔比乔恩的战船不可避免地撞向新的敌人,四溅的木头与海浪将他甩进了海里。肖恩尝到了腥咸的海水,他的肺里像是燃烧了起来。他剧烈地呛咳起来,四周的海水变得暗沉冰冷。

虚拟场景变得模糊起来。

稳住,现在,以赛亚说道,你没事。我们都知道你的祖先没有溺死。

没错。肖恩重回记忆之中,任浪涛打在他身上,拽着斯泰尔比乔恩游向海面。他的盔甲与武器拖住了他,将他向下拽,不过他终于破水而出,用兰德格里斯的钩齿挂住了一艘路过战船的船舷。接着他用战斧撑起身体,将自己从海里拉了出来,吸饱海水的一身沉重装备让他踉跄着滚倒在甲板上。

哈拉尔的战船还在视野之内,但斯泰尔比乔恩必须穿过两艘丹麦战舰的甲板才能到他那边。他在水中弄丢了盾牌,不过就在两名丹麦人冲向他时他拿起了战斧,并从剑鞘中抽出匕首。

他闪身避开,让两名敌人同时失去平衡,还顺势一剑插进了其中一人的背部。换一场战役，换一个时间，他会留下来了结他俩，但他不能浪费时间。他冲下甲板，撞开敌人，闪身躲开他们的攻击，只在必要的时候让兰德格里斯饮上敌人之血。

当他赶到船尾，他用匕首砍倒舵手，接着跳出数英尺[①]，跃过海面，直接跳到下一艘战船的甲板上。丹麦人已经摆好阵势迎战他，无数人挡住了他的去路。在他们身后，哈拉尔的战船已作势撤退。斯泰尔比乔恩收起了他的武器，接着扯下一根沉重的船桨，握在胸前，他像公牛晃动头上的牛角一般挥舞着船桨冲向敌人。

他冲进敌人之中，足不点地地在甲板上飞奔起来，将敌人远远甩在身后。一些敌人落水，一些被撞倒，一些则被斯泰尔比乔恩和他们自己的人踩倒在地。而那些还能站着的试图用武器撂倒他，他却让他们节节败退，没人能真正攻击到他。他的后背、双臂与双腿都高度紧绷，他肌肉的热量将落在他的衣衫上的海水蒸腾成水汽，最后他将敌人的防线逼退至船头。

通过斯泰尔比乔恩记忆的力量，肖恩发现他所体验的这些战绩几乎让人难以置信，若他是从文字上读到这些，他只会把它当作一个夸大其词的传说。但他在祖先的身体上所感受到的力量是真实的。

斯泰尔比乔恩此刻站在船头，意识到哈拉尔的战船已经越行越远，就要逃走。但他绝不会让国王逃脱。这场战争必须以哈拉尔败于斯泰尔比乔恩之手来收场，别无选择。

斯泰尔比乔恩将船桨扔到一边，在他击溃的丹麦人卷土重来之前，他跳进了海里。冰冷的海水扑面而来，波浪不断推挤着他，海底正在向他招手，但他拼尽全力突破海浪，向哈拉尔的战船游去。

---

① 1英尺约0.3米。

很快,弓箭和长矛便划开海水向他射了过来,在他碰到王船之前,一支箭深深地刺进了他的大腿后方。

肖恩和斯泰尔比乔恩痛喊出声,但维京人依然在坚持游着。片刻过后,他拔出战斧,再次借助它的力量攀上战船。

他艰难地登上甲板,筋疲力尽,浑身湿透,血流不止,但他在惊恐的丹麦人面前依然站得笔直。他们目瞪口呆地看着斯泰尔比乔恩从大腿上拔下那支箭,扔进海里,但在片刻的惊愕过后,两个人攻了上来。斯泰尔比乔恩打倒他们之后冲向哈拉尔。

"你根本就不是男人,不是国王!"他咆哮道。

这话字字中的。哈拉尔,比斯泰尔比乔恩矮了两只手的高度,此刻正畏缩着瑟瑟发抖。战斗还没开始,他便已退却,那一刻斯泰尔比乔恩便明白自己已经赢了。但哈拉尔也得明白,丹麦人也必须明白。

斯泰尔比乔恩不会等对手重新站稳脚步,兰德格里斯的第一记重击打裂了哈拉尔的盾牌,第二记攻击打碎了它。哈拉尔举剑防卫,但他的手臂虚弱无力,眼里更是充满恐惧。

斯泰尔比乔恩的笑声充斥整艘战船。"你要投降吗?"

"我投降!"哈拉尔说道。他的剑掉在甲板上,当啷作响。"我向你投降,比约恩·奥洛夫之子。"

斯泰尔比乔恩点点头。"那就发令,免得更多的丹麦人送命。"

哈拉尔抬头瞪着他,片刻之后,他朝一个手下点了点头,后者举起一个巨大的号角,接着投降的号令便在波涛声中响起,一声接一声,直到传遍整个舰队。几分钟之后,沸腾的战场平静了下来,只余丹麦人与乔姆斯维京人的战船在波浪间起伏。

"原本不用走到这一步的。"哈拉尔说道。

斯泰尔比乔恩重重地叹了一口气。"原来你更希望我去袭击你的村庄?"

"我们可以达成协议。"

"我试过与你达成协议。我的妹妹——你的妻子,曾劝过你……"

"你要求得太多了,斯泰尔比乔恩。"

"但我现在什么都有了。"他说道。

"你想要我的王位,是吗?"

"我妹妹已经得到了你的王位。我是为了你的舰队而来。"

"为了打倒你的王叔?你要带我的人去斯韦阿兰[①]?"

"没错,"斯泰尔比乔恩说道,"而且你会跟他们一起去。"

肖恩感受到了他的祖先获得胜利的狂喜,尽管他的腿还在疼痛不已,他还是注意到了哈拉尔·蓝牙腰带上的匕首。匕首上有奇怪的图案,很明显这不是一把普通的匕首,但显然哈拉尔并不知道这是什么,也不知道怎么使用它。这把匕首是进入这个虚拟场景的全部理由,在某一时刻,它会落入斯泰尔比乔恩的手中。肖恩有种冲动,想要现在就伸手过去抓住这枚伊甸园碎片,但若这样做,他就会与记忆断开同步,并被 Animus 粗暴地踢出来。因此,他只能耐心等待,让记忆顺其自然地发生。肖恩无力改变过去。

但是过去可以改变现在,以及未来。

[①] 斯韦阿兰是瑞典的发源地,也是其国名的语源。在古北欧语中,斯韦阿兰和瑞典是同义的。

第二章　自责的娜塔莉亚

　　欧文靠在三楼的玻璃栏杆上，俯视下方的开放中庭。一抹灰绿色的光从山林中流泻而出，透过鹰巢的玻璃墙射了进来，将整座设施笼罩其中。格里芬站在他身旁，跟他一起盯着三名穿深色制服的圣殿骑士——两名男性及一名女性——穿过中庭走向电梯，他们的脚步声在穹顶上回荡不息。

　　"他们是谁？"欧文问刺客。

　　"我不知道，"格里芬说道，"不过我猜他们中至少有一个人是圣堂的成员。"

　　"圣堂？"

　　"圣殿骑士的首脑机构。"格里芬的身体倏地变得紧绷，欧文知道那意味着什么。这是格里芬出手袭击之前的模样，袖剑要出鞘了。

"这么做让你难以忍受，是吧？"欧文朝电梯间那边点了点头，恰巧这时一部电梯叮的一响，圣殿骑士们鱼贯走入，"就这么眼睁睁看着他们走过去。"

"圣殿骑士杀了我的朋友们，我视为兄弟姐妹的人们。是的，这让我难以忍受。"格里芬松开一只紧握成拳的手，"别管这些了，现在唯一重要的事是阻止以赛亚。这也意味着就这样放他们走过去。"

"你担心维多利亚会把你供出来？"

"不。我决定相信她。"

"我想知道，如果他们知道你在这里，圣殿骑士团会怎么对你？"

"你的意思是他们会怎么努力对付我？"

欧文耸了耸肩。"是啊。"

"维多利亚已经控制了局面。我的盟友正陪着她，不是教团成员。"

"要是他们知道的话会怎么对付她？"欧文问道。

以前在蒙古，维多利亚就很清楚必须和格里芬联手一起对付共同的敌人。现在以赛亚得到了三把匕首中的两把，伊甸三叉戟的戟尖，他已经强大到无论刺客兄弟会还是圣殿骑士团单凭一方势力根本无法阻止他的程度。要是他得到第三把，他的力量将无可估量。自亚历山大大帝之后，这世上便再没出现过像他那样的征服者与神王。人性没有更多的时间经受宿怨与政治的考验。维多利亚和格里芬一直对导师隐瞒着盟友的事情，因为他们不能冒险让任何干扰出现在他们的计划中。

"维多利亚以前已经背叛过一次教团。"格里芬说，"那次他们原谅了她。我不认为他们还会原谅她第二次。当然，如果我们不去阻止以赛亚，一切就都不重要了。"

"我们阻止了以赛亚之后呢？"

"我希望她能让圣殿骑士团认识到这一切都是必然发生的。"

"那你呢？"欧文问，"兄弟会会怎么处置你？"

"我？"格里芬抬头看向中庭的天花板，一片玻璃穹顶被蓝色的天空和两个交错的十字架填满，"我不会再回去了。"

欧文犹豫了一下问道："永不再回去？"

格里芬摇了摇头。

"为什么？"

格里芬不再开口，而欧文则皱起眉头。这是他们离开蒙古后他头一次与刺客独处，他还有很重要的关于兄弟会的问题要问。

"我最后一次在 Animus 里的时候，"欧文开口道，"我的祖先杀了蒙哥可汗。在那之后，蒙古大军就撤退了，并且再也没有来过。我的祖先差不多改变了世界历史，就凭她一个人，但就因为她膝盖有伤，兄弟会就放弃了她。他们甚至拿走了她父亲的袖剑。"说到那段记忆，欧文依然还会为那些许的疼痛和混乱摇头。他强烈谴责这种冰冷无情的、将他人轻易舍弃的阴险行为。"她的导师说她再也没有'用处'了。"

"她是再也没有用处了。她的膝盖再也无法复原。她不能……"

"所以呢？这不公平。她是个英雄。"

"没人说她不是。"

"但你说只要你与维多利亚合作，兄弟会就会用同样的方法对付你？"

"上次圣殿骑士团间谍渗透刺客兄弟会时，我们差点被消灭殆尽。所以，是的，我是说过与圣殿骑士团合作就意味着我的刺客生

第二章　自责的娜塔莉亚 | 011

涯的结束。我不会为我的选择后悔，我也不会为此责怪任何人。"

欧文只觉得难以置信。"你是在告诉我你真的不在意他们把你逐出组织？"

格里芬看起来不再紧绷，他放松了肩膀。"是的。"他说。

"但这是不对的。这不公平——"

"或许你还只是个孩子，你无法理解。"格里芬声音冷酷地说，"为了服务人类与信条，你必须抛开那些你信以为真的事物，抛开所谓公平的念头，甚至对与错的观念。有朝一日，说不定你就会做出眼前这种你无法想象的事情。你应该认识到，在任何重要时刻，'对于这个世界什么才是最好的'这种想法可能会让你不舒服。"

欧文将视线从他身上移开，转头看向中庭的地板。"我不知道我是否会愿意成为这样的组织的一员。"

"没人强迫你。"

欧文转身面向中庭，倾身靠在栏杆上。不管格里芬说了什么，对与错很重要，公平与否也很重要。这些必须重要，不然不管欧文的父亲因抢劫银行以及射杀一名保安而获罪这件事做了还是没做就无关紧要了，那他因为莫须有的罪名而死在监狱里也无关紧要。欧文对此无法接受，因为这些事对他来说比什么都重要。

"以赛亚在 Animus 里给我展示了一段记忆，"欧文说，"我爸爸的记忆。"

格里芬点点头。"门罗说过了。"

"他告诉过你刺客兄弟会的事情吗？兄弟会强迫我爸爸去抢银行，然后他们诬陷他谋杀。"

"他告诉我那是以赛亚有意给你看的。"

"你要否认吗？"

格里芬手臂一挥。"看看你现在在哪儿,看看以赛亚都做了些什么。你要我去否认这些?"

"是的,"欧文说,"如果不是真的,就否认它。"

"如果我不呢?"格里芬说,"如果我拒绝这么做,是因为你居然去相信以赛亚的话,这让我很不爽,那你会怎么做?"

欧文转开了头,一脸怒容,他们一直站在那里,直到那三名身着制服的圣殿骑士又从电梯里返回这里,穿过中庭,离开鹰巢。

"我们初次见面的时候,"欧文说,"你告诉我,我爸爸不是刺客。但你说他可能卷进了某些事件里,你根本没有解释什么。所以,是的,我是不会听信以赛亚,但我也不会相信你。"

格里芬叹了口气。"听着,你爸爸抢劫的银行……对不起,被指控抢劫的银行……是马耳他银行,是阿布斯泰戈旗下的金融机构。我说的是这个意思。"他停顿了一下,"我们最好找维多利亚确认一下。"

于是他们走向电梯,一路坐到顶层,直达以赛亚变节之前他的办公室。这里的陈设让他回想起一间教堂,成排的长椅,教堂前方还有个像桌子一样的大圣坛。其他人也在这里,欧文坐到他最好的朋友哈维尔身边。一旁的娜塔莉亚看起来筋疲力尽,眼睛周围有浓重的黑眼圈,而且看起来视线有些空洞。她还在为刺客燕玫的死而责怪自己,尽管每个人都知道那不是她的错。上次的虚拟体验对她而言也太残酷,她的祖先射了一箭毁了欧文祖先的膝盖。她觉得有时保持正直真的很难。

格蕾丝和大卫坐在他们对面,门罗旁边,维多利亚站在桌子前面,抓着她的平板电脑,正对胸前。

"我怀疑他们还会来找我们,至少一周的时间,"她说,"也有可能是两周。我觉得专注于恢复我们的工作是很安全的。"

"他们会说什么?"门罗十指交叉,倾身向前问道。

"他们正集中主要战斗力搜寻以赛亚,而且他们已经有一些线索了。同时,他们想要我继续在 Animus 里找三叉戟的第三枚戟尖,跟你们一起。"

"他们会派更多的特工来这里吗?"格里芬问道。

"他们正试着稳住局面,"她说,"发现我们其中一个已经变节的圣殿骑士越少越好。很快,鹰巢就是我们的了。"

"我的父母怎么样了?"格蕾丝问道。

"他们一直都不知道发生了什么。要是他们想像往常那样来探望你,非常欢迎。"维多利亚闭上眼,用指尖按了按太阳穴,"这让我想到有些事我必须得说出来。"

"什么事?"大卫问。

"我不会强迫你们留在这里。在蒙古和这里发生的事情之后,我再也没法昧着良心违背你们的意愿将你们强留在这里。如果你们希望离开,我会通知你们的父母前来接你们,而且我承诺阿布斯泰戈和圣殿骑士绝不会去打扰你们。"

随之而来的沉默让欧文猜测他们中有些人或许真的在考虑她的提议,如果他们留下来就会置身危险之中,为什么不呢?但外面的世界也一样,更何况现在以赛亚已经有了三分之二把大规模杀伤性武器。欧文可以离开鹰巢,他也能够远离圣殿骑士团,但那并不意味他就会安全,也不意味着他的母亲和外祖父母就会安全。唯一保护他们的方法就是阻止以赛亚,为了达到目的,欧文必须和维多利亚合作。

"我还是要留下。"他说。

"我也是。"哈维尔说。

格蕾丝和大卫相互看着对方,姐弟俩无声地交流着。自蒙古之行之后,他们姐弟之间的对立情绪已经发生了改变,欧文注意到他们彼此间似乎更有默契了。

"我们留下。"格蕾丝说。

维多利亚点点头。"那就剩下你了,娜塔莉亚。"

娜塔莉亚盯着地板看了一会儿,抬起头来。"肖恩在哪儿?"

"监控录像显示他跟着以赛亚离开了,"维多利亚说,"我猜他已和以赛亚合作寻找第三枚伊甸园碎片。"

"他是自愿的?"哈维尔问道。

"我不确定这个词用得是否恰当,"门罗说道,"尤其在以赛亚已经得到两枚三叉戟戟尖后。"

"我留下,"娜塔莉亚说完,所有人都转过去看着她,"我留下来是为了肖恩。我们得从以赛亚手中把他救出来。"

"我明白。"维多利亚说。

"要是他不想被救呢?"大卫问道,"他之前便已选择待在后方了。"

"我们必须给他个机会。"娜塔莉亚说。

"我赞成,"维多利亚从桌前走向他们,"如果我们要去救肖恩并且阻止以赛亚,那我们就不能浪费一点时间。"

"有什么计划?"格里芬问。

维多利亚打开她的电脑,在上面点了点,一张全息影像便出现在她的桌子上。图像显示的是两道他们的基因序列,做标记的是他们的基因记忆重叠的部分。起初,看起来最不可能的巧合就是欧文与其他人的祖先表现出如此多的历史事件重合,不过门罗的研究显示这其中根本就不存在什么巧合或是意外。

他们的祖先在冥冥之中因三叉戟的历史走到了一起。同样的影响，或者说力量，将他们六个及时集合到了一起。门罗已经获知他们每个人身上都带着集体无意识的基因——人类意识里最深最古老的记忆与神话。门罗将其称为崛起事件，但他依然没弄懂这到底是什么引发的，或者这意味着什么。

"我们相信肖恩和以赛亚已经有了三叉戟第三枚戟尖的线索。"维多利亚说道。她在平板电脑的屏幕上点了一下，随即显现出一幅世界地图，一块包含瑞典在内的地区标上了圆圈。"肖恩最后一次虚拟体验发生在强悍的斯泰尔比乔恩的记忆里，他是一名维京战士，十世纪的时候反抗王叔的统治，夺取瑞典王位。基于我的分析，你们中一些人的祖先出现在了公元九八五年他们最后的一次战争中。"

"我们中的一些人？"欧文开口道。

"是的，"维多利亚说，"哈维尔、格蕾丝，还有大卫。"

"什么？"格蕾丝说，"维京人？真的吗？"

"这可真意外。"哈维尔语调干涩地说了一句。

"也许吧。"维多利亚将画面切换成他们的基因图像，"但真的不用太吃惊。中世纪维京人的足迹遍布世界各地，从中东到加拿大都有他们留下的印记。"

"那我们呢？"欧文朝娜塔莉亚点点头，"我们没有任何祖先在那边吗？"

"没有。"维多利亚答道。

娜塔莉亚松了口气，欧文意识到她或许很庆幸能松一口气。但他可不，他可不喜欢在 Animus 外面干等。他想和其他人一起回到过去。

"你们俩可以来帮我，"门罗开口道，"我还有很多工作要做。"

"好的。"娜塔莉亚说。

欧文也点点头，至少这还像回事。要是他不能进入 Animus 阻止以赛亚，说不定他可以利用这点时间找出关于他爸爸的真相。

"维京人虚拟场景已经准备好了。"维多利亚说道。

"大卫和格蕾丝，你们去你们常用的 Animus 房间。哈维尔可以用空闲的一台。在我们开始之前，你们何不下楼去找点东西吃呢？"

"我不是很饿。"哈维尔开口道。

"那就下楼去休息一下，"她说，"虚拟场景很快开始测试。"

她的指令目的明确。维多利亚有事想与门罗和格里芬单独商讨，然而欧文不喜欢这样。这意味着他们有所隐瞒，而他已经厌倦了秘密。不过眼下似乎并不是进行逼问的好时机，于是他和其他人一起离开了办公室，走向电梯。

"这里空荡荡的，看起来有点奇怪。"格蕾丝说。

"我不知道我们能找到什么吃的，"大卫说，"没人留下来做吃的。"

"下面总会有些零食。"格蕾丝补充道。

欧文按下电梯按钮，片刻后电梯门打开了。众人走进电梯时，他看着娜塔莉亚，暗自希望他能为她做点什么，好让她感到好过些。电梯运行时她全程低着头，然后在格蕾丝和大卫带着哈维尔去鹰巢的 Animus 使用区域时慢吞吞地跟在后面。

欧文决定停下来等她。"你还好吗？"

"我很好。"她答道。

"真的吗？你看起来不像是——"

她停住脚步面向他。"你还好吗？"她反问，而且他从她的嗓音中听出一丝怒火。"你还好吗？在发生这些事情之后，告诉我你要怎么回答那样的问题。"

"我……我想……我不知道。"

"我很不好,欧文。但如果我说我很不好,你就会想跟我谈谈,而我一点也不想谈。"

"我们不用谈这个。"

"很好。"

"我只想要你知道我很担心你。"

"那就说出来。"

"好。我很担心你。"

"我很感谢,"娜塔莉亚说道,"我也很担心你。我也担心肖恩,我担心我们所有人。"

"你不用担心我。"

"是吗?我可是一箭射中了你的膝盖。"

"不,你没有。那是我的祖先,还有你的祖先。"

"所以?那是我体验到的,就像发生在我身上一般,但我无力改变。我别无选择,而这让这件事变得更糟。你和肖恩还有其他人觉得 Animus 给了你们自由,可对我而言它却是座监狱。过去也是座监狱,你无从选择,而我也不想住在那里。"

她从他身边走开,他则紧随其后。他们走进一条穿过树林直达另一幢建筑物的玻璃通道,走到公共休息室,其他人已经在那里找到食物,多数是袋装薯片和燕麦棒,冰箱里还放着一些酸奶、牛奶和果汁。在他们都拿到各自需要的食物之后,他们便在同一张桌边坐下用餐。

"你相信维多利亚吗?"哈维尔开口问。

格蕾丝揭开她的粉红草莓酸奶的盖子。"你相信格里芬吗?"

"我觉得他们谁都不能相信。"欧文打开一支燕麦棒,掰掉一小截。哈维尔跟刺客待过一段时间,而格蕾丝则跟圣殿骑士待过一段时间,多少有些忠心,但欧文没有。"他们都对我们有所隐瞒。"他说。

大卫摘掉眼镜,用上衣擦了擦镜片。"维多利亚可以把我们交给圣殿骑士团,但她没有。格里芬可以执行他刺客的任务,如果他想的话,他完全可以杀掉我们,但他没有。只因为他们有秘密,并不代表我们不能信任他们。"

"这倒是。"格蕾丝说道。

"我还是觉得我们需要小心维多利亚,"哈维尔说,"不要告诉她任何……"

"我试过了。"娜塔莉亚说道。她没有拿任何食物到桌上。她只是坐在这里,看着周围的他们。"我试过不将我知道的告诉他们,而燕玫就是因此而死。"

"那不是你的错,"大卫戴回眼镜,直直看向娜塔莉亚,"记得格里芬跟你说了什么吗?这是战争,以赛亚是敌人。"

"对我来说,把我的过错都推到以赛亚头上其实挺难的。"

哈维尔双臂交叉,靠向椅背。"我要说的就是,对于维多利亚,我们必须小心。"

"我赞成你的说法,"娜塔莉亚说,"我还在担心等我们找到第三枚戟尖到底会发生什么。就算我们能阻止以赛亚,那之后又会发生什么呢?圣殿骑士团和刺客兄弟会回过头来又会争夺三叉戟,我可不觉得他们哪一边应该得到它。"

"所以你的意思是?"格蕾丝问道。

"我不知道。"娜塔莉亚说,"我不知道要做什么。目前,我们需要救出肖恩,或者至少给他个选择的机会。在那之后,我只希望我们能想出点办法来。"

几分钟之后,维多利亚与门罗、格里芬一起进入休息室。

"虚拟场景已经准备好,"她说,"该开始了。"

第三章　不被尊敬的祖先

大卫想知道时间在 Animus 里面是怎么计算的。他和格蕾丝有共同的祖先，但他们不可能同时出现在那些记忆中。在征兵暴动虚拟场景期间，他只体验了一段间接记忆——推定数据重建的一段记忆，而格蕾丝体验的则是完整的。这是虚拟场景里他们唯一能在一起的方法，但这也代表大卫死在了那些暴徒手中，或者至少他的祖先是，那是段他绝对不想再度忆起的恐怖经历，更别说重复体验了。

"哈维尔？"维多利亚开口道。

坐在大卫身边的哈维尔坐直了身体。"在，什么事？"

"我们准备好了你的 Animus。门罗会带你过去并帮你弄好装备。"

"我们会进入同一个虚拟场景吗？"哈维尔问道。

"不。"维多利亚低头看着她的平板电脑,"你们会分开进入不同的虚拟场景,不过你们可能会接触到其他人的祖先。"

"为什么把我们分开?"大卫问道。

"为了降低失去同步的危险,"维多利亚说,"共享虚拟场景会降低稳定度,而我们没有时间解决问题。我们会尽可能简洁地运行程序。"

"那好吧。"哈维尔站起身与门罗一起离开休息室。

"那我们这边要怎么操作?"格蕾丝边问边朝大卫点头,很明显她和大卫想到了同一件事,"我们有共同的祖先。"

"你们轮流来,"维多利亚说,"你们都会体验你们的基因记忆。如果记忆变得清晰,那就说明你们其中一个更适合进入虚拟场景,我们很可能就会让你们停止轮换。"

大卫看向格蕾丝。曾有段时间,他们会将这视作一种竞争,那当然是因为他想进入 Animus。不久之前,他还几乎把回到他的祖先开着飞机的"二战"时期这段记忆完全看作虚拟现实游戏。但自那时起情况改变了,他明白了他们找到最后一枚伊甸园碎片这件事有多重要。如果这意味着格蕾丝将代替他成为维京人,他没有异议。

"你可以先来。"格蕾丝提议。

"我正要说同样的话。"

"当然了。"

他冲她一笑,然后维多利亚叫他们跟上她。

他们把欧文、娜塔莉亚和格里芬一起留在公共休息室,然后跟随维多利亚穿过鹰巢的玻璃通道走向 Animus 的房间,接下来的几周大卫都会在那里度过。电铜线的气味与微弱但持续不断发出的机器嗡嗡声在空气中交汇,几块电脑显示器在白墙上闪烁。大卫走向

Animus，迈进齐腰高的金属环内。他双脚踏进移动平台，让双腿可以自由活动，接着维多利亚帮他爬进支持全身关节的机械骨骼之中，这样即使是最细微的动作也能顾及。在金属环内，大卫能走，能跑，能跳，甚至能在虚拟场景的要求下攀爬，且不用去任何别的地方。

维多利亚拉紧最后一根夹子和带子。"结实吗？"

"结实。"大卫答道。

"在戴上头盔之前，让我再仔细检查一下调校方面的情况。"维多利亚走向旁边的一个电脑控制台。

"你戴着那些角肯定看起来蠢爆了。"格蕾丝说道。

"维京人并不会真的在头盔上戴角，"大卫说，"在真正的战场上，角是……"

"我知道。"格蕾丝摇了摇头，"小心点，好吗？"

她的语气听起来就像以前她曾告诉他不要跟小混混说话，放学回家的路上要避开哪些街道一样。可他再也不是那个小孩子了。"你不用再这样照顾我了。我很好。"

"这话你自己去跟爸爸说。说不定他就会还我个清净了。"

"我会小心。"

维多利亚回到 Animus 这边。"看起来一切都达到最佳状态了。你准备好了吗？"

大卫点点头，格蕾丝则退开到一边。

维多利亚把头盔从那堆电线上拿下来。"好，那我们开始。"她把头盔套到大卫头上，霎时大卫的整个世界一片漆黑，没有任何景物，一片寂静，仿佛就要逐渐在虚无里窒息。

能听到我说话吗？ 维多利亚在头盔里问道。

"是的。"

很好。我们都准备好了。

"只要你准备好就行。"

加载记忆回廊，三，二，一……

一道闪光将大卫头盔里的黑暗撕得粉碎，他下意识地闭上双眼。当他再次睁开双眼，他看到了一片灰色，一团不断移动翻滚的暗影与迷雾将他包围其中。记忆回廊会让过渡到完整的虚拟场景的过程更加顺利，大卫倒是觉得这个部分已经进行得很完美了，除非接下来的部分更困难。

插入顶叶，三，二，一……

大卫深吸一口气，紧接着他的大脑就受到一阵电磁冲击。这阵冲击本来应该使他的部分大脑平静下来，以便让他在时间与空间中稳定，但半响后，他的脑中依然什么都无法思考，仅余那如大锤敲在头颅上的疼痛。

加载遗传身份，三，二，一……

疼痛逐渐远去。大卫给了自己片刻喘息的时间，然后睁开双眼低头看向自己，挥开最后一点迷惑，开始用心感受一轮全新的混乱。

他是个巨人。

或者该说是个接近巨人高度的男人。

大卫举起他祖先的双手，着迷般地打量起来。这双手不是原本的白皙肤色，尽管有点奇怪，但它们大得不可思议。不知为何，它们甚至看起来不仅仅是手，简直就像大卫戴上了皮革棒球手套。他的手臂与双腿同样也十分粗大，但和他去健身房练出来的身材不一样。他看起来跟健身爱好者不一样，他就是个大块头，又高又宽又壮。

*大卫？*维多利亚问道，*你怎么样？*

"很好，"大卫答道，"但当我觉得自己像歌利亚①的时候你这么叫我有点奇怪。"

维多利亚在他耳边笑了起来。这个时期的文字记录十分稀少，而且可信度相当低。我们对你的祖先几乎一无所知，并且也不知道他是怎样和伊甸园碎片有关联的。我甚至没法告诉你他的名字。

"等我在他的记忆里稳定了，我可以自己找出这些答案。"

很好。不过在你完成之前的过渡可能会有点艰难。

"要是我不行了，格蕾丝可以来试试。"

正中下怀。你准备好了让我加载完整的虚拟场景吗？

"给我一点时间。"

当然。

大卫将他的思绪收进心底，开始在他祖先的脑海中搜寻，深入寻找那个不属于他的声音，认真聆听起来。当他最终听到那个声音的时候，他发现那个声音来自一段对话。无关言语，而是他祖先的想法与记忆，他是一名农民，也是一名战士，名叫奥斯特·乔伦德森。

奥斯特拥有自己的土地，在离湖不远的山脚下有一块不大不小的土地，有牧场，有一片云杉和橡树林，以及一眼冷到足以冻裂牙齿的、咕嘟咕嘟冒泡的泉水。奥斯特对这块土地的自傲远高于在战场上获得的功绩。当国王征召或是义不容辞的时候，他便会上战场拼杀，不然，他宁可待在家中，坐在妻子身边享受篝火的温暖，或是跟儿子一起钓鱼，跟女儿一起唱歌。这是大卫一直憧憬的生活。

"我觉得我准备好了。"他说。

太好了。加载完整虚拟场景，三，二，一……

---

① 歌利亚，传说中的巨人，据说他带兵进攻以色列，被年轻的大卫杀死。大卫后来统一以色列，成为著名的大卫王。

记忆回廊霎时碎成炫目的如水晶般的微尘，旋转，消散，然后渐渐汇聚到一起，变成更坚固的形态，看起来像是形状模糊的建筑物、树木、船舶。大卫的双目适应着新的现实强行进入他的脑海之中的变化。但这并不是真正的现实。这里是古老的世界，古老的声音数个世纪以来头一次开口说话，没过多久，大卫便完全置身于奥斯特的世界。

在他面前，绿油油的牧草覆盖了大片牧场，他的二十六头牛正在低头吃草。它们是健壮的山地牲畜，大多数身上都有黑白相间的花点，他没有锯掉它们的角，因为那些角能让熊和狼望而却步。太阳慢慢西下，将点点金光洒向他的农场和山下的土地，一路延伸到南边的梅拉伦湖岸。

通过奥斯特，大卫知道该把牛群带回来了。他让奥斯特发出他自己的声音，将手放进嘴里吹出口哨。牛群听到他的哨声抬起头来，但又低下头去继续吃草，对于蹄下的夏日牧草的兴趣远大于他的召唤。奥斯特瞥了一眼正靠在他脚边的石犬，乖巧却又渴望着主人的一个点头，放它冲进田里。

大卫以前没见过石犬这个品种的狗。它像是威尔士矮脚犬和狼的杂交品种，但它很能跑，而且它懂得怎么放牧，绕着圈子一阵吠叫，迫使牛群聚拢，然后再将它们赶向奥斯特。它们开始哞哞叫了起来，在石犬的帮助下，奥斯特将牛群赶进了夜间围栏，旁边的小围场足以防住肉食动物。

"干得好！"奥斯特对着已经关好的牛群说。

石犬张着嘴左右甩着舌头，双眼闪闪发亮。

"我们去看看特里吉尔斯干得怎么样，如何？"

奥斯特从牛围栏那里转过身来走向马厩旁的大牛栏，离门厅很近，远远地他就看见他儿子正在劈柴。十五岁的特里吉尔斯站起来就跟奥斯特在那个年纪的时候差不多高，但他有一头他母亲那样的几乎全黑、湿土色的头发。丹麦人阿恩在特里吉尔斯身边，穿着马裤和宽松的束腰上衣，吃力地劳动着，就在奥斯特观察着他们的分工劳作时，一个可怕的想法出现在大卫的脑海，接着大卫盯住了阿恩的脖子。

阿恩是个奴隶。

奥斯特在他的想法和记忆里用了个不同的词，他称呼阿恩为萨尔。但用词根本不重要，重要的是大卫的祖先竟然拥有奴隶。

"父亲？"特里吉尔斯停下了砍柴的动作，"你还好吗？"

大卫不知道该说什么。他太过震惊和愤怒，以至于完全没听见奥斯特的声音。他不想听到他的声音。一想到奴隶制曾给美国黑奴，乃至全世界带来何种灾难，光是知道他自己的祖先曾奴役某个人……大卫想对奥斯特大吼，但他不能，因为他就是奥斯特。

在他身旁的石犬突然冲他咆哮起来，它颈毛直竖，低下头，后退着远离这个占据他主人身躯的陌生男孩。

"父亲？"特里吉尔斯又喊了一遍。

丹麦人阿恩瘦长而又坚强，如一根钉子，此刻抬眼看向大卫。"奥斯特？"

大卫摇了摇头。不，他不是奥斯特。

虚拟场景抖动了起来，农场因为波纹和缝隙而扭曲，每次大卫拒绝同步，抖动便会加剧。

怎么回事？维多利亚问道，你本来做得很好，但是我们现在逐渐不稳定了。你还好吗？

"不好。"大卫答道。

虚拟场景就要崩溃了。

"我知道！"

大卫，不管发生了什么，你都要控制住。

他的愤怒似乎不是他能控制得住的。

我可以把你拉出来，然后换格蕾丝进来——

"不。"大卫不想这样，他再也不需要格蕾丝保护或是拯救他了。另外，说不定她会比他更难接受拥有奴隶的祖先。"再等一下。"他边说边深吸了一口气。

特里吉尔斯、丹麦人阿恩和石犬都被卷进了故障风暴中，定格在原地。大卫先集中注意力在狗身上，接着仔细聆听起奥斯特的记忆里关于石犬的部分，在它还是一只小狗的时候，怎么被一头两岁的牛踩踏，然后又立刻跳了起来，摇了摇头，像是什么都没发生。"那只狗的头肯定是石头做的。"阿恩这么说，于是就给狗起了这个名字。

大卫对着这段记忆笑了，虚拟场景开始恢复，画面还有点不均匀和晃动，但总体又正常了。

太棒了，大卫。继续做你正在做的事情。

大卫接着将注意力转向奥斯特的儿子，忆起一个时期，从他蹒跚学步一直到他尝试用最好的一把斧头捕鱼。水已经吞没了他的武器，特里吉尔斯还拍打着水面，对着鱼愤怒地大吼大叫。奥斯特大笑过后教儿子怎样使用鱼钩和钓丝，特里吉尔斯拿着它的样子就像尼奥尔德神的继承人一样。不久前，在他十四岁时的冬天，他捕到一条有奥斯特腿那么长的三文鱼，那骄傲的瞬间依然历历在目。

这些是大卫愿意接受的记忆。这些是他想要参与的时刻，而这些记忆让同步更加稳定。

你差不多快好了。虚拟场景稳定中……

但当大卫看着阿恩,他的愤怒再次辐射而出,他的同步控制出了岔子。这不是他可以心平气和面对的事情,也不可能认同。这违背了大卫的良知。

他记得很多个冬天之前,在特里吉尔斯出生之前,奥斯特加入了一支袭击丹麦人的游击队,他用锁链将阿恩抓了回来作为犯人和奴隶。奥斯特之后有没有去除锁链,或者他是不是个残暴的主人根本不重要。

这件事本身就是个错误。

当大卫试图说服自己这是对的,或者试着以奥斯特的视角看待奴役,他的愤怒便会让虚拟场景再次抖动。

我们在浪费时间,维多利亚说,我要知道你能不能做到。

大卫不想承认他做不到。他只是需要时间观察,并找到方法让他的想法与奥斯特的接轨。他不需要格蕾丝。

大卫,虚拟场景——

"我知道,"他能看到自己正在失去同步,"就只是再等等。"

等什么?

他不知道。他又看了一眼阿恩,并试着强迫自己认同奴役一个丹麦人。但无论怎样,意识都不会接受不适应的东西。

大卫……

整个世界突然陷入一片混乱,他的思绪与身体都卷进其中。片刻后,他只感觉到突然身体每个部位的疼痛辐射而出,仿佛他的身体正在一层一层被切走,露出神经,直到他身体的最后一片消失,只剩下他的意识还在旋涡中不停旋转,脱离了任意空间和时间点,以至于只剩下些关于他是谁的感知。

大卫！

他听到了声音，但有些不稳，而且他也不知道声音来自何处。

大卫，我要脱掉你的头盔了。

这声音听起来很熟悉，但在他反应过来谁在跟他说话之前，一道如同白炽灯的光从他的眼中烧进脑海里，接着一道火焰从他意识里燃了起来，往下烧向了他的颈椎、胃部，还有手臂和腿部。

"大卫，你能听到我说话吗？"第一个声音问道。

"大卫？"另一个声音随之而来。

他知道第二个声音比第一个好，于是他睁开了眼，格蕾丝正站在他身前。格蕾丝，他的姐姐，大卫眨了眨眼，记忆顿时潮水般涌回。包括他是谁，他在哪里，为什么他会在这里。就像是有人打开了一道闸门，涌出的东西足以将他淹没。一股恶心感爬上他的喉咙。

"我要吐了。"他说。

维多利亚及时把一个小桶送到了他嘴边。他的胃剧烈抽搐疼痛，所有吃的食物都被他吐了出来。格蕾丝站在一旁，等他吐完再帮已经两腿虚软的他卸下装备，离开 Animus。

"这就是你没法同步的原因。"她说。

"你现在才跟我说这些。"

她伸手扶住他。"里面发生了什么？"

大卫只是摇头。"给我一分钟。"

格蕾丝扶他走向一把转椅，他重重坐了下去，力道大得足以让轮子滚出好几英尺。维多利亚走到他旁边，在平板电脑上点来点去。

"虚拟场景里面你的重要神经运行都不错，"她说，"就是血压有些高。"

"我在生气。"

"对什么生气?"格蕾丝问。

"对他生气——我们的祖先。"

格蕾丝皱眉。"为什么?"

"他……"大卫的脑袋还有些眩晕,这让他说出一句比几个单词稍微长一点的句子都很难,更别提还有许多词需要解释,"我们……能稍后再谈这个吗?"

格蕾丝看着维多利亚。"也好。"

维多利亚沉默了片刻,最后生硬地点了点头。"那好,我们休息一下。之后我们再做汇报和制订下一步计划。或许你能帮你姐姐准备她的模拟尝试。这期间,我会去看看哈维尔。"

她离开了房间,看起来有些恼怒,格蕾丝则神色复杂地看着大卫,不发一语。

"怎么了?"他最终开口问道。

"你还好吧?"

"你不用那么照顾我。我很好,我只是需要休息。"

"那好。"现在她才像是恼怒的那个人,"不过之后我想要一个解释。"

大卫点点头,暗自希望哈维尔的祖先有机会接近伊甸园碎片。那样的话,大卫的祖先曾经是什么人或做过什么就无关紧要了。

第四章　执法者[①]现身

哈维尔在机械骨骼里一动不动地静待着，门罗在一旁启动机器。他从来没有这样进入过 Animus。前两台都是让他躺着，这一台却拥有稳定的移动性，这样一来，回到虚拟场景便成了件让人兴奋不已的事情。在欧文探索他的中国祖先的记忆期间，哈维尔试着让自己变得有用一些，他甚至闯进了一座警用仓库并偷走了欧文爸爸庭审时的证据，但这跟在历史里追溯伊甸园碎片的踪迹不一样。没有什么比抢在以赛亚前面找到剩下的三叉戟戟尖更重要的了。

[①] 执法者（Lawspeaker），也译为法律讲述人，是古代北欧部落负责执法的人，他主持公议会，决定部落重要事务，代表百姓认可新国王。所谓公议会（Thing），也译为"公所"或"庭"，是部落的初级统治机构，相当于一个委员会。

"他们升级了顶叶抑制器。"门罗说。

"什么?"

"顶叶——算了,解释起来太费时间。重点是,这会让你得到跟在我或是格里芬的 Animus 里更为不同的体验。"

"怎样的不同?"

"这个很难描述。"

"不过你会操作,对吧?"

"我当然会。"门罗站了起来,"你准备好了?"

哈维尔点点头。"是的。"

门罗再一次检查每根绑带、夹子以及安全带,确保哈维尔的安全。"所以你现在是个刺客还是什么?"从上方的电线堆里拿下 Animus 头盔的时候他随口问了一句。

哈维尔回答前犹豫了一下。"不是。"

"你确定?"

"为什么这么问?"

门罗耸了耸肩。"那就尽量记住我告诉你的。"

哈维尔还没成为刺客兄弟会的成员,但他绝对有过这个念头。"我相信自由意志。"

"我也是,所以我不愿看到你们中的任何一个人臣服于圣殿骑士或刺客。"他举起头盔,"来,戴上。"

哈维尔任他将头盔戴在自己头上,并为头盔在他与现实世界之间制造出来的屏蔽性感到惊讶。他什么都听不见,也看不见,不过很快他耳边便响起嗡嗡声,接着便是门罗的声音。

你听得到我说话吧?

门罗的声音曾引导他回到十六世纪的墨西哥,以及一八六三年征兵暴动期间的纽约。"就跟以前一样。"

这部分可跟以前不一样。我正在启动顶叶抑制器。你会感觉到，不过很快就过去了。没问题吧？

这听起来可不太愉快。"没问题……"

好了。三，二，一……

Animus就像把冰锥破开了哈维尔的头骨。或者说，至少他是这么觉得。他重重喘息着，咬紧牙关对抗这阵冲击与疼痛，只是这种像有人在你脑子里用冰锥搅冰块一样的感觉出现时，这样对抗只会让情况更糟。除了剧痛，哈维尔什么都感觉不到。

坚持住。就快好了。

又一阵剧痛过去后，疼痛就如来时一般迅速消失了。哈维尔睁开眼，看到了如波浪般起伏的记忆回廊。

你还好吧？门罗问道。

"嗯，"哈维尔深吸了一口气，"每次都会这样吗？"

他们说以后会慢慢变好的。

"我没法想象变得更糟的样子。"

我正要加载你祖先的身份。这部分会更像你以前习惯的那样。准备好了？

"是的。"

我得再倒数一次了。三，二，一……

哈维尔感到大脑被入侵，像是一支占领军正在强行侵占他的思绪，并打算取而代之。门罗说对了，这种感觉何其熟悉。哈维尔很快便不得不交出大脑的控制权，以便和虚拟场景同步。他低头看向此刻他变成的人，入目的是一具瘦弱的躯干，或许刚二十出头，肌肤苍白，手背上满是雀斑。他身着贴身的羊毛衫与皮制铠甲，蓄着短髭，剃着光头。

我们没有任何关于这家伙的信息。你得自己去了解他。

"那就这么办。"

没问题。加载完整虚拟场景，三，二，一……

记忆回廊开始变暗，化为夜晚。黑影冒了出来，群星在头顶闪烁。片刻之后，哈维尔站在了狭窄的森林小道上，聆听晚风吹动道路两旁的树木的响动。他嗅到了空气中炊烟的气味，来自东方，这意味着附近有营地。

但那是什么营地，哈维尔并不清楚。这个想法就像是大部队前面的先遣侦察员不由自主就冒了出来。哈维尔放开戒备，接受了这个想法，并将大脑的控制权交给了他的祖先，托瓦尔德·雅尔塔森随即接手。这个斯韦阿人蹲了下来，溜进树荫之中，循着炊烟的轨迹，向着营地匍匐前进，哈维尔注意到托瓦尔德行动之时悄无声息。他的祖先将感觉扩至几乎完全黑暗的森林里。他的手腕上绑着袖剑。

"他是个刺客。"哈维尔说道。

看来是这样。

这不是门罗的声音，是维多利亚的。

"所以现在是你来看着我了？"

是的，门罗有重要的工作要做。

哈维尔对于让一个圣殿骑士管理他的虚拟场景感到有些不适，尽管他在纽约的祖先科吉尔·寇马克——圣殿骑士谢伊·寇马克的孙子，是位刺客猎人。

看来你同时拥有刺客与圣殿骑士祖先。

但哈维尔清楚他喜欢哪一个，再次回来成为托瓦尔德，任凭刺客自由追寻目标，不管那会是什么。夏日已至，寒冬却还保留着它的锋芒，夜晚的空气中仍残留着冰冷。木头燃烧的气味越发浓烈，托瓦尔德始终躲在下风处的暗处，以防目标带有犬只，察觉他的接近，当风掩盖住猫头鹰的声音时，他感到一丝不安。

很快，他透过树林看到远处闪烁的火光，就在那时，他冲了过去。树荫一路遮掩着他攀爬、跳跃、晃动着赶往营地的身影，那穿过枝叶自由奔跑的方式与哈维尔的圣殿骑士祖先穿过曼哈顿的房顶时一样。

待他赶到营地他便爬向高处，隐于高高的阴影里，静下来仔细聆听动静。火堆就在他下方噼啪燃烧，不断向附近送去火花和浓烟。五个男人围坐在火堆周围，啧啧有声地吸食着他们拿来做晚餐的鱼头。他们是奴隶，在还清债务之前便从主人那里逃了出来，一直在野外徘徊，他们的面容与衣饰已足以说明一切。托瓦尔德支持他们追寻自由，但有些东西却将他们带回了乌普兰，一些值得冒险猎取的东西，他得找出来那是什么。

很长一段时间，奴隶们都不发一语。

但托瓦尔德懂得何谓耐心，他静静等待着。

当火焰渐弱，需要更多柴火的时候，其中一个人，长着像乌鸦的喙一般的鼻子，吩咐另一个人去拾柴。

"你自己去捡，"另一个人说道，"最后再说一次，我不接受你的命令，海涅。"

"那你最好小心你的舌头，博·比约尔森，"海涅说，"我的记忆就如我的长矛一般又长又锋利。"

"还有，你忘了我打断过你的鼻子。"博盯着发红的火堆对面的第一个人。另外三个人没有动作，似乎是在作壁上观。

"我没忘记。"海涅停了一下,"你会知道的,在结束之前。"

"你早就跟我说过了,"博说道,"许多次。"

"你怀疑我?"

博大笑起来。"我把柴火捡来了吗?"

"没有,但等我把你开膛剖肚的时候你会希望你捡来了……"

"够了,海涅,"另外几人中的一人显然已失去耐心,最终开了口,"把这点力气留到真正的战斗上。在那之后,你们有空就可以去杀了对方。"

真正的战斗?托瓦尔德不明白那是什么意思,不过看来这些奴隶返回乌普兰是为了等一场战斗。但争夺的是什么?还有与哪些敌人战斗?在托瓦尔德离开之前这些问题都需要得到解答。

海涅站了起来,用一种托瓦尔德很熟悉的表情怒视着博,然后愤然离开营地冲进了森林里。其他人径自躺下来睡觉,托瓦尔德则多观察等待了一会儿。

柴火烧成了灰烬,火之国穆斯贝尔海姆的红光填满整个营地,男人们的鼾声开始此起彼伏。很快托瓦尔德看到海涅回来,身上却再没有一丝伙伴的感觉。他悄悄穿过树荫,走在营火边上,直到停在博的身旁。在这名奴隶拔出匕首前,托瓦尔德便明白了他的意图。

瞬息之后,海涅扑过来时,博的双眼猛地睁了开来。海涅一手捂住这个男人的嘴,另一手把刀刺进了博的喉咙里。

"你现在看到了,不是吗?"海涅像蛇一般喃喃低语。

博微弱无声地挣扎着,但他已是一个彻头彻尾的死人了,海涅一直按着他,直到生命从他依旧睁着的双眼中溜走。凶手抽出匕首,用博的外衣擦了擦它和他的双手,接着抓过他的行囊。直到海涅消失在树林后,那三个人依然在熟睡。

托瓦尔德丢下他们和尸体,朝海涅追了过去,但没有急于追赶上他。相反,他只是保持着不疾不徐的步调,直到海涅距离营地够远,以免弄醒其他人。那时托瓦尔德才冲过那些树枝埋伏起来,等海涅慌忙从下方跑过时,托瓦尔德扑向他,重重地将他撞向了地面。

海涅被按倒,发出一声碎裂声及呜咽,不等他发出另一道声音或反抗,托瓦尔德的袖剑已抵在他的喉咙上。

"你敢动一下,你就会淹死在你自己的血液里。"他压在他身上说道。

海涅艰难地吞咽着,喉头在剑尖上下移动。"你是谁?"

"你似乎还没意识到你的脊椎已经断掉了。你觉得你有资格质问我?"

一阵死寂后,海涅低头看向他的腿,但它们没有动。夜色中,他的脸色格外苍白。

"你现在明白了,对吧?"托瓦尔德说,"回答我的问题,或许我会让你死得舒服点。"

海涅微微点了点头,充满恐惧。

"你是个逃奴,现在却跑了回来,为什么?"

"我听说我可以挣得自由,和我自己的土地。"

"怎么挣?"

"跟国王打仗。"

托瓦尔德没料到会是这个答案。埃里克有敌人,但没有人会蠢到造反。"为什么?"

"因为他是个篡位者。"海涅说,最后一个词几乎是从他嘴里吐出来的。

"所以你们是为斯泰尔比乔恩打仗?"

海涅摇了摇头。"我不知道,我们只是被告知做好战斗准备。"

"你的战斗生涯已经结束了。"

"那就杀了我。"

托瓦尔德举着袖剑在海涅的喉咙上又抵了片刻,但接着他收回了剑刃,随着一声轻响,袖剑便消失回到他的皮革手套里。"不,"他保持着蹲姿说道,"我需要你给其他奴隶传个口信。"

"什么口信?"

"我会追杀他们。我支持他们的自由,但若他们回到乌普兰进行反叛活动,我将会找到他们并赶尽杀绝。要是他们已经在乌普兰,或是假装忠诚,我会把他们揪出来。如果斯泰尔比乔恩回来,那势必会有一场战争,若奴隶们不能为了他们的国王而战,那他们就不能为任何人而战。你听懂了吗?"

"你怎么能……期待我去传信?"

托瓦尔德站起身,低头看向男人的残肢,他那没用的腿弯曲成一个诡异的角度。"等到早上,你的同伴们发现你对博做的背叛行为,他们就会来找你。"

海涅张嘴叫了起来。"不,求你……"

"你会一字不差地把我告诉你的转告给他们,而且这么做说不定能让你赢回一点荣誉,然后我想你会求他们饶你不死。"

"他们绝不会格外开恩的。"

"正如你对博所做的一样。"

托瓦尔德转身背对这个凶手离开,走回他来时那条森林小道。他好奇海涅是否会恳求他大发慈悲,但他没有。托瓦尔德不知道那个男人会不会转达他的口信,但其实口信根本不重要,海涅的尸体就是个重要的信息。他的奴隶伙伴会想搞清楚在他身上发生了什么，哪怕他什么都没告诉他们，他们也会明白他们正身处险境。因为他们的懦弱，说不定这足以让他们回去躲起来。更大的问题是斯泰尔比乔恩，如果他确实准备好了大战一场的话。

托瓦尔德需要带着这个消息回到执法者身边，而且他想他等不到天亮就得动身了。

他飞快地穿过森林，赶回他的马匹——盖伊尔被拴着的地方。这匹棕色的马儿就跟它的其他北方种族一样，站起来只有十五只手那么高，但它灵活而又强壮，而且永远不会疲倦。托瓦尔德骑上马，沿着孤寂的道路疾驰着穿过黑夜，朝着乌普萨拉前进，斯韦阿兰国王的宫殿及众神的神庙都在那里。

快天亮时，太阳从东边的小山丘上升起，托瓦尔德赶到了通往圣地的木柱群所在之处。每根柱子都有二十英尺高，均取材于最直的松树，每十五英尺便竖立一根于石床之上。他沿着这排柱子走下去，每根柱子上都刻着歌颂众神以及与众神一起生活的英雄的图画，经过土墩与国王的坟墓，神庙便出现在了他眼前。

清晨的阳光照亮了装饰墙壁和屋顶的盾牌，以及涂上了金色油漆的柱子。神庙的大小也使它有别于其他贵族的屋宇，它是埃里克国王宫殿的两倍长，并且还要宽上一半。不过也本应如此，这里可是诸神的住所。

托瓦尔德在大门前下马，然后牵着盖伊尔走向神庙附近的一栋附属建筑——一间有黏土墙和草皮屋顶的小屋。他把马拴在外面，接着用力敲起门来。

"诸神还没醒，我也一样！"屋里传来一声咆哮。

"是我。"托瓦尔德说道。

脚步声越来越近，随即大门打开。"托瓦尔德，快进来。我没想到你这么快就回来了。"

执法者托里尼将他迎进屋内。哈维尔在托瓦尔德的脑海里打量着这位老人，他或许是他见过的最古老，也是最接近巫师的人类了。托里尼穿着一件长束腰上衣，腰带松松垮垮地系在腰间，这让它看起来像一件睡袍，他的须发皆蓬松发白，双眼浑浊，抬头的样子像是眼里看不见任何东西，哈维尔由此发现执法者是位盲人。

托瓦尔德走进小屋，带上身后的门。除了从墙上的裂缝里透进的几束光线，这间单人房几乎没有任何光亮。托里尼这里只有两件家具，两个人在老人床旁的木桌边坐了下来。

"你饿了吗？"执法者问道。

"那可以等一等。"

"食物可以等待，战神却蓄势待发了。"托里尼越过桌子靠了过来，压低声音开口道，"告诉我你知道了些什么。"

"斯泰尔比乔恩。"

"那个傲慢的家伙怎么了？"

"你派我去找的那些奴隶，他们回来备战了。"

"斯泰尔比乔恩想对埃里克国王开战？"

"我不确定，但我相信会的。"

托里尼退回桌边，用手指在桌子边缘敲打起来。"我当然也听到一些传言。他统率着乔姆斯维京人。但他正在和丹麦人作战，我猜他是去找蓝牙的麻烦了。"

"或许他是。"

"但也可能再也不是了。"

"你需要我做什么?"

托里尼低头看向他的膝盖,他的头低垂着,这是当他陷入沉思时的姿势。托瓦尔德第一次见到执法者时便看到了他这个习惯,那时他还想老人说不定是在打瞌睡。这种事可能偶尔会发生,尽管托里尼一再否认,不过托瓦尔德早已知道,猜想执法者没有听他讲话是不明智的。

"去东方,海边,"托里尼最终开口道,"如果斯泰尔比乔恩正在赶来,那他肯定会带舰队穿过梅拉伦。"

"是的,执法者。"

托里尼抬起头,正对托瓦尔德,仿佛老人能看见他,又仿佛还有话对他说。

"怎么了,执法者?"

"为什么是现在?"老人问了一句,似乎在自言自语。

"对不起,你说什么?"

托里尼提高了音量。"我们兄弟会已经成功阻止圣殿骑士侵占这片土地,但我们的敌人近在眼前,我们必须保持警惕。"

哈维尔马上意识到这两人都是刺客,一个是导师,一个是学徒。看来托瓦尔德做到了托里尼再也做不到的事情。

"你为什么提到圣殿骑士?"托瓦尔德问道。

"我担心斯泰尔比乔恩会把圣殿骑士带来。他的妹妹嫁给了蓝牙,现在正在与法兰克人和罗马人打交道。很有可能,不管他有没有察觉,他都已经成了圣殿骑士的工具。必须阻止他,托瓦尔德。哪怕我错了,他没有为圣殿骑士效力,他也不会为斯韦阿人带来自由。我们必须保住埃里克的权力。"

"我明白。"

"去吧，"执法者说，"盯着海上。我相信你很快就会看到斯泰尔比乔恩的战船，等你成功了，回来向我报告。"

"好的，执法者。"托瓦尔德低下了头，"接下来你要做什么？"

"我会去跟国王谈谈。"老人说道，"我会告诉他战争即将来临，然后我会去吃我的早饭。"

第五章　伊甸园碎片里的噩梦

娜塔莉亚和欧文坐在公共休息室里，二人之间的气氛自记忆回廊里的对峙之后就略显紧张。有很长一段时间，两人谁都没有开口说话。

她并没打算像以前一样对他倾吐，但孤独的感觉越来越难熬了。似乎其他人都没想到她会这样做。燕玫的死似乎并不像预想的那样让他们心烦意乱，却仍困扰着她。他们似乎并不担心在找到三叉戟后会发生什么事情，或者说更重要的，谁会得到它的支配权。娜塔莉亚觉得她是唯一真正看清事态走向的人，而这让她感到筋疲力尽。

"至少这次你不用担心进 Animus 了。"欧文开口打破了沉默。

娜塔莉亚点点头。"我觉得也是。"

"我记得你曾说过去是一座监狱。"

"是的。"

"那为什么……"

"我不喜欢进入 Animus，但如果我进去的话，我至少可以试着阻止刺客或者圣殿骑士找到三叉戟。"

欧文凝视了她片刻。"这倒是真的。"

娜塔莉亚知道欧文已经进入 Animus 两次体验他的刺客祖先的记忆，但他似乎并不像哈维尔那般认同兄弟会并准备加入。"你站哪一边？"她问他。

他抚摸着仍旧穿在身上的刺客给他的皮夹克上的拉链。"我不知道。我自己这边，我觉得，像门罗一样。"

"以赛亚给你看了一段关于你爸爸的记忆的虚拟场景，是不是？"

"嗯。在他发狂之前。"

"你在里面看到什么了吗？"

"我什么都不能相信。门罗是对的，对于圣殿骑士而言，操纵一段虚拟场景，让我看到他们想让我看到的东西易如反掌。"他停了一下，继续道，"但同样我也不会相信刺客。"

说不定欧文看到了一些娜塔莉亚也看到过的东西。"所以我们接下来要怎么做？"

"就像你说的，我们得先去救肖恩。所以我打算跟他们玩下去。目前最重要的是阻止以赛亚，至少格里芬和维多利亚都很清楚。"

"他们的停战协议不可能永远维持下去。"

"没错。"门罗在他们身后说道，"的确不会。"

娜塔莉亚和欧文同时猛地转过身来，门罗站在门口举起双手。"放松，我不是在监视你们，我才刚到。你们俩准备好了？"

娜塔莉亚点点头,站了起来。欧文紧随其后,他们跟着门罗离开休息室,经过玻璃通道返回鹰巢的中心。他们走到鹰巢一侧,那里是以赛亚叛变以前阿布斯泰戈的科学家们做实验的地方。他们经过几间四面都是玻璃墙、里面堆满实验器材的漆黑的实验室。娜塔莉亚看到了一些类似机械臂、腿部假肢以及部件和型号都不同的Animus。

"我在这儿待过很长一段时间。"门罗边说边带他们走进其中一间实验室。

自动灯在他们进来时便亮了起来,照亮狭长的房间,发出轻微的嗡嗡响声。墙边与屋子中间有几个宽大的工作站和隔间,每个都配有白色的桌子、一组电脑显示器以及其他工具和实验器材。娜塔莉亚认出了离心机,不过其他的大多数器械都不认识。

门罗走到一个巨大的壁挂式显示器旁的电脑边,启动了它。娜塔莉亚和欧文在一旁等着他浏览鹰巢的数据库。

"我们来看看他们都对我的研究做了些什么。"他开口道。

几分钟后门罗看起来找到了他在找的东西。他将画面从电脑屏幕上转移到了大显示器上。

"在这里,"他说,"他们还加入了所有最新的资料。"

娜塔莉亚研究着她面前的画面。左边她看到了基因链的显示,一条挨着她的名字和照片,一条挨着欧文的。屏幕上显示门罗带来的每个孩子都在一个巨大的链条里有一个链接。右边娜塔莉亚看到的则是世界历史的时间线,追溯三叉戟和它的戟尖的踪迹。

"这是崛起事件,"门罗说,"它有两个维度。左边你能看到我研究人类集体无意识基因的成果。"

"什么?"娜塔莉亚问道。

"你在说明的时候她没跟上。"欧文说道。

"噢,"门罗朝她看去,"好吧。所以,心理学家认为所有人类都有同一个祖先,分享共有的记忆,这说明了为什么那么多人天生害怕蛇和蜘蛛,为什么世界上的英雄故事都那么相似。我们称这种现象为集体无意识。"

娜塔莉亚再一次看向屏幕。"而你找到了它的基因链?"

"是的,"门罗说道,"你可以把它看作是我们基因中的一个嵌入信号。不过时至今日,它只能以碎片形态存活。多年来我一直试图把完整的序列组合起来,但屡屡失败。然后我发现了你们两个和其他人。"他指向屏幕,"在你们六个之间我把它们收集齐了。"

"等等,"娜塔莉亚再次看向那些画面,琢磨着他话里的意思。"这样的机会有多大?"她问道。

"不太大,"门罗笑道,"但研究不会止步于此。"他指向屏幕的下半部分,"你们六个机缘巧合通过你们的祖先与三叉戟的历史联系到了一起,跨越了时间甚至是大陆。现在我回答你的问题,与集体无意识相结合的可能性非常低,也有可能近乎为零。但我们都在这里,这就意味着一切都不可能是偶然。"

"如果不是偶然,"娜塔莉亚说道,"那就是说……你的意思是这是有意为之的?"就在她问这个问题的时候,她禁不住想是谁或者是什么事物会有这般力量实现这一切。

"有意为之是个微妙的词。"门罗说,"它意味着意识。首先声明,这不是我要说的。我不认为是谁或者什么事物在驾驶这艘船,可能是自动驾驶仪启动了。"

"但这意味着首先必须有人设计自动驾驶仪,不是吗?"欧文问道。

门罗叹了口气。"我们先不要夸大这个比喻。我是个科学家，我坚持观察和衡量，那就是你们帮助我的时候要做的事情。"

"我们能做什么？"娜塔莉亚问道。

"我们有两个问题。"门罗走到一个白板边，抓起一支马克笔。他拔开笔帽开始写了起来，笔尖吱吱作响，娜塔莉亚立刻便闻到一股化工油墨的味道。"首先，"门罗说，"集体无意识基因的本质是什么？以赛亚是从权力和控制的角度来思考的，他想知道他可以怎样将它当成一件武器来使用。但我不认为那是它的用途。其次，集体无意识是怎样与三叉戟联系起来的？之前我们讨论过的，这两个维度同时出现并非巧合，我认为它们是某个大事件的部分。实际上，我认为集体无意识或许是阻止三叉戟的关键。"

"怎么做？"娜塔莉亚开口道。

"我不确定，"门罗答道，"不过如果你们看看这件武器的历史和你们的祖先，集体无意识的优势是针对三叉戟而发生的。但是在我们得出结论之前，我们必须弄懂集体无意识。"

"好吧，"欧文边说边在其中一个工作站坐下，"所以我们要怎么弄懂？"

"这就是事情有趣的地方。"门罗说道。

"怎么有趣？"欧文问。

"现在我有了完整的无意识序列，我能用Animus做出一个虚拟场景。"门罗啪的一声将笔帽盖回马克笔上。

欧文在他的椅子上俯身向前，然后看向娜塔莉亚。她坐在一张由白色网眼和塑料制成的符合人体工程学原理的椅子上，正试着想象集体无意识的虚拟场景会是什么样子，但是结果失败了。

"这要怎么运作？"她问道。

"噢，这真的不过是记忆罢了，"门罗说，"古老的记忆。应该说是最古老的记忆。这段基因关联的是人类的起源，但这依旧只是记忆，也就是说 Animus 可以使用它。"

欧文来回指了指他和娜塔莉亚。"你想要我们进入虚拟场景？"

"没错，"门罗说，"还有，我先回答你的下一个问题，不，我不知道那是什么样子。它可能毫无意义，又或者全是原型①。"

"原型？"娜塔莉亚说，"像故事一样？"

"基本上，"门罗说，"原型是世界上发现的具有共同意义的图像，就像大多数人都能认出那位睿智的老导师的形象一样，或者说，世界上每种文化都有关于龙的不同版本。集体无意识是由原型和本能组成的。"

"这个安全吗？"娜塔莉亚问道。

欧文皱眉看着她。"为什么会不安全？"

"不，她这么问是对的。"门罗说完冲她点头示意继续。

娜塔莉亚看向欧文。"想想同步。这要怎么和虚拟场景一起运行？要是失去同步怎么办？还有接下来的出血效应。这些东西在这样的虚拟场景里会变成什么样子？"

"的确如此，"门罗说，"这次虚拟体验伴随着危险，因为我们不知道你们的大脑会怎样接受或处理它。说实话，这会极其危险。"

"有多危险？"欧文问。

"你们不会在祖先的记忆中进入这个虚拟场景，你们会完全把你们自己的思维带入其中。如果你们在虚拟场景中迷路，或受到太大的伤害，就会对你们的心灵造成无法弥补的伤害，你们的大脑会

---

① 原型（archetype），也译为原始意象，源自心理学家卡尔·荣格著述中的名词，指神话、宗教、梦境、幻想、文学中不断重复出现的意象，它源自民族记忆和原始经验的集体潜意识。

第五章　伊甸园碎片里的噩梦 | 049

崩溃。"

这些正是娜塔莉亚所害怕的,然而她没必要将它们说出口。一个崩溃的大脑听起来何其恐怖。

"那你还无论如何都想要我们进去?"欧文问道。

"决定权在于你们,"门罗说,"一直在于你们。但是不,我不想要你们进去,我不想要你们中的任何一个这么做。但是我们的处境很糟糕,这是弄清楚集体无意识到底是什么的最好方法。或许还是唯一的方法。"

"为什么你不进去?"娜塔莉亚反问道。

"这是个公平的问题,"门罗说,"唯一的答案是我不能。你们说不定已经从以赛亚和维多利亚那里听说了些什么。我还是个孩子的时候,我父亲……"他低下头,眼睛周围的肌肤倏地绷紧,仿佛感到疼痛一般,"呃,我们姑且就说他留下了伤痕,深深的伤痕,肉体与感情上的。我曾试图用 Animus 去见我父亲,而我所做的一切只是撕开旧的伤口,以及增加新的伤口罢了。"他稍作停顿,"底线是,你无法改变过去。现在一个普通的 Animus 虚拟场景对我的思维都能造成危险,更别提这样的虚拟场景了。"

那一刻,娜塔莉亚看向门罗的眼神有了变化。他有自己的过去与秘密伤痛,对此她从未深思过。但他也说过这是他不能进入集体无意识的唯一答案。"还有别的答案吗?"她问道。

"我几乎没有集体无意识的基因,"他说,"那些不是我的记忆。这一点格里芬和维多利亚也一样。为了使虚拟场景保持稳定和同步,不管进入的是谁,都必须拥有尽可能多的那种基因。这就意味着你们六个是最好的候选人,而六人之中,你们俩碰巧在这里跟我工作。"

"我们运气真好。"欧文说。

娜塔莉亚对此感到极度忧虑,但同时她也对即将在虚拟场景中体验到的东西感到非常好奇。如果成功了,她会看到什么?这次会像是回到人类起源之初。从某种程度上来说,这将是地球上每个人共有的记忆。不管你是谁或从哪里来,这些记忆是每个人都有的。娜塔莉亚不想放过一睹它们真容的机会。如果她进去了,然后事态变得危险或是会造成伤害,她总是可以退出的。但在此之前,她打算一试。

"我要进去。"她说道。

门罗点了点头。"我佩服你的勇气。"

"我也要进去,"欧文说,"但我希望你能帮我做件事。"

娜塔莉亚对他的发言并未感到惊讶,而门罗似乎也是同样的反应。

"我想我能猜到那是什么。"门罗说道。

娜塔莉亚也能猜到。

欧文站起身,伸展了一下手臂。"我希望你能让我看看我爸爸的记忆的真正虚拟场景。以前你做不到,是因为你的巴士里没有型号正确的Animus。"他看了下四周,"现在你有了。我不相信以赛亚给我看的,但我相信你。"

门罗凝视欧文片刻后点了点头。"好。你帮我做这件事,我就帮你。"

"成交。"欧文说。

门罗回到工作站,画面随即从大屏幕上消失。"我还有大量的数据提取和计算工作要做,接着Animus就要渲染虚拟场景了。我不用你们待在这里看我做这个,所以要是你们想到处去转转就去吧。只是不要走太远,虚拟场景一建好我们就开始。"

娜塔莉亚和欧文相互看了看，然后同时转向实验室门口。就在他们出去之前，门罗叫住了他们。

"谢谢你们两个。"他说。

娜塔莉亚点点头，两人随即离开。

在走廊外面，欧文问她："你想去哪儿？"

他们可以回休息室，但在那里除了大眼瞪小眼以外没什么事情可做。"我们就去转转吧，"她提议，"去呼吸点新鲜空气。"

他指向了走廊外的门的方向。

他们走了过去，发现它通向鹰巢众多露台和阳台中的一个。那里有两条长凳，拼成了一个L形，正好面对着覆盖了整座山的森林，松树的气味充盈着整座建筑物。年龄最大、最高的树木在微风中来回摇摆，一截一截的树枝发出吱吱的响动。

娜塔莉亚选了一条长凳坐下，欧文坐在另一条上。温暖的阳光洒在她的脸颊上，她不禁闭起眼，仰头迎向阳光。

"你很担心吗？"欧文开口问道，"要是这次虚拟体验像门罗说的那样危险……"

"我想我们不得不承受这个风险，"娜塔莉亚说，"这个赌注实在太高了。"

"或许你是对的。"他犹豫了一下，"伊甸园碎片给你看到的是什么？"

她睁开眼看向他。他在问以赛亚在蒙古用来击退他们的恐怖的戟尖所带来的影响。每一枚三叉戟戟尖都有不同的力量和影响，他们在纽约寻找的戟尖会使人盲目追随戟尖的使用者。娜塔莉亚没有体验过第一枚戟尖的力量，但她为第二枚感到恐惧。

"要是这个问题太过私密，你就不用回答了，"欧文说完后稍作停顿,看向了树林深处,"我看到了爸爸。他承认了所有事情,甚至包括杀死保安。他对此毫无愧疚,他那时在笑。"

毫无疑问这就是他恐惧的根源,娜塔莉亚点了点头。"对不起。"

"你知道吗?我根本无法将它从我的脑海剔除。"他说。

她懂。伊甸园碎片也给她看了些东西。她已经做了好几年的噩梦。不是每一晚都做,但经常会梦到,而且每次都上演同样的场景:放学后她去拜访她的祖父母。

娜塔莉亚喜欢他们那有旧木地板的、整洁朴素的公寓,那里总是充满祖父说的笑话和祖母做的料理的香气……放学后,她本应该直接去那儿,但中途她却去了一个公园玩秋千。她边笑边蜷起腿,然后再张开脚趾,尽可能地往前伸,一次又一次,来来回回,尽可能地试着越荡越高。感觉几分钟过去以后,她离开秋千继续赶路,那时她才注意到太阳都要落山了。不知怎的,她已经玩了超过一个小时而不是几分钟,而眼下她已经迟了很久,很久。她祖父母会很担心她的。于是她从公园一路狂奔到祖父母的公寓,等她终于赶到那儿,上气不接下气,准备张口说出她在心里已练习多次的道歉时,她注意到大门是开着的,只是并没有开特别大。

那条黑暗的门缝,只开了一英寸[①]宽,她感觉特别不对劲。

她开始有点不想打开这道门,但她不得不打开。于是她推开了门,感到冰冷和恐惧,周围一片死寂,她走了进去。

噩梦里她总是最先看到血。墙上,甚至是天花板上,到处都是血迹。然后她看到了她祖父母的尸体,她清楚地看到了杀手对他们做了什么。她想要转开头不去看,但她不能,就算她想,那画面在

[①] 1英寸约2.5厘米。

她眼中都挥之不去。

　　警察和她父母总会随后赶到，伴随着警笛和哭叫声。她妈妈冲着她大喊，用力摇晃她，质问她为什么不在那里。娜塔莉亚本来应该在那里。而每次到这里她就醒了。

　　这就是伊甸园碎片让她看到的，比她的噩梦更加真实。

　　"好了，"欧文开口，将她带回了山林、鹰巢和露台这里，"你不用告诉我。很抱歉我问你这个问题。"

　　"不用抱歉，"娜塔莉亚说，"我并不……"

　　身后的门此时打开了，门罗在里面挥着手。"准备好了。"他说。

第六章 出发，奔赴战场

在大卫从失去同步的影响中恢复后，格蕾丝听他说起他的祖先，也是格蕾丝的祖先拥有一个奴隶。格蕾丝并不吃惊，维京人是会奴役其他维京人。格蕾丝有所了解，但她无法停止思考她的祖先竟也可能是这个制度下的一员，而且她明白为何这会使大卫如此愤怒。

"我不知道这要怎么同步。"他说着，语气中听起来余怒未消。

维多利亚放下她的平板电脑。"你的意思是？"

"对我来说……"大卫将双手放到胸前，"好吧，当我在Animus里面的时候，我必须找到跟我祖先的共同点，这样我才能跟他们连接起来。要是我不能用跟他们一样的方式来看待事物的话，那我也没法与他们同步。"

"有意思，"维多利亚双臂交叉，用食指轻点她的嘴唇，"所以你需要认同你的祖先，而你不能接受维京人看待事物的方式。"

大卫点点头。

这不是同步给予格蕾丝的感觉。对她而言，那就像是允许某些人进入她的屋子一样。她用不着全盘接受他们的所作所为，但是她还从未试过邀请一个奴隶主。

维多利亚转向她。"你想试试吗？"

格蕾丝不觉得她有选择的余地，如果她想赶在以赛亚前面找到伊甸园碎片的话。"我想试试。"她说。

大卫瘫倒在椅子上叹了口气，她没法分辨他那是松了口气还是感到恼怒，或许两者都有。他表达得很清楚，他再也不需要她保护他，或是助他摆脱困境。但在蒙古发现的第二枚伊甸园碎片向她展示，他需要她的帮助。必须得这么做，不管大卫会怎么想。

"别惹麻烦。"她叮嘱他道。

然后她走向 Animus，维多利亚帮她爬上去并穿好装备。当格蕾丝将带子绑好，维多利亚拿来头盔给她戴上，顿时让她陷入一片黑暗之中。

准备好了吗？ 维多利亚问道。

格蕾丝深吸一口气，准备度过最艰难的部分。"一如既往的好。"

很好。三，二，一……

格蕾丝忍受着顶叶抑制器入侵的痛苦，穿过记忆回廊的迷雾，到达斯堪的纳维亚的维京世界。她站在她家的门口，看着一个男人走了过来，手中拿着某种沉重的手杖。

格蕾丝察觉到她的祖先正等在她的思维之门外，准备用他的记忆将她困住。她没看到他表现出任何侵略性或是好斗特征，反倒是格外耐心与强大。她觉得他那种生硬的善意不是所有认识他的人都能明显感受得到，某种程度上，这让她想起了她爸爸。

但是立刻她就想到了他的萨尔——他的奴隶。

突如其来的愤怒增强了她对他的抗拒。面对恶魔，谁还会在意他有多耐心或者善良？他一点也不像她爸爸。

格蕾丝？你怎么样了？

"我没事。"

你还没有锁定。

"我知道。"

虚拟场景要稳定的话必须得……

"我知道。"

格蕾丝不需要维多利亚来提醒她这个。格蕾丝需要的是把事情弄清楚，尽快，因为这是为了大卫。她面对的是他搞不定的挑战，因为那是她一直在做的事情。就像有一次在警卫跟踪他们之前她就催着他离开商店，还有一次她陪他走过他们曾逗留过的街角，告诉他不要搭理那些小混混。她总是挡在他和危险之间。

再推波助澜一把，就会把大卫送上歧途。如果格蕾丝能替他做这件事的话，他又为什么非得接受呢？

她的祖先的名字叫奥斯特，她试图从另一面来了解他。她感觉得到他对妻儿的爱，她也感觉到他对他的土地、庄稼、牲畜的热爱，因为这样，她尽可能忽略自己的愤怒，让自己静下来观看他跟丹麦人阿恩一起劳作。她看着两个男人在夏季汗流浃背地笑着剃掉奥斯特的羊的羊毛，散落的羊毛沾满了他们的前臂，弄得他们鼻子发痒，甚至在他们享用午餐，一起吃同样的奶酪和薄面包的时候飞进那些食物里面。

奴隶制或许既不公正也不正确，但至少奥斯特并不残忍，也许这一点就足够格蕾丝允许他的进入了。

她小心翼翼地打开了脑海中的大门，奥斯特带着如同一直沐浴在阳光下的巨石般的温暖力量走了进来。格蕾丝越是让他走近，她越是意识到自己无法单纯地定义他，不过她也不需要这么做。她只需要接受这个人是她的祖先，而不是抵抗这个念头，为了顺利同步。

我们在这段祖先记忆里似乎做得更好，维多利亚说，干得好。继续做你该做的。

那位女士真的不清楚她在向格蕾丝或是大卫要求什么。维多利亚可能会承认她想要的一切有多难得到，但她永远都不会明白，送他们去体验征兵暴动的门罗也同样不会明白。为了她需要做的，格蕾丝不需要他们弄明白，她不是为了他们才这么做的。

快好了。

格蕾丝让奥斯特稳定下来，让他扎根这里，仿佛她的脑海就是他的农场，这样她终于完全同步了他的记忆。

那个拿着手杖向他家走来的男人越走越近，奥斯特认出那是邻居奥洛夫，他的田地和牧场与奥斯特家的相邻，而且从未与他产生过分歧。他拿着的手杖是令杖[①]，奥斯特一看到那东西就觉得手臂上一阵沉重。他的儿子特里吉尔斯从牛棚那边走了过来。

"父亲？"他眯着眼远远地看过来问道。

"进去告诉你母亲我们有客到了。"

特里吉尔斯照他的吩咐做了，奥斯特则等奥洛夫走得够近了才开口问候。

---

① 令杖（bidding stick），北欧所使用的某种木制品，通常是一根棍子或者接力棒，由信使携带，召集人们参加公议会，或起来保卫家园、反抗暴政。

"希望我的到来能给你带来一阵公正的风。"他的邻居开口应道。

"你是召唤我参加公议会的吗？"奥斯特问道，尽管令杖早已告诉了他答案。

奥洛夫摇了摇头。"是领主征召[①]我们。埃里克召唤我们不是为了协商，而是为了战争。"

"跟谁打？"

"斯泰尔比乔恩。"

奥斯特点了点头，丝毫不感到惊讶。多年前，斯泰尔比乔恩的父亲死后，公议会便已决定了一切，在执法者的建议下——直到不羁的斯泰尔比乔恩成年之前，他的叔父埃里克将会代替他进行统治。这项决定激怒了王子，他带着风暴般的怒火离开了他的国家。那时，无论那股风暴在何处登陆，奥斯特都极为同情那些可能挡在风暴席卷过的路上的人们。现在看来，这个咆哮着的大旋涡已经回家，并且准备秋后算账了。

"进来，"奥斯特说道，"跟我们一起吃点东西。"

奥洛夫摇了摇头，将令杖递给了奥斯特。"我希望我能接受这份荣幸，但没有时间了，我还得做我那边的准备。"

奥斯特点点头，接受了这份沉重的召唤。这根令杖是一根粗重的橡木，上面长满疤瘤，烧焦的一头绑着细绳系向另一头。

"在哪里集合？"奥斯特开口问道。

"乌普萨拉，"他说，"我们在菲里斯河场集合。"

奥斯特再次点了点头，奥洛夫向他道别后回身走向自己的田地。奥斯特注视着他的邻居离开，片刻后才转身进屋。

---

① 原文为 Ledung，在中世纪斯堪的纳维亚半岛，领主们用这种形式将人民聚集起来，进行远征和抵御敌人的入侵。

在他家正厅的中央，他看到希拉已经摆好了奶酪、熏鱼、面包和麦芽酒。奥斯特一进屋，她便朝他看过去，视线越过他的肩膀搜寻他们的客人。

"他没法留下来。"奥斯特一边将沉重的令杖放在桌子中间，一边说道。

希拉和特里吉尔斯不发一语地盯着令杖。奥斯特的女儿们阿格尼斯和格蕾塔都靠了过来，细看这个让整间屋子鸦雀无声的元凶。

"这是一根橡木。"格蕾塔说完抬头看着奥斯特。

她太过幼小，根本不记得上次征召的事情。"这是一根令杖，"奥斯特解释道，"这是国王召唤我的标志。"

"为了什么？"阿格尼斯问道。

希拉离开桌边走向屋角她的织布机，重新开始织布，奥斯特看着她的一举一动。即使不看他的记忆，格蕾丝依然能从希拉拉线打线的动作中感受到她的怒火。但奥斯特却做不出也说不出什么来安抚她。拒绝令杖意味着死和农场的烧毁，但接受令杖的结果是激怒他的妻子。她很清楚他有点想去，不是为了战争和流血，而是为了荣誉。

"父亲？"阿格尼斯唤道。

"所有人都被召去打仗了。"特里吉尔斯答道，他尚未成年，因此与令杖无缘。

奥斯特将一只手放到儿子的肩膀上。"带着它去隔壁农场。动作快点，这样你就可以在夜幕降临前回来。"

特里吉尔斯拿起令杖。"是，父亲。"然后带着它走出了家门。

待他走后，织布机所发出的声音在这间小小的客厅里显得越发喧闹。

奥斯特转向他的女儿们。"阿格尼斯，为什么不带格蕾塔去外面玩一会儿呢？"

"我们要玩什么？"格蕾塔问道。

"去找阿恩。我想他正在挤牛奶。"

"好的，父亲。"她们异口同声地答道。

很快，屋里便只剩下奥斯特和希拉，他穿过房间走向屋角，她正在那儿虐待她的织布机。一开始他什么都没对她说，只是盯着她有力的手臂挥动着梭子和纺锤的模样。他冲着她随意编起来的发辫笑了起来，它就跟平时一样松散且不整齐。自他认识她以来，她从未像别的女人一样试图用碱液将她深色的头发颜色弄浅，他喜爱并尊重她这样的做法。

"你想怎样，奥斯特？"她头也不回地问。

格蕾丝在她的脑海一角一边暗自嘲笑着她的祖先的窘境，一边好奇他是否明白这个问题的危险性，还有他会怎么回答。

"我想要你给我一股纱线。"他开口道。

希拉停下织布的动作，转过身来看着他，皱起眉头。"你想要一根线。"她说道，声音中满是难以置信。

"是的。"

她挑高一边眉毛看着他，然后转身拿起一团灰色的纱线。她拉出一段纱线，用小刀切断后递给奥斯特。他摇了摇头，伸出手腕。

"替我绑上。"他说。

希拉依旧皱着眉，而且还在困惑地摇着头，但她还是将纱线绑在了他手腕上。

"绑紧点，动作快点。"他说道。

"这是要做什么？"她开口问。

他冲着织布机点了点头。"刚才看着你织布的样子,我又坠入了爱河。"

她停下动作,改变了一下坐姿,将一只手放在她的臀部上。"就在刚才?"

"是的。"他低头看向他的手腕,"而且很快我便会带着那一刻跟我一起奔赴战场。这是代表我生命的纱线,只有你能将它切断,等我回来以后。"

他的回答似乎解除了她的戒备,让她的姿势变得更为放松了一些。"你是为你自己而战,奥斯特。为你自己的荣誉和……"

"斯泰尔比乔恩回来了。"他开口道。

她恍然大悟。

"这可不是埃里克和一个大酋长之间的口角之争,"他继续说道,"斯泰尔比乔恩不能成为国王,不然我们全都只能在他的暴政下苟延残喘。"

她伸过手去抚摸起他手腕上的纱线。"我知道。"

"我一点也不愿意离开你……"

"我知道。"她抬起另一只手放在他的胸膛上,"不过不用担心我们,我有特里吉尔斯和阿恩。大家都会好好地等你回来。"

"希拉,你……"

"你会回来的。"她直直看进他的眼中,"对吧?"

"是的。"这是奥斯特唯一发过的一次誓,而他知道他很可能无法遵守。"为了你。"他抬起手腕说道。

就在这时,一道影子落在他们身上,穿过大门,挡住了阳光。是丹麦人阿恩,这提醒了格蕾丝,不管奥斯特是一个多好的丈夫和父亲,他有多受人尊敬,蓄奴这事永远都让他蒙羞。尽管她的怒火又有些重燃，但她提醒自己没必要批判他。同步还在继续。

"你找我？"阿恩问道。

"没错，"奥斯特说，"奥洛夫刚才把令杖带来了。斯泰尔比乔恩回来了。"

"我明白了。"阿恩走进小厅，"我们什么时候出发？"

"我明天出发。你留在这儿。"

"是，奥斯特。"丹麦人低下了头，"那我不用去打仗吗？"

"我需要你和希拉还有特里吉尔斯一起照料农场。"

"好的。"阿恩朝希拉点点头，"我们能照料好它。"

"家里就交给你了。"奥斯特说。接着他和希拉交换了一个眼神，她点了点头，表示同意他接下来要说的话。他们已经为此讨论了好几周。"等我回来，要是你在我外出期间将我的家人服侍得妥帖的话，我们就可以谈谈你的自由问题。"

阿恩将头垂得更低。"谢谢你，奥斯特。"

"这是你应得的。"希拉说道。

阿恩带着这些话离开小厅回去工作，奥斯特则去收拾打包他去乌普萨拉的旅途中需要的东西。整个过程中，格蕾丝都在思考刚刚发生了什么，并在她祖先的脑海中来回搜寻，以便她能更好地理解整件事情。奴隶看起来就要获得自由了，而且奥斯顿给予阿恩的承诺十分慷慨大方，不过格蕾丝可无法忘记事实上丹麦人一开始就不该被奴役。

希拉帮奥斯特准备了干粮，有鱼干、奶酪、硬面包以及一些熏羊肉。他收拾好了匕首以及其他武器、换洗衣物，并且将它们用斗篷裹了起来。

在晚餐之后，他的家人围绕在他身边，看着他借着阳光打磨长

第六章　出发，奔赴战场 | 063

矛、长剑以及战斧，一年中这时候的阳光总是比较微弱。他一边在磨刀石磨着，一边讲着故事，一些是他自己的，一些是其他人的，一些则是关于诸神的。等阿格尼斯和格蕾塔睡着以后，他教特里吉尔斯怎么管理农场。尽管希拉和阿恩也在，儿子也该担起一些责任了。待到特里吉尔斯上床睡觉，希拉也在火边依偎着奥斯特入睡。

次日清晨，在月亮还如幽灵般挂在天空中时，奥斯特就挥别他的家人出发了。步行到乌普萨拉需要好几日，而他给自己选了一条难走的路，沿着到大神庙的老路走。格蕾丝几乎成了这趟旅程的旅客，她走过了湖泊、河流、森林以及群山，这时她的祖先则一心奔赴战场。

第七章　你不能反抗

尽管太阳还没升起，肖恩却已睁眼躺在床上好几个小时了。他没法在房间摇来晃去的时候睡着，就像他还待在斯泰尔比乔恩的战船上一样。即使维京战船比肖恩想象的灵活性更好，可以随着水流与波浪沉浮，令人惊叹，但它们船身较小，易受海上情况影响。从 Animus 里出来后，这种感觉跟着他已经有一段时间了，这是某种出血效应。肖恩很想知道他是否还能再次享受进食的乐趣。唯一能让他解脱的方法便是重回虚拟场景。

一只小鸟在天窗外欢唱，提醒着清晨即将到来。以赛亚很快就会来找他。他知道他再也没法入睡，于是他坐了起来，轻巧地从床上爬进轮椅，上半身的力量是车祸唯一没从他身上夺走的东西。

看向窗外,他看到了紫杉树,前几天每天早晨他都看到它们。他们从鹰巢转移到这里——一座位于无名之地的古老修道院,周围群山环绕,点缀着纵横交错的石墙。肖恩觉得自己应该是在英格兰或是苏格兰,但当他开口询问,以赛亚便告诉他不必担心。

肖恩是安全的。

他的双亲知道他在哪里,并且为他正在做的事情感到非常骄傲。

以赛亚对他做的事情感到非常骄傲。

这就是他需要知道的全部。

肖恩信任以赛亚。他相信这项任务。肖恩在虚拟场景里的努力会带他们找到最后的三叉戟戟尖,而一旦他们找到,他们就会结束圣殿骑士与刺客之间的永恒争斗。他们将会拥有将整个世界拨乱反正的力量。

肖恩环视他这间小小的屋子,想象着几个世纪以来一直使用着这个房间的虔诚僧侣,以及现代文明世界带来热与电之前他们可能经历过的事情。

小鸟再次唱了起来,声音听起来有些遥远,这时有人敲了敲门。

"肖恩?"以赛亚问,"你醒了吗?"

"好的,先生。"肖恩答道。

"我可以进来吗?"

"请进,先生。"

门扉打开,以赛亚走了进来,他的出现顿时让房间变得狭窄起来。"我看你已经准备好了。很好,我们有一大堆事情要做。"

"好的,先生。"

以赛亚走过去站到他的轮椅后方。自从肖恩开始自己推轮椅后便开始讨厌别人帮他推轮椅。他的上半身没有任何问题,而且对他来说，知道自己可以去想去的地方很重要。不过这并不妨碍他让以赛亚推着他走。

"那我们出发吧。"以赛亚边说边伸手递给肖恩一根能量棒。

肖恩接过来后轮椅动了起来。

他们离开他的房间，沿着修道院安静的走廊走了下去，经过只在日出之时才会反射朦胧光亮的彩色玻璃窗和一座杂草丛生的花坛。

"你感觉怎么样？"以赛亚问道。

"我觉得很累。"肖恩咬了一口能量棒答道。事实上，他从未像现在这样累过。疲倦感已经到达他脑海的最深处，但这却让他保持正直，清醒，但这不太像他。

"我知道你很累，"以赛亚说，"但你的努力会得到回报。我需要你坚强一些，我需要你告诉我你的祖先可能得到伊甸园碎片的那一刻。"

"好的，先生。"

他们来到修道院的大门，一辆已经发动的阿布斯泰戈的越野车正等在那里。这辆车车身漆成全白色，看起来有点像悍马，如果悍马重返学校获得航空航天工程与计算机科学双博士学位的话。这是以赛亚征用的一台原型车，肖恩叫它波因德克斯特，这只是为了防止它超载。自从来了这里，它就成了他最常用的交通工具，因为修道院里唯一足够容纳 Animus 的空间就是教堂，而它坐落于山顶，用轮椅基本不可能爬上去。

以赛亚将肖恩推向波因德克斯特，待他靠近，一道后门便自动打开，并降下一截坡道。

"欢迎，肖恩。"波因德克斯特用精准的机器人声说道。

以赛亚将肖恩推上坡道，将他安置在车后部。随后他再坐进前排的乘客座位。

跟平常一样，没人坐司机的座位。

"今早我们要再去教堂吗？"波因德克斯特问道。

"是的。"以赛亚说。

"好的，"越野车答道，"我们将在大约四分三十二秒后到达。"

"谢谢，波因德克斯特。"肖恩说道。

"不用客气，肖恩。"

越野车开动了，并沿着一条已经精确计算好的道路前进。

以赛亚摇了摇头。"我想不出什么比对机器礼貌更没必要的事情了。"

"或许吧，"肖恩说，"但是当机器掌握方向盘的时候，我得小心点。"

当他们到达山顶并停好车后，几名阿布斯泰戈特工过来打了招呼并帮助肖恩下车。以赛亚从鹰巢带了一打帮手过来，男女都有，后来又有更多人加入。他们充当警卫、技术人员和工作人员。

"一切都准备好了吧？"以赛亚边推着肖恩走向教堂边问科尔。

"是的，先生。"她答道，态度有些严肃。她曾是鹰巢的安保主管。"我相信几分钟之前他们就已经结束校准了。"

到了教堂入口，一名特工打开沉重的木门，以赛亚推着肖恩走了进去。教堂里面，旧长椅靠墙叠放着，为地板中间的 Animus 腾出空间。空气中弥漫着潮气和泥土味，但还不至于令人不适。厚实的木椽在头顶延伸开来，除此之外大部分的拱形空间都隐于阴影之中。这间教堂不如肖恩在电影中看到的那些到处都是彩色玻璃的教堂明亮。这地方更像一座堡垒，四周都是窄窗，只能透进些许光线，教堂房间的边缘整日都处在阴暗之中。

Animus 位于唯一的真正的光源之下，那是一盏铁制的、全是裸露灯泡的大吊灯。技术人员围着它忙碌，跨过遍布石板的电线和电缆。以赛亚将肖恩推到设备处，接着帮他从轮椅上下来，系上带子，将他绑在机械骨骼上。然后以赛亚拿来头盔戴在肖恩头上。

他几乎就要习惯顶叶抑制器的穿刺剧痛以及进入祖先记忆里的过渡，几乎。但这些很快就过去了，而且他已熟悉斯泰尔比乔恩的思维，同步也变得既容易又自然。

他坐在哈拉尔·蓝牙的大厅里，和这位丹麦国王坐在一张桌子旁。斯泰尔比乔恩的妹妹基莉德坐在他们旁边，看起来十分胜任王后这个角色。不过在她成为哈拉尔的妻子之前，她可是斯韦阿兰的公主，聪敏狡黠之名不亚于斯泰尔比乔恩的勇猛强壮。

"你须得带领舰队行驶到约塔兰海岸，"她说道，"然后往西穿过梅拉伦湖，那里有众多父王的拥护者。即便是现在，他们中的一些人也在暗中反对埃里克。如果我们的盟友看到你沿着海岸航行并穿过斯韦阿兰的腹地，他们将会以强者斯泰尔比乔恩的名义加入这场战斗。"

"强者？"斯泰尔比乔恩问道。

"你还没听说吗？"基莉德看看她的王兄，又看向哈拉尔，后者满脸通红，"我早已耳闻你跟我夫君的战斗事迹。他们说你拥有十个男人的力量……"

哈拉尔砰的一声将麦芽酒杯砸在了桌上。"这个计划太冒险了。我的人手和战船交予你号令，但我不会让你送他们葬身海底。梅拉伦湖是个陷阱，那里只有一条路可以离开，如果埃里克下令埋伏……"

"你说得好像你已经在计划撤退了。"斯泰尔比乔恩说道。

"我会计划如何进入我的战斗，"哈拉尔说，"然后我会计划怎样脱身。"

"也许这就是你会输的原因。"基莉德说完,丹麦国王便脸红得更厉害了。

"我欣赏王后的计划,"斯泰尔比乔恩说,"我们会穿过梅拉伦湖,之后前往弗里斯沃特,然后再直取乌普萨拉。"

哈拉尔摇了摇头,下巴线条绷得仿佛能够粉碎岩石。但他没有提任何反对意见,他还能说什么呢?他在战斗中输给了斯泰尔比乔恩,并且在众人前向他投降了。但斯泰尔比乔恩没有错过姐夫眼中的火花,他的手一刻都没有远离过那把佩带在身侧的令人好奇的匕首。肖恩也注意到了。记忆席卷而来,除非斯泰尔比乔恩得到三叉戟的戟尖,不然肖恩只能一筹莫展。

哈拉尔的怒火让斯泰尔比乔恩觉得好笑,他决定煽风点火。"你在烦恼什么,哈拉尔?"

丹麦国王瞪了斯泰尔比乔恩片刻,笑了起来,露出一口烂牙。"你忠于什么神灵?"

"我不信奉神灵,"斯泰尔比乔恩说,"他们对我来说都一样。"

"你不畏惧他们吗?"

"不。"

"那你忠于什么?一个女人?"

"等我夺回我的王位,我才会迎娶王后。"

"你觉得没有一个女人配得上你吗?"哈拉尔问道,"我的宫殿里有一个叫塞拉的盾女,她又美又强悍,说不定……"

"不。"斯泰尔比乔恩拒绝道。

哈拉尔从外衣的刺绣上拉下一条松散的线。"毫无疑问,你忠于你的战士。"

"我很荣幸能和乔姆斯维京人并肩作战,但我并没向他们宣誓忠诚,同样,他们也没有向我宣誓忠诚。他们追随的是帕尔纳托克,在一次至关重要的战斗中,他与我单打独斗,即使战败也不失荣誉。"他这样说意在羞辱哈拉尔的迅速投降。

"古老的仪式已经走向尾声,"哈拉尔说,"他们的荣耀正在消失。"

斯泰尔比乔恩耸耸肩。"没准在丹麦国内是这样,毕竟你的战士看起来都还效忠于你。"

"做好一个国王比获得胜利更重要,"哈拉尔停顿片刻后看向基莉德,"或许你效忠的是你王妹?"

斯泰尔比乔恩曾经是忠于他王妹的,她对他亦是如此。但她已获得权力,而且现在得到了她自己的王位。哈拉尔从来就没能掌控她,因为她掌控自己的命运与荣耀。现在轮到斯泰尔比乔恩了。

"我忠于我自己,"他说道,"别无他人。"

哈拉尔挑高了眉毛,接着点了点头,像是刚刚意识到了什么。"我想我明白了。"

"我深表怀疑。"斯泰尔比乔恩喝光了酒杯里最后一点麦芽酒,"事情就这么定了,我们航行穿过梅拉伦湖。消息传开,人们将会云集在我的旗下,埃里克将会倒台。"他说话的模样仿佛这些词句中蕴含着重塑世界的力量。

在这样的记忆里,肖恩几乎臣服于斯泰尔比乔恩的气魄之下,而这使他与祖先的英勇顽强高度同步,他自己需要变得更强大。在纽约和伦敦,他曾在另一个祖先汤米·格雷林的记忆里体验过类似的感觉。

"我的战船随时听候吩咐,斯泰尔比乔恩,"哈拉尔说,"我的战士们也是。我会静待你胜利的消息……"

"静待？"斯泰尔比乔恩瞥了一眼基莉德。

她目光锐利地看向哈拉尔。"夫君，你当然会与我的王兄并肩作战。"

在斯泰尔比乔恩和基莉德看来，很明显，哈拉尔并没打算航行去斯韦阿兰。说实话，斯泰尔比乔恩并不想要哈拉尔同行，但他清楚如果有国王的带领，丹麦人会更有斗志，就算他们的国王听从一个击败他的斯韦阿人的号令。

哈拉尔·蓝牙又摸了摸他的匕首——伊甸园碎片，盯着肖恩的祖先看了好一会儿。然后他移开视线，显出沮丧又困惑的表情。

"我会跟你一同前去。"哈拉尔说。

斯泰尔比乔恩点了点头，但肖恩却注意到一丝不同寻常。他十分确定哈拉尔刚刚打算对斯泰尔比乔恩使用匕首的力量，思及此，他意识到这是第二次发生这种事了。肖恩抬起头，越过斯泰尔比乔恩的意识边缘，对以赛亚开口说道：

"哈拉尔很清楚他拿着的是什么。"

有道理，以赛亚说，这段时间的资料告诉我们，哈拉尔成功地统一了丹麦和挪威。他是一个很有权势的人。

"如果这是真的，那为什么匕首对斯泰尔比乔恩没用？"肖恩问道。

哈拉尔试图使用它？

"嗯。"

你确定？

"我觉得是。"

如果你的祖先具备能够抵御伊甸园碎片的力量，我必须弄明白是怎么回事。斯泰尔比乔恩做了什么来保护自己？

"没有。看起来是自发的,就像他对这个免疫。"

稍等一下,以赛亚说,**我要终止虚拟场景,这样我才能分析——**

"不。"

以赛亚停顿了一下。**你说什么?**

"不要终止,让我留在这里。"肖恩的声音听起来比他想象得更笃定,这让他感到惊讶,但他还没准备好回到自己的身躯和大脑里。

我才是做那些决定的人,肖恩,以赛亚以低沉而平稳的声音说道,**你无权命令我做什么。**

"那我求求你,让我留在虚拟场景里。求你了。"

不,我还有其他优先事项……

"我的优先事项呢?"

你的优先事项?

"是的。"肖恩不知道这种抵触情绪从何而来。

肖恩,我的优先事项就是你的优先事项。你没有自己的优先事项。

"不,我有。"

如果是这样的话,我建议你尽快摆脱它们。原则和优先事项冲突是要付出代价的,我怀疑你是否准备好了。

"我想我可以自己判断。"肖恩觉得他仿佛在自己脑海里的虚拟场景中,正在听着另一个人说话,然后想要将之逐出脑海。简直就像是斯泰尔比乔恩在通过他发言。"这是我的虚拟场景,假如我想要留下,那我……"

有什么击穿了肖恩的头骨,用拳头捏紧了他的大脑,接着将它从他的躯干中扯了出去。虚拟场景在他周围撕裂,他感觉到自己也被撕裂了，被利爪一层层一片片地撕开，直到所剩无几，让他几乎无法认出自己。他只是一缕飘浮在无边无际的虚空中的思绪。这时，一道耀眼的光芒射了过来，他睁开了被灼烧得生疼的眼。

有一双绿眸的高大男人正站在他面前。肖恩眨了眨眼，然后认出来人是谁。

以赛亚把水桶举到肖恩脸前。"吐出来。"他说。

肖恩遵命了，他就像个破布娃娃挂在 Animus 的机械骨骼里，脑袋里仍在天旋地转。

"你这个笨蛋。"

"哪个部分？"肖恩问道。他回想曾说过的话，却仍旧没法解释这话从何而来。尽管暴力断开同步，他却也不确定自己是否后悔。

"挑衅我可不是明智之举，肖恩。"以赛亚靠得更近了一些，"我知道你想要待在 Animus 里面，你疯了一般想要待在里面，但我猜你忘记了我能控制你进出 Animus，正如刚刚我所做的那样。"

"但你不会让我失望的，"肖恩的语气并不像在 Animus 里面那样自信，"你需要我找到那把匕首。"

以赛亚倾身避开他。"你还是没弄明白。"

肖恩注意到其他的阿布斯泰戈技术人员都离开了教堂，只剩下他和以赛亚，他们的声音回荡在石墙之间。

"我没弄明白什么？"肖恩开口问道。

以赛亚从光源中走了出去，走向教堂尽头黑暗的壁龛。片刻过后，他走了回来，手中拿着一根又细又长的长矛一样的东西。

不，不是一根长矛。

那是一支带着两枚戟尖的三叉戟，第三枚戟尖不见了。到目前为止，肖恩都只是把这些文物看成普通匕首，但随着皮革把手被去掉，它们现在终于露出了原本的模样：一件大型致命武器的两个部件。以赛亚将它们合并，装在三叉戟顶部。

伊甸三叉戟。

他面带威严地拿着它走向肖恩。"现在，"他说，"我会让你弄明白。"

第八章　巨蛇出现

欧文跟着门罗和娜塔莉亚通过走廊走回实验室，门罗带他们走进邻近的一间房，里面有三个不同的 Animus 环，看起来很眼熟，他似乎在鹰巢的某处见过，但它们并未经过打磨。它们似乎更像机械骨骼，全是裸露的电线和组件。

"这些能派上用场吗？"欧文问。

"当然，"门罗走到其中一个旁边，结结实实地拍了一下，"它们大多是用来做研究的，非常耐用。虽然外表没有其他那些好看，但它们能派得上用场。"

欧文看了一眼娜塔莉亚，然后耸了耸肩。"你说了算。"

门罗看向两人，叹了口气后点了点头。"来，我帮你们准备好。"

"你看起来有点紧张。"娜塔莉亚说道。

"我已经研究集体无意识很长一段时间了，"门罗说，"一直盼望有一日能亲眼看见。可是当梦想就在眼前时，我……一定要注意安全，好吗？"

欧文希望得到的是更多的保证。"没问题。"

门罗带着他和娜塔莉亚走向已经联好网的两个Animus环，让他们分享虚拟场景。欧文跨进圆环，爬进机械骨骼里，感觉到这东西比看起来更坚固结实。门罗帮娜塔莉亚扣好安全带，接着过去帮欧文，很快他们便做好了进入的准备。

"还有一些需要注意的地方，"门罗说，"首先，我一直在看着这次虚拟场景的Animus代码，很明显这次是非典型性的。这次跟你们已经习惯的记忆体验方式不一样。这次不是带有因果关系的章节式事件，这个更全面，更有组织性，几乎就像是已经在脑中写出了故事结尾。"

"这会让同步更简单点，是吧？"欧文问道，"我们不会被束缚在某个记忆中，我们也不用担心能否做出正确选择什么的？"

"差不多，"门罗说，"但这是另一回事。这次的虚拟场景太过古老。数据是完整的，但我们在这里说的是人类的起始之初。这其实是一个令人难以置信的时刻，我的意思是，我很清楚我们做这个是为了阻止以赛亚，但这件事的意义远不止如此。你们两个即将踏入的是一个让我们成为人类的地方。"

"我们会记笔记的。"欧文说道。

"最好是这样。"门罗将头盔戴在欧文头上，在片刻的完全寂静后，他听到门罗的声音在耳边响起。

你们都能听到我的声音吗？

第八章　巨蛇出现 | 077

"是的。"娜塔莉亚答道。

"是的。"欧文答道。

很好。你们准备好开始了吧？

他们同时回应。

稳住了。启动顶叶抑制器，三，二，一……

欧文表情扭曲，承受着强大的压力，他感觉到他的头骨在激烈摩擦，直到压力消失，他才睁开眼看着无边无际的灰色。他环顾四周，等待着有什么东西从虚无中显现出来。娜塔莉亚站在他身旁，按揉着她的太阳穴，完全就是她平日的模样。

你们怎么样了？

"很好。"欧文答道。他穿着他最喜欢的牛仔裤，上面带着舒服的洞，这件牛仔裤他只在慵懒的星期天穿，再加上一件T恤。不知怎么回事，Animus肯定是把他自己的记忆给拉了出来。娜塔莉亚穿着牛仔裤和宽松的纽扣式海军衬衫。

"我也很好。"娜塔莉亚说完捏了一下她的眼皮。

你们准备好跨出下一步了吗？这可是一大步，尼尔·阿姆斯特朗那样的一大步。

欧文看着娜塔莉亚，她睁开眼，眨了好几次后，冲他点了点头。

"我想我们准备好了。"他说道。

很好。迈出人类的一大步，三，二，一……

记忆回廊并没有化为什么形状，反倒是渐渐变暗，从灰色变成了黑色，黑得就像在Animus头盔里面那样。过了好一会儿，欧文猜想是不是出了什么问题，正要开口问门罗，这时一道微弱的光在他头顶闪烁起来。一开始它只是微光，像一颗遥远的星星，但渐渐地越变越亮，越来越近，直到欧文不得不眯起双眼。

"那是什么？"他问娜塔莉亚，"某种……"

听我说，一个女性嗓音钟声般响起，回荡在欧文脑中，**大道沿途要穿越恐惧、忠诚与信念。找到跨越它们的方法，我将会在峰顶恭候大驾。**

接着光芒逐渐减弱，但在它减弱的同时也发生了变化，幻化成了坚固、四方的形态。待到最终固定，欧文才发现他们正置身于一条隧道中，刚才的光线则变成了隧道尽头一个敞开的出口，身后则是无尽的黑暗，这给他们指明了方向。

"你听到那个声音了吗？"娜塔莉亚问道。

"听到了。"欧文说。

一切还好吧？ 门罗问道，**Animus 很难将数据转换成图像传到我这边，所以你们得告诉我你们看到了什么。**

"刚刚出现了一道光。"娜塔莉亚说。

"一道会说话的光，"欧文补充道，"现在我们正在一条隧道里。"

会说话的光？它说了什么？

"大道沿途要穿越恐惧、忠诚与信念。"娜塔莉亚说，"还说要在峰顶等着我们什么的。"

哦，这倒真是有趣。这意味着我们找对方向了。

"怎么说？"欧文开口问道。

因为每一枚伊甸戟尖都会对人类产生不同的效果。一枚会引起恐惧，一枚会使人忠诚，一枚则使人产生信念。这不可能是巧合，这意味着你们所在的虚拟场景与三叉戟有某种联系，正如我们所希望的那样。

"我觉得我们得继续前进，"娜塔莉亚说，"直达峰顶。"

欧文点头赞成。"我也这么觉得。"

他们朝着远处的出口走去，隧道里回荡着他们的足音。隧道两边的墙壁似由干燥的石头构成，表面粗糙不平，并且隧道的空气里弥漫着灰尘。最终，他们走到一个位置，从门口射进的光线不再阻挡欧文的视野，他瞄见了巨大的树干。

"这儿有一片森林。"娜塔莉亚说。

一片森林？门罗问道。

"我们就要到了。"欧文说。

他们走到隧道尽头，却停下来站了一会儿，深深看进这片茂密幽暗、与包围鹰巢的那片森林大不相同的林地。那些树木跟欧文所见过的任何树木都不一样。它们的间距很近，粗大的树干，带有虫蛀痕迹的树皮，宽阔伸展的树枝，暴露的树根像是被从土里拔了出来，这样树木便可以行走。几乎没有阳光透过枝叶的缝隙，但有阳光照射的地方，青草便郁郁葱葱，阳光照射不到的地方便只有一块软软的黑土。

"你会在这儿迷路的。"娜塔莉亚说。

欧文表示赞同。在未太深入森林的地方，一道朦胧而难以穿透的阴影吞噬了一切。不仅如此，在阴影边缘，森林正在吞噬它自己，树木似乎正在扭曲变形，或者移动。欧文眨了眨眼，眯起眼睛，猜测着这是否只是他的想象，伴随着正在消失远去的树木裂开的声响与叹息之声，感觉像是虚拟场景出现了故障。

"门罗？"

嗯？

"虚拟场景还稳定吗？"

嗯，看起来状况良好。

"你确定？"娜塔莉亚开口这么问就意味着她也注意到了。

等一下。

欧文和娜塔莉亚同时深吸了一口气。

"我不想去那里。"她说。

"我也不想。"

但要是他们不进入森林,那他们又该去哪里?他们不能再走回隧道,欧文看到另一边的尽头没有一丝光线。

好了。门罗回来说道,我全检查了一遍。虚拟场景很稳定,所以不管你们看到了什么,那都是本该发生的事情,那些是记忆。

"这让人感到不安。"娜塔莉亚说。

也许不会,我跟你们说过,基因是不一样的。这跟普通的虚拟场景不一样,它更……原始。

"是这片森林让人感到不安,"欧文解释道,"唯一一条往前走的路要穿过那里。"

说不定……说不定那不是一片普通的森林。

欧文又看了一眼那些正在移动的树木。"呃,没错,那绝对不是片普通的森林。"

不,我的意思是那并不只是一片森林。或许是那片森林——原型森林。

"那片森林就是原型?"娜塔莉亚问道,"那怎么运行?"

原型并不只会变成人,它们也会移动和变成别的物体。这片森林似乎在无数神话中都出现过。

隧道外的空气压得人透不过气,欧文无法分辨那是种什么气味,像是一种腥臭的气味。空气中有什么东西让他的身体倏地绷紧,并且刺痛了他的脖子,他无法辨识,也不知道为什么那东西会让他如此不安。无论如何,虚拟场景并没有转换。"所以你在说的是，我们必须穿过那片森林。"

"除非我们站在这里，"娜塔莉亚说，"或者离开虚拟场景。"

欧文点头叹了口气。"没错。"

我就在这儿，门罗提醒道，要是有什么不对，我会把你们拉出来，但是记住为什么你们要做这件事。你们所携带的集体无意识基因与伊甸三叉戟是相连的。

"明白。"欧文往前走了一步，越过边界。柔软肥沃的土壤让他的脚陷了下去，他注意到四周长满了蘑菇。他一步接一步地走了起来。当他和娜塔莉亚走到离隧道有一段距离的地方，他们转过身看去。

从这边看去，他们进入森林的通道不是一条隧道，而是一道石门。两块粗糙巨大的石板边缘整齐，相互平行，第三块石板则放在它们上方，在这边形成了一道除了森林之外什么也没有的门。石板上的灰色岩石带有天然石痕并长满苔藓。这座孤独的纪念碑立在森林中，寂静而雄伟，欧文说不出到底是它还是这片森林更先出现在这里。

"没有回头路，"娜塔莉亚说，"隧道消失了。"

"记忆并不稳定，"欧文说，"我不喜欢这样。"

"门罗说没问题。我们再往前走一点，看看会发生什么。"

欧文看了一下周围，森林四周看起来都没有尽头。"走哪条路？"

"我觉得这无所谓。"娜塔莉亚看了看她左右，然后指向右边，"我觉得我们走那条路吧。"

欧文继续朝那个方向走去，待他踩到第一片洒满阳光的草地，他驻足抬头向上看去，一望无垠的天空正低头俯视着他，从森林的角度来看，树冠上的裂隙就是一个满是蓝色血液的伤口。他和娜塔莉亚把那道光抛在身后，往深处走去，尽可能地直线前进，无路可走时就绕过去。他们似乎在推动着扭曲的边缘前进，仿佛旅行在他们创造的现实中。

欧文听到了鸟儿歌唱与啄树的声音，听到了虫子的窸窣鸣叫，闻到了树叶、花朵还有泥土的气息，偶尔也会嗅到令人不安的气味，就像之前他们走过的地方所散发的那种味道。

没法估计他们到底走了多远，而欧文对于时间流逝也只有一种模糊的感觉，但最后他走到森林中的一个地方，不情愿地停下了脚步。他低头看向他的脚，接着脑海里开始察觉到他的身体已经感受到的恐惧。

"这里不止我们两个人。"他颤抖着低语。

娜塔莉亚僵住，看向森林里。"不止我们两个人？"

"是的。"他瞪大了眼睛，心脏狂跳起来，"你感觉到了吗？"

"感觉到什么？"

"森林里有东西跟着我们。"他看不见，但他能感觉到，就像他感觉得到脚下的土壤那般确定。

"是什么东西？"

"我不知道。"不过欧文很清楚不管那是什么，他一直都能嗅到它的气味，"我们走吧，安静些。"

于是他们继续前进，小心地避开脚下的树枝和树根，尽管它们都不会说话。他们穿过了一棵又一棵的树木，数百棵，或者上千棵。不久后欧文瞥见前方出现了一些东西，跟没有尽头的森林不一样的东西。他看不清那是什么，但那东西很巨大，而且躺在地上。

他停下来对娜塔莉亚低声说："我们应该过去吗？"

"不，我们先看看那是什么。"

他点点头，接着他们小心地靠了过去，利用树木挡住自己的身形，直到他们近到足以看见那并非活物，也不是可以移动的物体。欧文走进一片空地，犹带疑惑地向那东西走近。它似乎是由某种半透明材料制成的，全部折叠并扭曲着，大约六英尺宽。但很快欧文便注意到了它有多长，它沿着两个方向向森林中伸展。

"那是什么？"娜塔莉亚问道。

"我不知……"

不过立刻欧文就注意到了材料中微妙的重复图案。接着他反应过来他是怎么知道那股恶臭的了。那是他三年级时教室里的味道，他的老师有一个育养箱，开学第一天她便向全班同学介绍了里面的居住者。在那之前，欧文都没想过蛇会有气味，而且大多数时候它们都没什么气味。但有时它们会散发臭味，所以它们都养在育养箱里。

娜塔莉亚靠了过来。"等等，那是皮？"

"嗯，"欧文说，"那是蛇蜕。"

娜塔莉亚转过来看着他。"从蛇身上蜕下来的？"

"看那边。"欧文又打量了一下它的尺寸，重新估算起来，"它很巨大，那可不只是条巨蟒，是巨型庞然大物。"欧文很想知道皮肤的前主人去了哪里，"我想看看这东西到底有多长。我们该先去找头？还是尾巴？"

"我赞成。"

欧文决定这次走左边，他们沿着蜿蜒曲折、一路延伸到森林之中的蛇蜕走了下去。他们走了几码[①]，然后又走了几步，希望已经到头，但蛇蜕还在延伸，一直延伸，直到他们走了几百英尺都还没

[①] 1 码约 0.9 米。

到头。他们身后的蛇蜕似乎随着树木消失在了阴影中,而且欧文想知道这是不是门罗宣称的稳定的虚拟场景中的又一次失真。无尽的蛇蜕循环。

"这肯定是另一个原型,对吧?"娜塔莉亚说道。

欧文点了点头。他感觉到了这东西的存在。"尽量在它发现我们之前离开森林。"

但他们还不知道具体该怎么离开,于是只得继续走下去。这就是他们所做的,只是现在要谨慎得多。欧文每次都被地面的沙沙作响和头顶上的树枝发出的噼啪声惊得跳起来,随着时间的推移,挥之不去的恐惧包围了他,他开始看到和听到一些本不存在的东西。物体轮廓突然从视野中消失,莫名的声音低语着他听不懂的内容。森林吞没了他。

你们俩怎么了?门罗开口问道,**我这里显示你们肾上腺素和皮质醇达到了峰值。你们俩都是。血压和心跳也增高了。**

"是蛇的缘故。"娜塔莉亚解释道。

一条蛇?

"我就猜你可能会说蛇。"欧文说。

你们找到了巨蛇。

"只是蛇蜕,"欧文说,"巨蛇还在外面游荡呢。"

"说不定这是个上好的原型,"娜塔莉亚说,"就像那个医疗标志上的蛇一样。"

墨丘利节杖上的蛇?门罗说道,**我觉得不是。蛇几乎一直以来都是恐惧与死亡的标志。例外情况通常意味着我们试图通过颠倒符号的含义来抑制恐惧,甚至是崇拜它。**

"不好意思,你是打算出手帮忙吗?"欧文问道。

没错，我是这么打算的。记住，这只是个记忆。也许从某一时期开始我们的祖先就比较小，蛇比较大。但这段记忆不是文字，只是具有象征性，符号并不能伤害你们。

"你确定吗？"欧文问道。

是的。务必牢牢抓住你们的恐惧和思维。

"要是我们做不到呢？"娜塔莉亚的脸庞在昏暗的光线中显得有些苍白，"要是——"

"嘘！"欧文喊道。

有一个声音传入他的脑海，一个安静的声音，一个叹息声从附近某个地方传来，沿着地面迂回蜿蜒。欧文静静地等待着，聆听着，注视着树林。

没有一丝声响。

没有一点动静。

接着他就看到了巨蛇。

它的头先出现在森林深处，像皮沙发一样大。嘴和鼻孔周围的黑色与深红色交织的鳞片闪闪发亮，镶嵌其中的铜色蛇眼似乎正在闪烁光芒。它细长的舌头直接劈开空气，朝他们滑了过来，紧随其后的是它从阴影中现身的似乎没有尽头的躯干。它的视线锁住了欧文，它看着他的模样仿佛他就是一只惊慌失措的啮齿类动物。

"跑！"他轻声道，既是对自己，也是对娜塔莉亚。

第九章　大卫的恐惧

大卫独自一人待在休息室，面朝窗户，身躯深陷于座椅之中。他凝视着窗外的树木，脑中想着那场关于维京的虚拟场景。事实就是奥斯特即便蓄奴也无法阻止格蕾丝同步记忆，但这个过程对她来说显然很是不同，所以她进入了虚拟场景并接手了后续任务，像往常一样救了他。但这次，他还是觉得她扔下了他，所以大卫将她扔在 Animus 那边，自己来了这里。

他想给爸爸打电话。但他现在应该是在工作中，而且作为一名焊工，每次儿子打电话他都不能完全放下手里的事情接电话。就算大卫能跟爸爸通话，他也不确定他要说什么或是问什么。

大卫必须得自己搞定这件事。

回想在蒙古的时候,他和格蕾丝以前所未有的方式走到了一起。她终于不再把他当作一个小孩子来看待了。她全心地信任他。但之后以赛亚使用了匕首——三叉戟的恐惧戟尖。大卫永远都忘不了那些幻觉侵入他大脑的情形。

他独自一人从学校走回家里,哪怕格蕾丝叮嘱过他不要这么做。但是凯末尔和奥斯卡没有等他,所以他该怎么做?当他看到达米恩站在前方一个角落时,还差一半路程就要到家了。每个邻居都认识达米恩,每个人都知道要离他远远的,所以大卫躲进药店等了一会儿。

他买了一瓶可乐,接着翻了几本杂志,直到有人从后面撞上他。

"看着点。"大卫转身说道。

一个又高又壮的白人站在他面前。他反戴着一顶棒球帽,下巴上蓄着金色的山羊胡。"你说什么?"

大卫咽了咽口水,但他没打算做缩头乌龟。"我说看着点。"

男人走近了些,双眼眯起,身上散发着霉味与劣质古龙水的味道。"你在威胁我,小子?"

"并没有。"大卫的心狂跳,T恤都随之颤抖,"还有,请别叫我小子。"

"你威胁我。"男人把手伸到衣衫下面,"这里的每个人都会说你威胁我。"

大卫掉头就跑,朝着走廊飞奔而去,冲出药店大门后一头撞上了达米恩,也撞掉了他的可乐。棕色的饮料全洒在了达米恩的裤子和鞋子上。大卫没有停下来看接下来会发生的事情。他很清楚达米恩会怎么做,所以他足不点地地继续逃跑。

他听到了身后的咆哮和咒骂,便知道达米恩正在追赶他。但当他回头去看的时候,他看到的是两个人——白人大个子也在追赶他,而且两个家伙都带着枪。要是他们抓到他,他们肯定会杀了他。

大卫必须赶到家里。要是他能到家,他就安全了。

于是他尽可能抄近路,而且跑得比平时快了许多,但他依然无法摆脱追赶他的人,他们一直跟着,一直都在他身后。

不知怎么回事,他赶到他家的街区时,天已经黑了,但当他到家时,屋子里的灯却没亮。他跃过大门,奔上门廊的台阶,发狂般地开门冲了进去。

"格蕾丝!"他关好身后的门并插好插销,"爸爸!"

无人应答。

"妈妈?"

透过门上模糊的窗玻璃,他可以看到达米恩和白人大个子晃动的影子正在接近他家大门,身后的街灯将他们的影子拉长成巨人,他们一步一步登上前门的台阶。无处可逃,无处可躲了。

"格蕾丝!"他叫喊着,"爸爸!"

黑暗的屋子里没有人回应他。两个男人已穿过外面的门,朝房门这里走来。

大卫孤身一人,身处险境。大门阻止不了他们,窗户也阻止不了他们——

幻觉到这里戛然而止,这就是大卫心中最大的恐惧。

不是达米恩或是白人大个子,而是空荡荡的房子。

大卫孤身一人。

但他不想为此感到害怕。他不需要他姐姐来救他。此刻他唯一想做的事情就是回到 Animus,不过他还得找办法与他的祖先同步。格蕾丝是怎么做到的?为什么她不像他一样感到愤怒?她可能会说她其实跟他一样愤怒，可是她现在在 Animus 里面，而他没有，显然那个虚拟场景对她而言是不同的。

对他来说会不同吗？反正这只是一场头脑游戏罢了。他必须认同祖先的一切吗？他一直是这样认为的，但或许也不是。也许这正是阻碍他的东西。归根结底，也许阻碍他的不是愤怒本身，而是他认定愤怒是一个障碍。

只有一个方法可以知道。

他从椅子上站起身，离开休息室，去了 Animus 房间，然后他发现格蕾丝还在圆环里。他几乎从没真正在外面观察过别人使用 Animus 的样子。他姐姐戴着头盔原地走路的样子看起来有点傻。维多利亚坐在附近的电脑终端旁，戴着一个精致的麦克风耳机，监控着显示虚拟场景信息和格蕾丝的生理数据的多个显示器。

"她怎么样了？"大卫问道。

维多利亚瞟了他一眼，随后又转回去看着格蕾丝。"她很好，生理反应良好，同步稳定。"

大卫点点头，拉过一把椅子，在维多利亚身旁坐下。

"你怎么样了？"她问道。

"我很好，"大卫答道，"不过我想再试试。"

"你想回到 Animus？"

"是的。"

她偏头看着他。"坦白说，我觉得这不是个好主意。我们不能浪费时间……"

"我做得到。"大卫说。

"何必这么麻烦？格蕾丝在里面，而且已经锁定了。我们不用别人帮忙。"

"说不定她需要休息一下。她总是需要休息的,对吧?"

维多利亚指向显示器。"她看起来做得很好。"

"你能问问她吗?"

维多利亚倾身离开大卫,手肘搁在转椅的扶手上,好半晌都没有作答。"或许可以。"她终于开口了,接着按下了耳机侧面的一个按钮,"格蕾丝,你怎么样?"

一阵沉默。

"很高兴听到你这么说,"维多利亚说,"你需要休息一下吗?"

又一阵沉默。

"好的,那你就继续……"

"我可以跟她谈谈吗?"大卫问道。

他听到一声明显带着不满的叹息,接着维多利亚朝耳机里说道:"格蕾丝,大卫正在我旁边,他想跟你说话,还有……是的,等一下。"她摘下耳机递给大卫,眉毛高高挑起。

他接过耳机戴上,调试了一下,开口道:"格蕾丝?"

嘿,她答道,你感觉好点了?

"嗯,好点了。"他说,"不过真是奇怪。你人就在这儿,戴着头盔,像个傻瓜,但你也在那里面,在维京的土地上。"

实际上是在瑞典,又叫斯韦阿兰。奥斯特可以证明。

"好吧。说到这家伙,我觉得我想再试试。所以要是你需要休息或者是别的什么……"

你想再试试这个虚拟场景?

"嗯。"

你没必要这么做。我能搞定。

"我知道你能搞定,但你没必要为了我这么做。我想试试。"

你确定?

"我确定,"他说,"没问题。我状况很好。"

他姐姐沉默了下来。

"格蕾丝?"

让维多利亚接电话。

"没问题。"

大卫把耳机递了过去,然后等着维多利亚将它戴好,并将麦克风对准嘴唇。

"格蕾丝,是我。"她开口道,"是的,我……那是什么?"

又是一阵沉默。

"我明白了。"维多利亚看向大卫,他脸上露出一丝微笑,"你需要休息,是吧?很好,准备好。"

大卫坐定,等着维多利亚带格蕾丝退出程序,将她从虚拟场景中拉出来。摘掉头盔后,格蕾丝眨眨眼,晃了晃脑袋,晃得她一头秀发乱糟糟的,这时维多利亚正忙着解开她身上的一些夹子和带子。

"能搭把手吗?"格蕾丝问道。

"噢,当然。"大卫跳起身走过去,帮他姐姐解除装备,退出圆环。接着换他爬进去,格蕾丝帮着维多利亚给他穿好 Animus 的装备。

"我需要切换到你的个人资料和生理数据,"维多利亚说道,"要花点时间。"

大卫看着格蕾丝坐进了刚刚他坐过的椅子。她一屁股坐了下去,用手掌根擦了擦额头的汗水。接着她拢起头发,在脑后抓起一个马尾,用牙叼着弹力绳,手指灵巧地穿梭于发丝间,将它们顺势向后拉紧,然后拉开弹力绳将头发缠好。

"在瑞典发生了什么？"大卫问她。

"奥斯特在乌普萨拉，军队正在那里集合。他们正在准备打仗。"

大卫点了点头。"了解。"

"要是你不能同步呢？"她问道，"你想再经历一次那种感觉吗？"

他尽力不去回想那段惨痛经历。"不会的。"

格蕾丝从椅子上站起来走向他。"记住，你不用评判他，不用赞同或者为他找什么理由开脱。你也不用解读他或是原谅他，你甚至不用接受他的所作所为。你要做的就是接受他做的事情。"

"好，"他说，"谢谢。"

她点点头，转身往回走。过了一会儿，维多利亚站起来说已经准备好了。她拿来头盔戴在大卫头上，然后在他耳边叮嘱起来。大卫感到有些不耐烦，已经开始自顾自地回想起进入虚拟场景的过程以及场景本身。他只想赶快进入记忆之中。

几分钟过后，他便栖息在了大块头的身体里，站在了一个沼泽上的大型营地里。大卫立刻便收起自己的心思，直面奥斯特——他的祖先所有人性方面的成功与失败。他的家庭，他的固执，他的勤恳与荣誉感，他的冷漠，他在战斗中取得的胜利。

以及他的奴隶。

大卫感到自己一想到丹麦人阿恩便怒火中烧，但这次他没打算扑灭它或忽略它。他没有强迫自己接受他永远做不到的事情，相反，他提醒自己哪怕他的祖先是这样的人他也可以与之同步。大卫依然可以与他交谈，他可以找到与他的其他共同点，当然他也会继续对他生气。

就像格蕾丝说的，大卫的任务不是为奥斯特的时代和他的人辩解，大卫完全没必要原谅他。

你做得很好, 维多利亚说道,**比上次好多了,你差不多要完成同步了。**

大卫只需要与他的祖先对话,于是他向奥斯特的想法敞开了自己的脑海,他认真听着,以奥斯特的身份接受他所听到的一切,不管这一切有多么错误。渐渐地,他感觉自己正在同步,并非因为他与奥斯特看法一致,而是因为他并没有强迫自己认同而理解奥斯特。

很好。你做到了。

大卫吁了口气,然后发出奥斯特的声音。

黄昏时分,出现在他面前的是菲里斯河场,这是一个大平原,沿着一条沼泽河从乌普萨拉南部延伸至梅拉伦湖,成百上千的营火正在其上燃烧,仿佛穆斯贝尔海姆的星火从苍穹坠落至此。在这一年里,大面积的土地都没有干涸,奥斯特本来不会选择这里作为战场。但这里是斯泰尔比乔恩杀向埃里克的王庭的必经之路,真王的军队将屹立在这里。

奥斯特转身走回他与其他十几个人共享的营火边,他的邻居奥洛夫也在这里。在这个圈子里,大多数农民和牧民也都响应了令杖的号召。他们中的一些人是经验丰富的战士,其他人连毛都没长全,但每个人都知道他们不可能离开这个地方,除非有神王奥丁的女战士助阵。

奥斯特找到自己的位子坐下来时,一道黑影靠近他们的营地。

"谁过来了?"一个叫奥尔弗斯,右手只有三根手指的男人开口问道。

人影走近营火时,奥斯特认出来那是来自阿罗斯的自由人斯卡尔佩。他浑身湿透,靴子到大腿上都是泥污。他看起来像在沼泽里经历了一场灾难,其他人都笑了起来。

"斯卡尔佩,你这个蠢货,"奥尔弗斯骂道,"这片平原可没有什么黄金。"

"你早就说过了。"浑身湿透的男人在火旁坐了下来。

"那你为什么要在沼泽里杵着生根发芽,就像桅杆后面的一头猪一样?"其他人问道。

"你们跟我一样很清楚这个故事,"斯卡尔佩说道,"不同之处只在于我相信它是真的。"

奥尔弗斯指向黑暗之中。"你相信霍洛夫[①]将他的金子撒在那里,然后伊吉尔斯会停下来收集黄金而不是追击敌人?"

斯卡尔佩耸耸肩。"伊吉尔斯是个贪婪的国王。我觉得可能他没有找全这块平原上的所有黄金。"

"呸!"奥尔弗斯啐了一口,"你知道我怎么想的吗?我觉得你就是一个会饿死乌鸦的人[②],这些天你一直计划着逃走……"

"我不是懦夫,"斯卡尔佩说道,他的手已经放到了身侧的匕首上,"我很确定我一点也不怕跟你打一场,奥尔弗斯,或是在场的任何一个人……"

"在应征作战时不得斗殴。"奥斯特开口道。

火旁的每个人都转过头来盯着他。

他继续说道:"还是说你们已经忘了?在埃里克解散你们之前,你们唯一要拼杀的就是斯泰尔比乔恩的手下。等战争结束,要是诸神还允许你们活着,你们可以自相残杀,要是你们活腻了的话。但现在不行,我说得够清楚了吗?"

奥斯特并不是这些人的统领,但他们还是朝他点了点头。他扫

[①] 丹麦传奇国王,据说他曾与瑞典国王伊吉尔斯作战。
[②] 在北欧,"饿死乌鸦的人",意味着远离战场,不可能成为乌鸦食物的懦夫。

过每个人的双眼,然后将目光投向他手腕上绑着的纱线。他思念他的妻子和他的床。以前睡在战营里,听着濒临死亡的人惊恐万状的惨叫,都无法干扰他的睡眠。风餐露宿,蚊蝇叮咬,他也从没抱怨过。或许是他老了,又或许他只是一时伤感。

奥洛夫靠了过来。"说得好。"

"不过说不定没人听进去。"奥斯特朝斯卡尔佩点点头,后者正穿着那身湿漉漉的衣服怒视着营火,眼中火焰跳动。

"让每个人都用自己的方式等待战斗来临。"奥洛夫说。

奥斯特点头赞同,大卫也跟他一起点了点头。奥斯特抬头看向天空,仿佛看到了星辰之中的大马车。他正打算裹着披风躺下,平原上传来一阵骚动。人们忽然之间咆哮起来,甚至有人举着火把在营地间跑动。奥斯特立刻爬了起来。

"怎么回事?"奥洛夫问道。

片刻之后,其中一个四处跑动的人跑过他们身边,停下来告诉他们,斯泰尔比乔恩的舰队已经进入了梅拉伦湖,而且他不光带着乔姆斯维京人,还带来了丹麦的战船。

"多少艘船?"奥斯特问。

"不知道,"传信者答道,"他们两天内就到了,到时你可以数数。"说完,他便跑向了下一个营地。

"两天,"奥洛夫说道,"还有两天就要开战了。"

奥斯特坐了回去。战争开始之前,他都没数日子。从现在开始,他会数着日子直到他回家为止。

第十章　剑拔弩张的时刻

托瓦尔德和托里尼朝埃里克的长宫走去。尽管不像神庙那般气势雄伟，令人印象深刻，但它很宽敞，适合凡人国王，墙壁和柱子上到处装饰着众神以及勇士和野兽无休止的战斗的雕刻。在宽大的门前，埃里克的亲兵元帅命五个手下将他们挡在门外。哈维尔在托瓦尔德体内感到这不寻常，但不一定是意外。

"有礼了，执法者，"元帅说，"你也是，吟游诗人。"

托瓦尔德点头作答，一脸平静，但却保持着警惕。

"有礼了，斯泰勒里，"托里尼说，"我们有事禀报国王。"

"国王正在开军事会议。"元帅答道。

他不再多做回答，同时他和他的手下也没有退开，意思再明白不过。托瓦尔德挨个儿打量起每个人,暗暗评估着他们的姿态、身材、武器和盔甲。如果有必要,他可以在两个人亮出武器之前重伤另外三个人。

"会议正是我来的原因。"托里尼说道。

"国王已经听够进言了,执法者。"元帅避开托里尼的盲眼的凝视答道,"你最好花点时间在神庙里,以埃里克的名义向诸神祈求。"

"你应该更注意一下用词,"托瓦尔德开口道,"免得诸神对你产生浓厚的兴趣。"

元帅的下颌闻言缩紧。"那你应该……"

"诸神时刻都对勇气和荣誉感兴趣,"托里尼说,"这是他们赐予的奖赏,或是缺乏这些东西时候的惩罚。"他朝元帅走近一步,抬头看进他阴暗的眼底,"国王以前从未拒绝过我的进言,斯泰勒里。你是受命于谁前来阻拦我的?"

元帅畏缩了一下,尽量离托里尼远点,似乎执法者的话和凝视让他有些气馁,但仍未让开。"我只听命于国王。"

"但国王没有命令你来冲我大吼大叫,我们都很清楚。"托里尼又朝他走近一步,"但有人这么做了,所以告诉我,你的荣誉感值几个钱?便宜吗?说不定将来我会考虑出点钱买。"

"看好你自己吧,执法者。"元帅说道,不过他的声音里已经没什么底气。

"我一直在看着你。"托里尼答道。

元帅的脸色渐渐发白,这时,托瓦尔德抓准了时机。

"国王正在等他的执法者。"他开口道,"我们不能让他久等。"

接着他便领着托里尼绕过一动不动的元帅,并穿过那些还在看着他们的顶头上司,一脸疑惑的人。不过执法者已经卸掉了那位队长的武装，让他再无还手之力，托瓦尔德已不必出手放倒他。

大厅里，埃里克的几十个会议成员正聚在桌边，中间是两个炉膛，几乎长及整个房间。旗帜悬挂在厚重的横梁上，空气中弥漫着烤猪肉和葡萄酒的香气。一些贵族抬头看着执法者走进来，一些则在他走过时恭敬地低下了头。有些人只是怒目而视，因为嫉妒与竞争的情绪可能比对于诸神的恐惧更为强烈。

"这里有人不想让我们影响国王。"托瓦尔德低声说道。

"不是一直都这样吗？"托里尼答道。

"我担心圣殿骑士已经找机会混进来了。"

"这是不可能的。"但是托里尼点了点头，"我来处理。"

他们走过长长的大厅，尽头是国王的王座，后面是国王的私人房间，房间饰以撒克逊银和来自波斯的挂毯。这次，没人阻止他们进入，在会议室里，他们看到国王正靠在一张桌边，身边围绕着他的伯爵们以及最亲密的亲族。托瓦尔德观察着他们看到执法者的反应，希望能辨别出他们中谁是敌人，但没有一张面孔背叛自己的主人。

托里尼低头行礼。"参见陛下，愿诸神赐您大获全胜。"

"这件事就要靠你了，执法者。"埃里克说道。他穿着一件绣着红色与金色图案的蓝色长袍，头发与胡须都编成辫子。他的脖子上戴着一个颈环，两端是两只相对咆哮的狼，手指上则戴满来自世界各处的、闪闪发亮的戒指。"为何来迟？"

"一次迟来应是无伤大雅，"托里尼说道，这般回应很明显是为了煽动他们的敌人，"请恕罪。"

托瓦尔德再一次观察起众人的反应，但他们的敌人依旧深藏不露。他与托里尼朝国王走了过去，这时托瓦尔德看到桌上有一张绘有国土范围与边境线的地图。

"我们正在讨论如何最好地表明我们的立场,"埃里克指着菲里斯河的河口,河水从这里汇入梅拉伦湖,"一些人,诸如贾尔·弗里达主张在更南面迎战,这里。"

弗里达点点头。"斯泰尔比乔恩挥兵指向斯韦阿兰的腹地,"她说,"我建议把防线拉到他们够不到的地方去。"

埃里克指向地图上另一个地方。"其他人相信我们会在乌普萨拉——我们兵力最强的地方迎战斯泰尔比乔恩。"

托里尼点头表示赞同,但并未发表任何意见。托瓦尔德静立一旁,屋子里其他人也都没说话。

片刻后埃里克抬起头,眉头紧蹙。"执法者对此有什么高见吗?"

"暂时还没有,"托里尼说,"我想先说另一件事。"

"什么事?"国王问道。

"一个梦境,"托里尼说,"一个预言。我需要跟你单独谈,埃里克。"

贵族们顿时交头接耳起来,国王抬起一只手示意他们安静。

"时间宝贵,执法者。"

托瓦尔德这时开口了。"每一个时刻都有全部的理由值得珍惜。"

埃里克朝托瓦尔德皱起眉头,捋了捋胡子,随后却点头同意了。"你们全都出去。"

此刻贵族们的面孔因为共同的愤怒而彼此之间难以区分起来,那一刻每个人都是敌人,不过他们遵照国王的命令离开了房间。待他们走后,埃里克走到椅子边坐了下来。

现在托瓦尔德和托里尼独自面对国王,房间里唯一剩下的其他活物便是国王的宠物熊——一头他从幼兽养大的棕熊,名叫阿斯特丽德。她靠着墙,睡在房间的一个角落里,根本不关心人间俗事,发出的鼾声震得大厅隆隆作响。哈维尔看到她的时候大吃一惊,但托瓦尔德却毫无反应。

"我们都知道你根本没得到什么预言,"埃里克说,"所以告诉我你那双盲眼看到了什么。你会看到什么?"

执法者低头用空洞的视线看向地板,直到托瓦尔德感到国王开始不耐烦为止。"我可以畅所欲言吗?"托里尼问道。

"你是执法者,"埃里克说道,"所有人里,唯你能畅所欲言。"

"我想要将一些事情放到台面上来,"托里尼说道,"你很清楚我说的是什么,尽管你假装没有看到它在暗处的活动。"

国王戒慎的神情没有任何变化。"继续。"

"你从未问过我的兄弟会的名号,我也从未吐露过。但我们一直暗中守护并支持着你,因为你充满智慧与正义的统治。我们向你提过谏言。就如吟游诗人,我们塑造了那些传说以激励人民。我们与你的敌人战斗并除掉他们,有时借助你的智慧,其余的时候则另择他法。"

埃里克在椅子上换了个姿势。"有些事还是不说为好,执法者。"

"我赞成。"托里尼说道。

"那为何你现在要告诉我这个?为何不让你的工作与你的兄弟会永远隐身暗处?"

"因为我的兄弟会有个宿敌。我们在对抗一个在法兰西拥有巨大权力的组织圣殿骑士团,他们的势力现在正在扩张。他们曾和丹麦的哈拉尔有过接触,而他现在正与斯泰尔比乔恩同行。"

"我明白了。"埃里克站了起来,开始在屋里来回踱步,"你确信我的侄子——斯泰尔比乔恩,将你们的敌人,这个圣殿骑士团带到了我们的国土之上?"

托里尼点点头。"恐怕正是如此。"

埃里克在宠物熊阿斯特丽德身边停下脚步，阿斯特丽德抬起庞大的头嗅着他的手，巨大的鼻孔随着每一次强有力的呼吸而偾张。"这是你们之间的战争，"国王说，"对吧？"

"没错，"托里尼答道，"但这也是你的战争。如果圣殿骑士团在这里建立据点，他们必会想办法控制你，如若你失败，他们就会将你拉下王位。"

这句话似乎让国王听了进去。"你确信斯泰尔比乔恩已经与这个组织缔结了契约？"

"不，"托里尼说，"斯泰尔比乔恩太过桀骜不驯，无法达到他们的目的。但我向你保证，圣殿骑士团对这场战争的结局很感兴趣。"

埃里克重新坐回椅子里。"这对这场战争意味着什么？"

"斯泰尔比乔恩很难被轻易打倒。他的军队必须被歼灭。我们必须消灭那个组织潜伏在他或哈拉尔身边的间谍，不能让任何可能萌芽生根。"

埃里克点头赞同。"就这么办。"

"不，"托里尼说道，"斯泰尔比乔恩首先会为他的荣誉而战。他会想与你决斗，就如你在放逐他之前所做的一样。"

"他那时只是个孩子。如果他现在想与我决斗，我的名誉会要求我接受他的挑战。"

"我知道，我的国王，这就是为什么他绝对不能接近你。你不能在任何公开的战场上与他的军队遭遇，不管是在这里还是南边，现在还不是时候。"

"那你的建议是？"

托里尼转向托瓦尔德。"我在这里向您推荐我的徒弟——托瓦尔德。您会发现他比我更狡黠伶俐。"

埃里克打量着托瓦尔德。"说。"他下令后静静等待着。

阿斯特丽德在角落里动了起来，她醒了。她重重地喷了口气，用沉重的爪子支起身体站了起来，拖着锁链，站到了埃里克的宝座旁边。国王伸手挠了挠她的脖子，仿佛她是一只猎犬一般。这一刻，哈维尔感到了自己在王权下的渺小，仿佛自己正在面对一个活生生的传奇。不过托瓦尔德并没退缩。

"我们面对斯泰尔比乔恩必须毫不留情，"他说，"在前往乌普萨拉的路上，他必定以他的士兵的生命为代价来夺取每一寸土地，所以当他到达时，他的战斗力已经减弱到不堪一击。"

"要怎么做？"埃里克问道，"他只需要乘船沿河而上，就能直抵我的门前。"

"贾尔·弗里达的计划展示出了智慧，不是狡黠。"托瓦尔德转向地图，埃里克离开座椅走到他身边。阿斯特丽德跟在主人身旁，她的头的高度足以将她的下巴放在桌子上。托瓦尔德指向菲里斯河的南边。"我们在这里阻截他，正如她建议的，但不带军队。"

"那带什么？"国王问道。

"让我带一队人马，"托瓦尔德说，"强壮的人马，我能找到最强壮的擅长战斗的人。我们会在河里放置木桩……"

"做一个围栏？"埃里克问道。

"是的，我们会阻止他的船只进入河道。斯泰尔比乔恩缺乏耐性，他不会花时间拆除木桩，他会舍弃船只取道陆路。"

"然后？"

"我将用我的人作为战斧去砍掉他的军队的四肢。"

国王眯起眼，随后咧嘴一笑。"我喜欢这个计划。我的亲族与

第十章 剑拔弩张的时刻 | 103

其他贵族可能不会喜欢。"

"如果这计划来自我的徒弟，他们自然不会接受。"执法者开口道。

"这计划必须出自执法者，"托瓦尔德说，"它必须出自神灵的启示。"

"哪一位神灵？"埃里克问道。

托瓦尔德思考了片刻。他不知道斯泰尔比乔恩如今怎样维系与阿斯加德诸神之间的联系，但在他年少的时候，他一直很崇拜神王奥丁之子——雷神托尔。这么一来选项就明确了。

"奥丁，"托瓦尔德说道，"当一个无耻之子起兵造反，理当由父亲来镇压并惩罚他。"

站在托瓦尔德身旁的托里尼点头称道。

埃里克哼了一声。"很好。"他伸手到左袖下面，从手腕上摘下一只金色的臂环，递给托瓦尔德。"带着我的旨意去好好选择你的人手，执法者与我会向其他人说明计划。"

托瓦尔德躬身向国王行礼，然后转向他的导师。"我不会失败。"他说。

"将诺恩女神的审判带给他们。"托里尼说。

托瓦尔德离开会议室回到大厅，贵族们正在王座旁围成一团。他什么都没对他们说，也没有与他们的眼神有任何交流，径自穿过人群走向大门。元帅就站在旁边，他看到托瓦尔德的时候，脸上的怒火表明之前的迷茫已经变成了一种羞辱，令他想一雪前耻。

"我有话要跟你说，托瓦尔德。"元帅挡住托瓦尔德的去路，开口道。

"我也有话要跟你说，"托瓦尔德走到一旁，绕过他，"但不是今天。"

　　元帅抬起手臂想要拦住他。下一瞬，托瓦尔德已经将他的身子扭向了另一面，将他的肩膀和肘关节发狠地拧到他背后，并且用匕首抵住他的喉咙。他没用袖剑，那只是把普通的小刀。元帅僵住了，双眼因为震惊而瞪大。

　　"我在为国王办事，"托瓦尔德说的话一字不漏地传进了元帅耳中，"你不得妨碍我。不过我发誓我会回来，到那时候，如果你还对我有意见，那么我们再谈。明白了吗？"

　　元帅赶紧点点头。托瓦尔德放开了他，对方立刻揉着手臂蹒跚离去。托瓦尔德给了他一个藐视的眼神，然后才走出大门。

　　埃里克军队里的战士足够托瓦尔德组建他的队伍，但他不想找从乌普萨拉聚集而来的职业勇士，如果元帅已经腐化，那他便不能相信他们的忠诚。相反，托瓦尔德想要的是来自农地里的勇士，他们了解这片土地，热爱这片土地，而且他们会铲除一切邪恶来保护它。也就是说他会从那些由令杖招募而来的人中挑选人手组建队伍。

　　他骑上盖伊尔，南下到了菲里斯河场平原的营地进行侦察。他小跑着经过数十个农民、工匠和普通劳动者，偶尔当他的视线捕捉到某个脸孔上流露出一丝勇气，或是拿着武器时满满的自信，他便会停下脚步问一个问题。

　　"若是此刻我许你一个愿望，"他问了一遍又一遍，"你想要什么？"

　　答案大都很简单。

　　女人。

　　麦芽酒。

　　胜利。

荣誉地战死。

但没人给出正确的答案。

他没有太多时间挑三拣四，随着一天过去，他都想随便从军队里挑些人出来了事了。但很快他注意到不远处一个营地里站着一个彪形大汉，个头和体格比他身边所有人都要突出。这样的人让他想起了冰霜巨人①的孩子，他们会偷走人类的新娘。托瓦尔德纵马跑过去，靠近那个陌生人的圈子时下了马。

"日安，"他说，"我带着国王的旨意前来。"

"你落伍了，朋友。"一个缺了几根手指的男人开口道，"你看，我们都是被令杖招募来的，所以我相信我们才是带着国王的旨意而来的。"

他笑了起来，旁边的人也随之附和大笑。不过那个彪形大汉却没有笑。

"那边那位，"托瓦尔德朝他喊道，"敢问尊姓大名？"

"奥斯特，"大汉答道，"你是？"

"托瓦尔德，"他说，"你以何谋生？"

奥斯特皱眉道："养羊。你为什么这么问？"

"这跟我没关系，"托瓦尔德卷起衣袖，露出埃里克的臂环，看到它的瞬间，人群立刻鸦雀无声了，"正如我跟缺手指的朋友所说，这跟国王有关。"

奥斯特蹙紧的眉头松了开来，接着他点了点头。"我该为国王做什么？"

托瓦尔德仔细观察他的手、伤痕、站姿，打消了询问他能否战

---

① 冰霜巨人是北欧神话中最早的生命，生出了诸神，但同时也是诸神最大的敌人，可以将之理解为人格化的自然力量。冰霜巨人最怕诸神中的托尔，他的雷锤是一切巨人的仇敌。

斗的念头。奥斯特作战会非常出色。不过，他问了今天早上问过其他人的问题。

"若是我此刻许你一个愿望，你想要什么？"

"回家。"奥斯特抚摸着他厚实的手腕上缠着的一股极不协调的纱线，毫不犹豫地说道。

托瓦尔德微笑了起来，这就是他一直想要听到的答案。

第十一章　巨蛇袭来

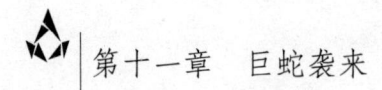

娜塔莉亚拔腿就跑。

不是往前跑。

而是躲开。

她的躯体不在这里。这股行动力源于她的恐惧，它带她穿过森林，跃过树根，避开那些树木。她心里想着，四处都是森林，她能逃到哪儿去，但她的身体却没提出任何疑问。它冷酷地将她的肾上腺素当作燃料消耗，并用那东西填满她的每一块肌肉。她的心狂跳不止，已经分不出节拍。狂奔途中遭遇的划伤和瘀痕已经让她麻木，身体告诉她什么都不要管，它知道该怎么做。

欧文在她身侧狂奔，就算她不清楚他是否在分心留意她，她依然努力将注意力放在他身上。

巨蛇在追赶他们。它的速度快到不可思议，快到令人眼花缭乱，仿佛树木和崎岖不平的地面都是不存在的障碍，仿佛和森林已经融为一体。

巨蛇追上了他们，接着它一个前冲，猛地出现在了她的视野边缘。她转身时它也正好停住动作，蛇口大张，露出其中的白肉和跟她的大腿差不多长的象牙白的蛇牙。但这轮攻击惊险地与她擦身而过，其中一颗毒牙深深地刺进了离她最近的树上，完全嵌了进去。巨蛇盘绕挣扎着，试着将自己解脱出来。

伙计们？ 门罗开口道，**跟我说话。发生了什么？**

"我们现在有点忙！"欧文答道，然后接着喊她，"你还好吧？"

娜塔莉亚点点头，还有些惊慌失措。

"我们往那边走。"他边说边指着一个新的方向。

伙计们？ 门罗疑惑道。

"等一下！"欧文喊完，便冲了出去。

娜塔莉亚紧随其后。

随着巨蛇的攻击，她的大脑逐渐夺回一些控制权。森林的两侧和她前方看起来都没有尽头，像是一片树木的海洋。他们没法甩掉那条巨蛇，但他们也没办法藏身。他们没法爬到树上逃脱，因为她很确定巨蛇够得着他们。她觉得她肯定遗漏了些什么。

作为一段记忆，一个虚拟场景，这说不通。集体无意识应该比这个原型要多。除此之外肯定还有别的东西存在。那个声音说了一些关于大道，还有恐惧、忠诚，和……

恐惧。

门罗说过这条巨蛇原型代表的是死亡与恐惧。

在她前面几英尺的欧文猛地停了下来,她差点一头撞上他。

"你在做……?"

"嘘!"他说道。

她朝他周围看了看,然后看到了巨蛇。不是它的头,而是它庞大的仿佛没有尽头的蛇身,正一路游过去,带着仿佛急流奔涌般的响声,匆忙之间,它并没注意到他们。

"我们要走哪条路?"欧文低声问道。

他们不能走回头路,除非他们想再次撞见巨蛇的头。如果他们想逃脱,无论向左走还是向右走,或是跟着它的身体走似乎都太愚蠢。他们得重新想办法。

"我不明白,"欧文说道,"如果这只是一个符号,那难道这里不应该有一把魔剑吗?我们可以拿来杀死它的那种?"

"我们必须从它身上爬过去。"娜塔莉亚说。

"等等,你说什么?"

"这是唯一的方法。"她向前走去,一直走到梦魇般的皮肤和鳞片的位置。蛇身几乎跟她一样高,闪闪发亮,光滑无比,这也意味着爬上去困难重重,特别是在它移动的时候。

"你是认真的?"欧文说着,站到她身侧。

"你能想到别的办法吗?"

"想不到。不过我也觉得整个虚拟场景真是乱七八糟的。"

娜塔莉亚无法反驳。四周的森林看起来像是在昏暗灯光边缘的暗处扭曲着,巨蛇的身躯在同一个边界里出现又消失。感觉像是他们被困在了某一瞬间,或是一个想法里,不断重演,无限循环中,打破循环的唯一方法就是前进。

"所以我们要怎么做?"她问道。

欧文四处看了看。"或者我们爬到其中一棵树上？"

她顺着他的目光搜寻着，想要找一根可以抓住的低矮的树枝。周围没有一棵树满足这个条件，于是他们沿着巨蛇的路径走，直到找到一棵能用的树。

树上伸出一根树枝，粗到娜塔莉亚的手几乎攥不住。她抓住它，双脚抵着树干撑起身体，直到她站在了树枝上面。接着她伸出手把欧文拉上去，很快他们就平安地离开了地面。

娜塔莉亚抱着树干，然后绕过去够另一根更高的树枝，接着是下一根，直到她够到一根伸得够远，又粗壮到足以支撑他们的树枝。

"就是这儿了。"她说。

欧文看了看她，又低头看了看巨蛇，然后点点头。

娜塔莉亚伏下身子，跨坐在树枝上，然后向前挪动了几英尺。接着她俯身抱住树枝，两脚交叉，这样就可以用手臂和双腿吊在树枝上。接着她又向前移动了些许，双手交替，缓慢地向外挪动，直到树枝下垂，发出声响，她已经到了她敢到的最远的距离了。但当她向下看去，她发现她正悬在巨蛇蛇身的正上方，离另一边还太远。

"现在怎么办？"欧文问道，他还紧紧抓着树干。

"呃……"此刻她还能做什么？"我准备松开腿了。然后我会用手臂挂在树枝上，直到我准备好荡到蛇身上。"

"等等，荡到蛇身上？"

"是啊。"她朝远处的巨蛇点了点头，"我会尽量朝那边掉下去。你懂的，掉下去滚一圈。"

"嗯，好计划，"他摇了摇头说道，"要是这蛇不愿意让我们把它当蹦床用呢？"

巨蛇是如此之巨，娜塔莉亚希望它不会注意到他们。她重新用双手抓牢树枝，深吸一口气，喃喃道："希望这么做值得，门罗。"然后她松开腿，当它们离开树枝后，她的身体靠手指和手臂晃了起来。但她没有掉下去，她还没准备好。

从她的角度来看很难说，但看起来她的脚趾就悬在蛇身上方两三英尺的地方。还好，不掉在蛇身上就没问题。但她觉得她的手越来越酸，而且要是她不快点行动的话，就会错失良机。

"好了！"她朝欧文喊道，"祝我好运！"

他微微朝她竖了竖拇指。

她松手了。

一秒后，她的脚一触到底，她便立刻缩起身体，这时巨蛇突然带着她动了起来，速度比她预计的要快得多。她回头看了眼树上的欧文。他大张着嘴，越离越远，最后消失在了树林里。

她本该滚下去，而不是骑在蛇身上。她看向前方，看到树木都向两边疾驰，这标志着她正以恐怖的速度穿行于森林中。她感觉到风吹乱了她的头发，在她手下面的是光滑坚硬的鳞片，既不冷也不热，温度接近空气。

她正骑着一条巨蛇，眼如铜锣，毒牙巨大，相比之下，毒液已经算不上是威胁。一条差点在几分钟前杀死她的野兽应该不会错过第二次攻击的机会。

她正骑在它身上，就像门罗说的一样，紧紧抓住她的恐惧。

她知道她应该跳下来，但她不想，还不到时候。这个危急时刻抓住了她，她还没准备好离开。她和欧文可以继续逃离巨蛇，但能坚持多久呢？这个原型似乎填满了整座森林，而且最终它会找到他们，而这回至少她是自愿骑着它的。

"娜塔莉亚！"欧文惊恐的声音在她耳边响起，就像门罗一样，

"娜塔莉亚,你还好吗?"

"我没事,"她答道,"我在这儿。"

"你本来应该滚下去的!"欧文说,"发生了什么?"

"我不知道。你在哪儿?"

"我跟你一起在蛇身上!不过现在我们可以一起跳下去。我们——"

"不,"娜塔莉亚说,"等等。"

"等?等着上饮料吗?我可不觉得它会提供这种东西。"

娜塔莉亚并不明白为何她会犹豫。

"娜塔莉亚,"欧文说,"我们需要跳下去。"

他是对的。

但真是不巧,巨蛇在她前面抬起了头,黑暗中隐现的双眸盯着她,分叉的舌头上下弹动。娜塔莉亚再一次体会到了那种感觉:她第一次看到这种生物时那种大脑一片空白的恐惧,浑身动弹不得,说不出话来。她只能眼睁睁地看着巨蛇缓缓降下身体,让高度与自己持平,将自己直接送进它的血盆大口。

她必须行动。她必须反抗。

"娜塔莉亚?"欧文开口道,"喂?"

"跳。"她不停地颤抖着喃喃道。

"什么?"

"跳!"她一边尖叫着,一边拼命滚向一侧,让自己从蛇背上滚下去。她狠狠地撞向了地面,冲击力让她滚了几英尺,背撞在了一棵树上。

巨蛇的身体连续不断地从她身边经过,好半晌她也没看到欧文骑在上面,希望他听了她的话,已经从蛇身上滚下去了。她不敢喊他，因为即使现在巨蛇的速度已经慢了下来，她依旧能听到从四面八方传来的鳞片摩擦树木时所发出的声音。接着她看到了一个巨大的圆圈进入她的视野，然后一个接一个的圆圈将她团团围住，似乎整座森林都被它绵延不绝的身躯盘绕了起来。

娜塔莉亚痛苦地蜷缩在原地，动弹不得，仿佛被巨蛇的尖牙钉在了树上。巨蛇那默不作声的头颅无时无刻不在她靠着的树上滑动，而她对此无能为力，亦无处可逃。它可能张开血盆大口，将她活活吞进肚子里。这个想法让她险些尖叫起来，但她捂住了嘴，不敢出声，又等了一会儿。一轮又一轮的恐惧袭来，她勉力对抗着这种无可避免的东西。

除非门罗将她拉出去，否则随着她的死亡或是撤离，虚拟场景最终都会结束，但她无法得到任何东西来阻止以赛亚。要是他得到伊甸三叉戟，他依旧所向无敌。

好吧，如果她终将失败，她宁可自己决定，但这不会发生，因为她会让门罗救她。毕竟，那个声音曾说这条道路必须跨越恐惧。于是她接受了她的恐惧，而不是抗拒它。将每一分直觉强行压制在脑海最深处后，她站了起来。接着她连连做了好几次深呼吸，集中注意力，只聆听自己发出的声音。当她的手停止颤抖，她闭上眼片刻，接着从树后走了出来。

巨蛇猛地朝她转过头来，咝咝吐着芯子，不过她并没落荒而逃。在接受她的恐惧时，她注意到实际上它已经消失了，因为它不再起作用了。此时她纹丝不动，平静地面对向她冲来的巨大的怪物。

巨蛇几乎是一瞬间就缩小了和她之间的距离，娜塔莉亚闭上了眼，让该发生的事情自然而然地发生。她感觉着脚下柔软的土地，接着鼻端嗅到一抹巨蛇的气味之外的淡淡香气——某种花盛开时的香气。

一道影子覆盖了她，遮天蔽日，连一丝光线都无法透进来，接着她感觉有东西飞过头顶，扬起了她的头发，是巨蛇的舌头。紧接着怪物的大口紧贴在她头上缓缓张开，沿着她的脸颊滑了下来，又柔软又干燥，让她感到窒息。她能持续感觉到身体每一处传来的痛苦的挤压感，这种感觉立刻便迫使她张开了嘴，让空气从体内流出。她在它口中，就要进入它的喉咙。她忘记了自己身在何处，并感到跌落进了一片虚无之中……

"娜塔莉亚！"

她猛地睁开了眼。

"你在这儿！"欧文喊道。

她低头看向她的身体，发现自己毫发无伤。巨蛇消失了。她站在一条红色石头铺成的道路上，一条从她脚下延伸出去的道路，并且她周围的森林也已经发生了变化。明亮的阳光泛着绿色的柔光，照亮了整个森林，驱走了黑暗的边缘。红石路延伸着，绕着树木形成意义不明的螺旋，不过路的那头却直直地延伸进了森林里。

"你找到了一条路，"欧文跑到她旁边说道，"巨蛇去哪儿了？"

娜塔莉亚再次看了看这条路，形状规则的石头像鳞片一样紧靠在一起，花纹像盘绕的结。"我觉得……我觉得巨蛇就是这条路。"

"什么？"欧文低头看去，"真的吗？"

"它吃掉了我。"

"什么？"他脱口喊了起来，"什么叫吃掉了你？"

"我的意思是我感觉到我在它的嘴里，然后我就……站在这里了。"

欧文似乎被这条路吸引了，沉迷其中。然后他举起双手。"好吧。为什么不呢？这和迄今为止在这里的其他东西一样有意义。"

"的确有意义，某种程度上。你想想那道光说的话。"娜塔莉亚指着道路延伸出去的方向，"我觉得我们应该顺着这条路走。"

欧文赞同道："说不定它能带我们走出森林。"

"我觉得没问题。"

于是他们沿着这条路走，从娜塔莉亚默认她的虚拟场景应该结束的地方，进入一片跟之前一样繁茂广阔的林地，不过娜塔莉亚没再发现什么危险。相反，它的广袤无际呼唤引诱她前去探索。但她本能地抗拒了，她不确定，若是她在这个虚拟场景中迷路的话那将意味着什么。

"门罗？"她喊道。

嗯？

"就想确定一下你在不在。"她说道。

噢，你的意思是你们现在有空理我了？

"我觉得你是没意识到那蛇有多巨大。"欧文说道。

大到能变成一条路？

"所以你一直都在听着。"娜塔莉亚说。

我当然在听。但就像我之前说的，Animus很难将情况展示给我看。你们得自己解决大部分问题。实际上我开始怀疑这才是问题的重点。

"所以我们接下来要怎么做？"欧文问道。

沿着黄色砖石路走。

"没错，"娜塔莉亚说，"没准儿这条路就是那条路。"

天哪，我希望乔瑟夫·坎贝尔在这儿。

"谁？"欧文问。

乔瑟夫·坎贝尔？门罗叹了口气，我这么说吧，如果说你们站在那条路上，那么坎贝尔就是地图。但他不在这儿，所以看起来你们得自己去找路了，接下来就交给你们了。格蕾丝刚刚进来，她要跟我谈谈。不过如果你们需要我，我就在这儿。

"通话完毕。"欧文说道。

一只大鸟从林中飞起，飞向右边，掠过他们，用它的影子抚过这条路，一阵轻风似乎也随它而来。娜塔莉亚看着松鼠在树木间来回蹦跳，冲着大鸟生气地摇晃尾巴、吱吱怒叫的样子笑了起来。

"要是上一座森林里有巨蛇，"欧文说，"那这座森林里绝对有精灵。"

娜塔莉亚同意他的说法，但要是林中居住着精灵或者仙女原型，那她也一直没有现身。他们不知走了多久，瞥见树林前方有一道裂缝，是森林的边缘。待他们走近，她看到一个影子正等在路上，看起来相当庞大，不属于人类。

"你怎么想？"欧文问道。

她耸耸肩。"我觉得等我们走到那儿就知道了。"

第十二章　挪威的神话

格蕾丝确定大卫不会再失去同步后,才将他留在 Animus 房间,然后出去散步,这样她才能好好思考。

这并不是说她讨厌他接手进入虚拟现实。尽管她喜欢逗他,但她并没有像他那样感受到同样的抗拒。他必须得证明他不再需要她这个姐姐。有时,他像是需要向她证明,有时又像是只需要向自己证明,无论哪种情况都可能令人恼火。但看着他戴上头盔,接着知道他为了维京的世界将他们的世界抛诸脑后,她便感到不安,并且不清楚原因是什么。

也许她看到的景象与这有关。

蒙古的那枚伊甸园碎片展示给她的未来让她惊恐不已,那是她极力想要阻止的未来。在那段幻象中,大卫做了所有她曾警告他不要去做的事情。他长大并跟一个坏船员跑了,然后因做了一些坏事而被捕。这段幻象向她展示了她所不知道的大卫,而结束于大卫去世的那个夜晚。一个夜晚,以两名侦探登门造访为开始,他们的家庭分崩离析,之后以她父母悲痛欲绝的脸作为结束。一夜的尖叫、泪水与愤怒将格蕾丝的内心烧成了灰烬。

以赛亚带着匕首离开,那段幻象也随之结束,格蕾丝大哭着死死抱紧了大卫,他很想知道到底发生了什么,但那时她没有告诉他,现在也还没有。

现在她需要呼吸空气,看看天空。她知道以赛亚过去的办公室旁边有一个阳台,于是她走进鹰巢的主电梯,然后到楼顶。

外面阴云密布,云朵的颜色和沉重的感觉像是水泥一般。但即使没有她期待的阳光,站在微风吹拂和群山环绕的空旷地带的感觉也很好。她就这么静静地站了好几分钟,靠在阳台的栏杆上,什么都不去想。

但很快她又想起了大卫,还有楼下的 Animus。

这些事依然困扰着她。以前她从不曾为此烦恼,大卫自己进入虚拟场景,但从那时起有些事便已经改变了,唯一的证明就是那段幻象。

现在让他离开她的视线进入虚拟现实世界,这让她惊恐不已。她不得不用某种方式将它从脑海中驱除,于是她走回屋里,出于好奇,她试着开了一下以赛亚的办公室门。门打开了,这也不奇怪,因为他可能带走了一切,维多利亚也没有理由锁门。她环顾四周,发现桌子和抽屉都是空的。

不过,这里有一个书架,格蕾丝觉得阅读可以分散注意力,帮助她打发时间，如果她能找到一些有趣的东西的话。她扫过那些书名，大都与历史相关，包含一些传记，其中大部分可能与圣殿骑士有关。在众多书籍之中，有一本关于波吉亚家族的书，一本关于雅克·德·莫莱的书，还有一本海塞姆·肯维的日记。她也注意到一些没有按照特定方式随意摆放的书，其中一本是关于北欧神话的。

想到刚刚体验过奥斯特的记忆，她便将这本书从书架中抽出来，然后坐进了书桌后舒服的大椅子里。她第一个决定在书里寻找的就是传言中的神秘匕首，因为如果维京人拥有三叉戟的戟尖，说不定这里有传说会提到。但在看过索引中列出的每一个标题后，她没找到一个对应的。于是她开始翻起书来，看到有趣的段落便停下来细读一番，然后她很快便发现挪威的神十分古怪。

特别是洛基。

他是一个英俊的半巨人，可以说服任何人做任何事，包括让雷神托尔穿上裙子和婚纱。他与一个女巨人有三个孩子，他们一个是半死人女孩，统管亡灵世界，另一个是一条巨大的海蛇，还有一个是庞大的芬里斯狼。诸神将洛基的孩子赶出阿斯加德，此举让他们与这些神灵永世为敌。

这些故事带着格蕾丝读到了诸神黄昏的部分——世界的终结，或者说是诸神的命运。在最终大战中，洛基的狼子杀死了奥丁，巨海蛇杀死了托尔，也就是说，某种意义上，诸神是自取灭亡。格蕾丝翻着书页继续阅读……

一张折叠的纸从书中掉到了桌子上。

格蕾丝把书放到一边，捡起那张纸，上面有手写的笔记。她读着，发现这是以赛亚写的，他的词句让她惊恐得睁大了双眼。情况比他们想象得还要棘手，棘手得多。

他并不想登基为王,他想毁掉整个世界。他想要诸神的黄昏降临。

格蕾丝从桌边跳起来跑出办公室,跑回电梯那边,狂按电梯按钮,坐立不安地等着电梯到来,然后冲回地下一层。她不太信任维多利亚和格里芬,不想告诉他们这个消息。那就只剩下门罗了。她飞快地冲过中庭,奔向实验室,找过几个漆黑的房间后,她终于找到坐在电脑终端旁的门罗。欧文和娜塔莉亚正在他身边的Animus设备里走路,她进来的时候,他带着些许困惑朝她点了点头。

"看来你们找到自己的方法了,"他对着耳机里说道,她立刻反应过来他在跟欧文和娜塔莉亚说话,"接下来就交给你们了。格蕾丝刚刚进来,她要跟我谈谈。不过如果你们需要我,我就在这儿。"他按下显示器上的一个按钮,然后转动椅子面向她。"没事吧?"

她不发一语地将笔记递给他,静静等着他读完。"他在说什么?"她问道,"灾难?死亡与重生的循环?诸神的黄昏?"

门罗摇了摇头,重新将纸折了起来,在膝盖上拍了拍。"看来以赛亚产生了一些奇怪的念头。"

"奇怪的念头?"格蕾丝喊了起来,"他想要整个世界灭亡!"

"是重生,没错,这是世间常见的神话。首先,发生灾难性事件,可能是一场大洪水,可能是一场大火。但是它清除干净了一切,之后,幸存者便留在了纯净的新世界里。那是人们经常遗忘的诸神黄昏的部分。循环重新开始。很明显以赛亚觉得我们走到头了。"

"我……我以为他只想统治这个世界,不是杀掉所有人。"

"不是所有人。我很确定以赛亚计划活下来,那时他就可以将自己捧为人类的下一个救世主和统治者。"

格蕾丝记得笔记中的另一个细节。"谁是第一意志的工具?"

"我只听说过一些传闻。"门罗举起笔记,"你在哪儿找到的这个?"

"在一本讲挪威神话的书里,这本书在以赛亚的办公室。"

"你把这个给别人看过了吗?"

"还没有,我不相信维多利亚,或是格里芬。"

门罗将笔记还给她。"你拿着这个,不过只能我们俩知道。我想看看维多利亚是否知道这个。如果她知道,那我就明白她为什么要我们躲在暗处了。"

格蕾丝点点头。

"不用担心,这并不会改变什么。不管以赛亚计划了什么,我们都会阻止他。"

她希望这话能让她放心,但并没有。格蕾丝现在知道了这是世界末日的计划书,她必须赶紧做些什么。她再次看向欧文和娜塔莉亚,他们走路的时候,设备的液压装置和机械手臂发出阵阵响动。接着她看到了第三台 Animus,还没人使用,就在他们的旁边。

"我能进入他们的虚拟场景吗?"她问门罗,"我想帮忙。"

"那你祖先的虚拟场景怎么办?"

"大卫搞定了。"她不能因为担心他而无心做事。另外,她告诉自己匕首带来的幻象并非真实。他暂时是安全的。"我能帮助欧文和娜塔莉亚。"

门罗看向 Animus,打量了他们片刻。"这个可以,不过你应该知道里面可能很危险。我担心会威胁到你的大脑。"

"欧文和娜塔莉亚都在里面,"格蕾丝说道,"要是我想帮助他们,我就得冒险。"

"没错。"门罗从椅子上站了起来,"一旦你进入,我会让他们帮你赶上进度,如果这样没问题的话。把第三台 Animus 连到另外两台上要花点时间。"

格蕾丝拉来一把椅子。"我可以等。"

的确花了点时间,不过门罗最终还是将空置的 Animus 准备好了。这三台 Animus 看起来跟别的不一样,更工业化,像是被简化到只剩下裸露的硬件。格蕾丝走进圆环,爬进装备里。几分钟后,她已眨着眼等在记忆回廊中,等待加入虚拟场景。门罗告诉欧文和娜塔莉亚她来了之后,便将她加了进去。

从灰色虚空中出现的世界有点不对劲,某种程度上她觉得很难描述,没有明显的特点。她站在一条石子铺就的路上,但她说不出这些是什么石头。眼前有一座壮丽的森林,她却鉴别不出这些树木的品种。并非她知识匮乏,是某些因素导致它们无法辨识,就像它们全都是树一样。它们看起来非常真实,跟她看过的所有岩石和树木一样真实,不过它们依然是假的。

"格蕾丝!"

是欧文的声音。

她张望起来,然后看到他在前方远处朝她挥手,娜塔莉亚站在他身边,他们等着她赶上他们。等她赶到他们身边,他们看起来似乎真的很高兴见到她。

"这是什么地方?"格蕾丝问道。

欧文张开双臂道:"我的朋友,这里是座森林。"他用脚踏了踏地面,"还有,这是一条道路,森林和道路的首字母大写。你还错过了巨蛇。"他向下指着前方的石子路,然后格蕾丝便看到远处有一个影子,像是在森林尽头。"有些事情我们还没确定。"

"这是集体无意识的虚拟场景。"娜塔莉亚补充道。

"噢,对。"格蕾丝记得门罗解释过这个概念,在他们躲在阿布

第十二章 挪威的神话

斯泰戈的集装箱里去蒙古的时候。现在她用不同的角度来看待周围的环境，这种古怪便说得通了。"这些便是原型了。"

"是的。"娜塔莉亚说道，声音里听起来有些讶异。

格蕾丝顺着小路向那个影子点点头。那看起来像某种动物。"所以那是个原型？"

"不知道，"欧文说，"我们正在赶路时门罗说你要来，我们就决定等着了。"

"还有，为什么我们会在这里？"格蕾丝问道，"门罗并没真正说明重点。"

"集体无意识和崛起事件都与三叉戟有关，"娜塔莉亚说，"当我们来到这里的时候，一道会说话的光告诉我们跟随这条道路穿越恐惧、忠诚与信念。我们已经穿越恐惧，我觉得。我们应该去山顶。"

"跟大写的S[①]一起？"格蕾丝问道。

欧文耸耸肩。"说不定。"

"那我们出发吧。"格蕾丝说道。

欧文和娜塔莉亚点点头，三个人便沿着石子路向前走去。渐渐地，虚拟场景对格蕾丝来说也没那么奇怪了，取而代之的是一种模糊的熟悉感，虽然她从来没来过这里。也不是似曾相识的感觉，但是与此类似。她猜是因为原型在某种程度上跟大多数人相似。这是原型的特点之一。至于前方那个影子，它已开始渐渐显形，很快格蕾丝就能说出那是什么。

"是一只狗。"她说道。

"一只大狗。"娜塔莉亚补充道。

---

① 这里大写的S，指的是巨蛇（Serpent）。

"说不定是那只狗。"欧文说道。

他们越靠近,看起来就越像是这么回事。这只狗是个庞然大物,并且外表像狼,如干涸的血液颜色的皮毛,黄色的眼睛,脖子上有一圈浓密的鬃毛。格蕾丝从来都不怕狗,但这只狗实在大到一屁股坐下的高度都能与她的视线持平。它开始摇尾巴时她觉得安全点了,于是他们三人与它擦身而过时她还在它背上摸了一把。

"所以现在会发生什么?"格蕾丝低声问道。

"我不知道。"欧文说道。

"好吧,那之前发生了什么?"

"巨蛇攻击我们……"

那只狗突然吠了起来,把格蕾丝吓了一跳。她真的跳了起来,娜塔莉亚和欧文也是。它只叫了一声,声音洪亮而深沉。

"我们不要说跟攻击相关的事情,好吗?"娜塔莉亚低声说道。

但接着,随着一声低低的呜呜叫声,那只狗站了起来,格蕾丝准备好了逃跑,以防它追赶他们。但它转向了与他们相反的方向,沿着道路跑了开去,经过森林的边缘,跑进远处开阔的田野的阳光之中。他们看着它跑开,但狗很快便停了下来,转身看着他们。

它又叫了起来。

"它在做什么?"欧文问道。

"我不确定。"娜塔莉亚说。

又是一声吠叫。

在格蕾丝看来,这狗似乎是在等他们。"我觉得它想要我们跟着它。"她说道。

娜塔莉亚又观察了一遍,然后点了点头。"我觉得你是对的。"

于是他们离开森林,冒险开辟出一条道路,穿过一片荒野,那

第十二章 挪威的神话

里到处是白色的岩石，茂密的草丛，以及低矮粗糙的树木。狗带着路，很快就形成了一套带路模式，就是叫一声，然后停下来等着，看他们跟上来后，它便跑到下一个点，然后再叫一声。不知道它到底会带他们去哪里，也不知道为什么它会带着他们走。

看着狗大步慢跑的样子，格蕾丝不禁想起芬里斯狼——她在一本关于挪威神话的书中读到的——引起以赛亚注意的怪物。她没想到跟着一只狗能帮助她阻止以赛亚，但这很重要，她不得不相信这一点。

就像她不得不相信大卫一样。

很快他们便走到了这片新的地带，身后的森林则消失在起伏的地平线上。每叫一声，狗的声音听起来都越发绝望，甚至还可能有对他们的不耐烦。

"我们尽量别在这儿迷路，"欧文说着回头看了看，"我可不想让我的思维永久困在这个地方。"

这便是门罗提到的危险之一。格蕾丝一想到她的思维留在这个虚拟场景里，她的躯体却像个僵尸一样，在 Animus 里走个不停，她就感到不寒而栗。

"要是我们坚持走那条路，应该就没事。"娜塔莉亚说道。

"希望如此。"格蕾丝道。于是他们继续跟着狗，直到它停下来，对着道路外的什么东西叫了起来。

格蕾丝到处查看那是什么，然后她注意到附近一个绿色山丘顶上有个石碑模样的东西。等她和其他人转向那个方向时，狗又叫了一声，接着便一路穿过高高的草丛，沿着一道土坡冲向那个东西。

"我猜我们应该到那边去。"欧文说道。

"我们刚刚不是才决定不离开这条路吗？"格蕾丝反问道。

"那没多远，"欧文说，"我们能从上面看到路，而且我们甚至还能看到更多虚拟场景。"

"似乎还是很冒险。"格蕾丝说。

狗在山顶上冲他们叫了起来。

"好像我们应该去那里看看，"娜塔莉亚说道，"不过我们得让这条路一直在我们的视野之内。"

他们同意了，但格蕾丝还是不喜欢这个主意。在他们离开道路朝山上走去时，青草拂过格蕾丝的膝盖。她不停地回头看，确定红色的石路还在那里，通过集体无意识画出一条路线。

那道土坡比看起来更陡，三人很快便气喘吁吁，而在他们头顶，狗还在继续叫着，声音听起来很远，还带着回响。几分钟后，他们走到了山顶。格蕾丝从下面看到的竟然是一圈高高的石头，每一块都比她高几英尺，厚几英尺。它们靠得非常近，彼此之间的距离只有几英寸，但离他们不远有一个入口，犬吠声便是从那里传来的。

他们急忙穿过入口，在圆圈里，格蕾丝发现狗正蹲坐在一个男人旁边，呜呜叫唤，摇着尾巴。男人坐在地上，背部靠着一块石头，仰面朝天，闭着双眼。他的灰色胡须长而蓬乱，穿着一件毛皮做成的粗糙衣服。他的腿上放着一根长长的木杖。

格蕾丝、欧文和娜塔莉亚小心翼翼地朝他走了过去。这个场景，这个人影，似乎比那只狗更加难以捉摸。

"你们觉得他死了吗？"欧文问道。

"我没死，"陌生人睁开眼开口说道，"但我就快死了，我需要你们在我死后帮我做些事。"

第十三章　肖恩率先见到匕首

以赛亚穿过教堂挥舞着不完整的三叉戟朝他走去时,他被控制在 Animus 里面,什么都不能做。

"到现在为止,我都只依靠你的忠诚,"以赛亚说道,"不过看起来我也必须给你展示一下恐惧了。"

肖恩不知道他说的是什么意思,在他反应过来之前,一个画面已撕裂了他的脑海,将其他思绪剔除殆尽,冲击比任何虚拟场景都要强烈。那是事故发生前的一段时间,那些反复出现的恐惧打乱了他的生活,一切变得难以想象。

他站在足球场上。他的队友们背叛了他,去祝贺他们的对手获胜——被肖恩搞砸而获得的胜利。

他怎么搞砸的一点也不重要。恐惧来自四面八方，不只是足球，还有篮球和棒球。每当肖恩开始一项新运动，画面便会随之改变，但还是一样丢脸。观众和球队都看到了他的失败，他让他们失望了。当他不在赛场的时候，他会害怕地想他们会怎么看待他议论他，他相信他们是对的。

他没有才能。

他不行。

事实上，不管他练习多久多辛苦，他都还是很糟糕。他或许该帮大家一个忙，退出球队。他知道教练和他的队友们都希望他离开，但他们都不忍说出口，他们只是出于同情才让他留在队中。每次想到要跟大伙一起回到更衣室他就胃疼。他们会拍拍他的背，安慰他搞砸了没关系，但事实并非如此。与其面对这些，他宁可让脚下的大地张开大口，将他吸进没人能找到他、可以让他被人遗忘的地方。

他一无是处。不只是一无是处，他还拖别人的后腿。

"肖恩。"一个温柔的声音唤道。

画面消失，肖恩回到了教堂之中。以赛亚正站在他面前。肖恩感觉面颊一片潮湿，他这才意识到他一直在哭。

"不管你刚刚看到了什么，"以赛亚说，"我都能让你从中解脱，但前提是你要听我的话，照我说的去做。你的祖先斯泰尔比乔恩是一个顽固分子，我想这一点可能通过出血效应影响了你。但我需要你坚强起来反抗他。我需要你记住为什么我们会在这里，以及你有多么重要。我对你迄今为止所取得的成就感到骄傲。你和我，我们可以一起做到。"

以赛亚说话时，肖恩感到脚下的地面变得坚实了。他意识到对他而言没有理由害怕可能会有的失败，尤其在他有了以赛亚之后。

他的队友和教练们怎么看待他或怎么议论他都不重要,不管以前肖恩有多糟,现在都不重要了,因为他有以赛亚,而且他相信以赛亚说的话。

"你准备好回到祖先的记忆中了吗?"以赛亚问道。

肖恩点点头。"我准备好了。"

"很好。"

教堂门开了,几个技术人员鱼贯进入房间,他们在 Animus 上忙了起来,很快便再次准备好了虚拟场景。以赛亚将头盔戴回肖恩头上,狠狠捏了他的肩膀一下,便将他扔回了斯泰尔比乔恩的思绪洪流之中。片刻之后,他已站在帕尔纳托克与哈拉尔·蓝牙之间,三人肩并肩地站在船头。

梅拉伦湖的平静水域让他的舰队轻松通过,虽然进程不如他想象的那么快。他们在沿途几个村子停下来招募士兵,但少有人加入。似乎在他离开期间,荣誉对于斯韦阿人已经变成了稀罕之物,不过也有人说,狡猾的巨魔已在悄然接近森林,躲在高高的树上,准备杀掉支持斯泰尔比乔恩的人。逃跑的奴隶遭攻击的消息已经传开了。不过斯泰尔比乔恩不相信有巨魔。

迷信与否都不重要,因为他有足够的勇士和船只击败埃里克,而且他很快就会到达菲里斯河河口。他们会乘船从那里到乌普萨拉进行战斗。

帕尔纳托克似乎与斯泰尔比乔恩一样渴望战争,就跟那些乔姆斯维京人一样,他们订下契约誓要发动战争。但在另一方面,哈拉尔的怯懦随着一个个联盟的经过而变得越发明显,而且他的手片刻不离他所佩带的匕首。这激怒了斯泰尔比乔恩,他的妹妹已经嫁给了这样一个丹麦人,不管他的权力多么大,国土多么宽广。

"那是什么?"他终于朝匕首点了点头,开口问哈拉尔,"一把奇怪的剑,我想不到拿它来做什么。不过你却像是吃奶的小猪吮吸母猪奶头一样离不开它。"

哈拉尔苍白的面颊上涌上一抹愤怒的红色。"这跟你没关系。"

"要是跟我没关系,我不会开口问。"

"它什么都不是。"

"我对此感到怀疑。它跟你有什么关系?"

哈拉尔闭上嘴,紧紧抓住它,他还从来没有这样坚定过。那一刻,斯泰尔比乔恩对匕首的好奇已经无法遏止。肖恩一直在等待这一刻,他的祖先终于注意到了伊甸园碎片。

"我想跟你达成一个协议。"斯泰尔比乔恩说道。

哈拉尔怒视着他。在他的另一边,帕尔纳托克静静聆听着眼中闪烁着愉悦的光芒。

"你不问我协议的条件吗?"斯泰尔比乔恩说。

"我不想问。"哈拉尔答道。

"我还是会告诉你。"斯泰尔比乔恩双臂交叉,完全转过身来面对哈拉尔,"我放你、你的战士,以及你的舰队离开,就在这里,就在此刻。"

哈拉尔看着他,就像鱼盯着钓钩上的鱼饵一样。

"我发誓,"斯泰尔比乔恩说道,"如果你付出我要的代价,我便释放你,你可以回到你妻子——我妹妹身边,带着你的荣誉。"

"那你要的代价是什么?"哈拉尔眯起眼问道,"我猜你是想要我的匕首吧,但我不会把它给你,不会为了……"

"不,"斯泰尔比乔恩转开了头,仿佛忽然发现遥远的海岸线比他们的谈话更有趣,"我不想要你的匕首。"

"那你想要什么？"哈拉尔的声音听起来十分恼火，帕尔纳托克也凑过来，仿佛也在等待答案。

"我想要你拿起你的匕首，"斯泰尔比乔恩说道，"然后丢进梅拉伦湖里。"

帕尔纳托克大笑起来。

哈拉尔没有笑。

与此同时，肖恩感到一阵惊慌，这段记忆发展下去，他担心匕首可能消失在那个深湖的湖底。这也意味着虚拟场景的结束。但不可以这样，他不能辜负以赛亚。

"正如我告诉你的，"斯泰尔比乔恩朝丹麦国王笑道，"只是个小小的代价。用一把你声称没有任何意义的简单无用的匕首，来换取你和你的舰队的自由，你觉得我的提议怎么样？"

哈拉尔的怒气终于完全爆发了出来。丹麦人实际上已气得浑身发抖。"对你的提议，我拒绝。而对你，我愿诸神诅咒你。"

"但你再也不相信这些神灵，"斯泰尔比乔恩说道，"你有白色的基督。现在我知道了你的匕首并非什么都不是，这是我想要你承认的。我满足了。"

帕尔纳托克再次笑了起来。"你赌博起来像个亡命徒，斯泰尔比乔恩。"

"这是个诡计吗？"哈拉尔摇着头，"还是一个游戏？你的承诺是假的？"

"并无虚言，"斯泰尔比乔恩说道，"假如你丢掉那把匕首，我会遵守我的承诺。但我清楚你不会丢掉它。现在，告诉我原因。"

"为什么？"哈拉尔眨眨眼睛，他看起来有些困惑，"这把匕首是个圣物。这是来自皇帝撒克逊·奥托的礼物，是为我进行洗礼的神职人员交给我的。它从罗马教会的神父那里传到了奥托手上。"

"是耶稣基督的圣物？"斯泰尔比乔恩说道，"所以你愿意用你和你的战士的自由来捍卫它？"

"我会的。"哈拉尔说道。

尽管这个说法迷惑了斯泰尔比乔恩，甚至让他印象深刻，但肖恩知道这是个谎言，至少只是部分事实。哈拉尔得到匕首的经过可能是真的，但肖恩相信他很清楚它的本质，这是他拒绝丢掉它的原因。

"或许你真有一种荣誉感。"斯泰尔比乔恩说，不过他怀疑正是这种荣誉感使哈拉尔就算有机会也不会背叛他。

此后，舰队很快便航行到达菲里斯河河口，但是当斯泰尔比乔恩发现前路完全被人造木桩阻断后，舰队便迅速停了下来。树干被砍倒推进河床里，从四面八方冒出水面，像荆棘一样，而且还被绑在一起。它们的用途显而易见，而且当反应过来这是埃里克所为之后，斯泰尔比乔恩的怀疑很快便转化成了愤怒。

"划船靠岸。"他命令道。那天晚上，一些人在陆地上扎营，其他人则睡在船上。斯泰尔比乔恩在篝火边召开了一次会议，讨论他的军队的下一步计划。考虑到那些路障，蓝牙提议撤退，这小小的建议向斯泰尔比乔恩证实了这家伙是个懦夫的事实。

"这可能是个突然袭击，"哈拉尔说，"不过很明显埃里克已经准备好迎战你了，很可能准备得比你预想的还要充分。"

"他准备得多充分都无所谓，"斯泰尔比乔恩答道，"我不会撤退，而且在跟我对着干这件事上他没法跟你比。"

哈拉尔不理会他的轻蔑，斯泰尔比乔恩好奇如何才能激怒这个丹麦人。哈拉尔只是简单回应道："他人马比你多。"

"你也不差，"斯泰尔比乔恩说道，"但是待我将他斩杀于他的将士面前时，人数就根本毫无意义了。"

"你的战略太过单一，"哈拉尔说道，"听我说，我赢过许多次战斗，有些甚至不需要拔剑便获得了胜利，但不要以为我是以国王的身份在跟你说话。我现在是把你当成我的兄弟来谈话的，因为你是我妻子的王兄，我不想看到她为你的死亡哭泣。那些木桩都暗藏了玄机……"

"这些玄机对我没用！"斯泰尔比乔恩咆哮道。

哈拉尔摇了摇头。"你还没有那么足智多谋。"

斯泰尔比乔恩勉力克制住了自己，而肖恩感觉到了这有多困难。"要不是你娶了我妹妹，哈拉尔·蓝牙，刚刚你早就死在我手上了。你是说我蠢吗？"

"不，"哈拉尔镇定地答道，"我认为你非常狡猾，你独有的那种狡猾。但我也认为你缺乏耐性。你需要的不仅仅是用你的斧头和盾牌去夺回你的王位，强者斯泰尔比乔恩，你同样需要时间和机遇，但我认为两者你都不会等待。"

"当然不会，"斯泰尔比乔恩说道，"我已经等得够久了。"

他把一根木头扔进火里，带起一缕灼热的灰烬。除了老帕尔纳托克，所有人都从火堆旁退开。斯泰尔比乔恩盯着他，看他有什么谏言，只因他敬重乔姆斯维京人。若帕尔纳托克赞同哈拉尔的话，那说不定斯泰尔比乔恩会被迫屈服，但无视帕尔纳托克的忠告会是个巨大的错误。

"你怎么说？"斯泰尔比乔恩看向他的朋友，问道。

帕尔纳托克瞥了一眼斯泰尔比乔恩，然后是哈拉尔。"我认为我们不可低估埃里克。我赞同那些木桩暗藏玄机，不过我不赞成撤退。"

斯泰尔比乔恩点头赞同，大受鼓舞。"继续说。"

"我们必须回答的问题是我们要怎样对付这个僵局。我们要丢下战船,挥军直扑乌普萨拉?还是清理河流,按计划划桨航行?"

"清理河流太浪费时间了。"斯泰尔比乔恩说道。

"的确浪费时间。"帕尔纳托克点头表示赞同,"但或许这就是埃里克想要的——拖住你。"

"又或者埃里克在试图迫使你走陆路,"哈拉尔说,"这样你便会筋疲力尽。"

斯泰尔比乔恩怀疑两个战略都出自王叔之手,但其中一个更像是他的风格,因为他很清楚埃里克是个懦夫。埃里克毒死了斯泰尔比乔恩的父王,这事从未得到证实,但斯泰尔比乔恩明白这是事实,一如他明白懦夫的武器就是毒药一样。埃里克阻碍水路就是出于同样的原因。他害怕了,他知道斯泰尔比乔恩来了,于是尽可能地拖延他。这样一来斯泰尔比乔恩的选择便一目了然了。

"我们走陆路,"他说,"我们要尽力快速行军。传令下去,准备好黎明出发。"

乔姆斯维京人船长离开去传达命令,帕尔纳托克和哈拉尔却纹丝不动。

"你们还有话要说?"斯泰尔比乔恩问他们。

"我们得为进一步举起反叛大旗做好准备。"帕尔纳托克说道,"行军至乌普萨拉可是很长一段路。"

"我们会准备好,"斯泰尔比乔恩答道,"我没指望过可以轻易成功。但什么都阻止不了我们。"

"那我就祝你一夜好眠,结拜兄弟。"然后帕尔纳托克便走回他的战士中,走向他的床。

接着哈拉尔开口道:"我认为你正在一路奔向灭亡,斯泰尔比乔恩。但既然你不听劝阻,那我也只能祝你好眠了。"

"要在河里多插几根棍子才能吓得我撤退,"斯泰尔比乔恩说道,"我的战斗方式跟你不一样。"

哈拉尔点点头,转身离开,只是步伐有些匆忙,他的举止有些可疑。

"你今晚睡哪儿,哈拉尔?"斯泰尔比约恩问道。

哈拉尔犹豫着,而斯泰尔比乔恩察觉到了无声的背叛。"我会跟我的战士一起睡在战船上。"哈拉尔答道。

"这样你才可以在黎明前扬帆离去?"斯泰尔比乔恩反问,"将你那所剩无几的荣誉抛在身后?"

哈拉尔又走回火堆边面对斯泰尔比乔恩。"出于对我妻子的尊重,并考虑到你年轻气盛,我忍住了你对我的轻侮。但我不会永远忍下去。"

斯泰尔比乔恩站起身来,走过火堆,站到丹麦人面前。"你想捍卫你的荣誉?"虽然提出的是一个问题,但斯泰尔比乔恩却语带威胁,哈拉尔后退一步,显然明白他的意思。

"我将以我的时间和我的选择来捍卫我的荣誉。晚安,斯泰尔比乔恩。"接着他再次转身想要离开,但斯泰尔比乔恩却抓住他的手臂,将他拉了回来。

"你今晚睡在这里,"他说,"在我的火堆旁。"

哈拉尔摇了摇头。"不,斯泰尔比乔恩。我睡我的战船上。"

"我不相信你会睡在你的战船上。不过我知道你的战士不会离开你,也就是说直到我们正式行军之前你都不会离开我左右。"

哈拉尔叹息着。"我可以给你什么做保证?和你妹妹成婚显然是不够的。"

斯泰尔比乔恩无须费心思考，在他的思绪中，肖恩的期待开始生根发芽。"把你的匕首留给我。"斯泰尔比乔恩说道。

哈拉尔退缩道："绝不。"

"要是你不留下匕首，"斯泰尔比乔恩说道，"你就休想走。"

哈拉尔皱起眉头，试图推开他，但斯泰尔比乔恩抓住他的肩膀，将他举了起来，扔向了一棵树。力道不至于让他送命，但也足以让他明白杀他轻而易举。哈拉尔摇晃着站了起来，因疼痛而蹙紧眉头，然后擦去从头上的伤口流出的血。斯泰尔比乔恩可以看到他眼中燃烧的憎恨，知道总有一天哈拉尔会试图杀死他，不过不是今天。

相反，哈拉尔伸手解下了腰间的匕首，然后走到斯泰尔比乔恩面前，将匕首塞进他手里。

"等你妹妹为你哀悼时，我会在一旁安抚她。"他说道，"记清楚了。"然后他从火堆边大步走开，消失了。

斯泰尔比乔恩低头打量匕首。确实是把古怪的武器，有带倒刺的弯曲刀刃以及一个用皮革裹住的奇怪的握把。作为基督的圣物，它当然不算出众，特别是当它跟托尔的锤子或奥丁的长矛相比时。不过斯泰尔比乔恩怎么看这把匕首并不重要，重要的是他可以用它来控制蓝牙。当他把它佩带在腰间，斯泰尔比乔恩笑了，而在记忆中，笑的是肖恩。

"以赛亚！"他喊道，"我拿到了！"

干得好，肖恩。我们快要成功了，但不要太过骄躁。我们还得看看你的祖先用戟尖做了什么。

"对。"肖恩强迫自己冷静下来，"没错。"

我看斯泰尔比乔恩要准备休息了。我们快进一点记忆，怎么样？

"好。"肖恩说道，虚拟场景在支离破碎的模糊影像中飞驰而

第十三章　肖恩率先见到匕首 | 137

过，巨魔和狗，砍碎的木头和洪水，接着是一片黑暗，不过这一切炫目的景象戛然而止于帕尔纳托克唤醒斯泰尔比乔恩的时刻，肖恩被拽回了他祖先的心灵深处。

"现在什么时辰了？"斯泰尔比乔恩坐起来问道。他摸向匕首，发现它还在他腰间。

"还差几个钟头才到黎明。"帕尔纳托克答道。

斯泰尔比乔恩咆哮道："那为什么弄醒我？"

"是蓝牙，"帕尔纳托克徐徐说道，"他跟他所有的战船都离开了。"

第十四章　神秘的垂死之人

　　垂死的穴居人用呆滞而湿润的眼睛看着他们。欧文不知道他算不算严格意义上的穴居人，但他看起来很像。他穿着皮毛，看不到任何种类的织物在上面。他深棕色的肌肤几乎都皱到了一起，皱纹里全是黑色的污垢，长长的白发和胡须上沾着稻草。

　　"我们能帮你什么吗？"欧文问道，"你受伤了？还是生病了？"

　　"你问的问题太复杂。"男人说道。

　　这些问题对欧文来说一点都不复杂。他看向格蕾丝，她微微耸了耸肩。

　　"你们不能阻止我的死亡，如果那是你们要的答案的话。"男人说道，"毕竟这一次，我已经走到了流浪的尽头。"

"你叫什么名字?"娜塔莉亚问道。

"我的名字?多年以前我便把它留在了我身后那条路上。它对我没用,只是使我感到沉重。"

他的狗现在放松了下来,因为它已经给主人搬来了救兵。它叹了口气,躺倒在他身旁,将沉重的头放在他的大腿上,黄色的眼珠不时朝上转动着,看着它的主人。

"你的狗有名字吗?"欧文问道。

"噢,它不是我的狗。"

欧文皱起眉头。"但我觉得……"

"它不再是我的狗了,不如说,我不再是它的主人。"陌生人低头笑着,露出一口残缺不全的灰色牙齿。他梳理着狗宽大脑袋上的皮毛,接着在它一只耳朵后面挠了挠。狗舒服地眯起了眼睛。"我想你可以给它一个你喜欢的称呼,"陌生人说道,"我就唤它狗狗。我们一起走过最黑暗的道路,也走过最美丽的道路。"

"你是个旅人?"娜塔莉亚说道。

陌生人似乎思考了片刻。"我想一个旅人的脑海中都有一个目的地——一个要到达的地方。我没有。"

"所以你只是像这样,四处游荡?"欧文说道。

"没错。"陌生人点点头,向欧文晃晃手指,微笑着,"是的,我是个流浪者。"他又低头看向那只狗,还一直挠着它的耳朵,接着他的笑容渐渐隐去。"很快我就会在它去不了的地方流浪了。"

"你确定你快死了?"格蕾丝开口问道,"说不定你……"

"我感觉不到我的腿了。"他说道。接着他举起右手,屈伸着手指:"我在任何地方都好冷。我感到生命从我身上消失了,进入了地底,进入了我身后这块石头里,进入了这片山岭中。"

"对不起。"格蕾丝说。

"为何要道歉？"他反问道，"我看到过奇异、恐怖和美丽的东西，也见过日常事物。我的一生都充满疑问。有时我找到了答案，有时却发现更多问题，也经常有幸运的时候，我找到了真相。"他又一次低头看向他的狗。"现在我只剩下一个问题。不过请先帮我一个忙。"

"要我们帮忙？"欧文说，"这就是为什么你的狗会把我们带到这里来吗？"

"不，它只是一只狗。它带你们来这儿是因为它担心我。它知道出了什么问题，它希望你们能解决。不过现在你们已经在这儿了，我就想开口请你们帮忙。"

"我们能帮你什么？"格蕾丝说道。

流浪者清了清嗓子，犹豫了一下才说道："等我走了，你们能帮它找一个新的伙伴吗？"

欧文差不多猜到了，于是他便低头看向那只狗。它的一只爪子抽搐了一下，嘴巴皱着，他这才意识到它已经睡着了，显然完全不知道流浪者在说什么。那一刻，它和他在一起，这才是最重要的，它很满足。欧文冲它笑了起来，但那笑容里满是悲伤。它的伙伴走了之后，它也什么都不会明白。它会感到困惑和孤独，还有痛苦，而这不公平。

"我们真的很想帮忙，"娜塔莉亚开口道，"但我们不……我是说，在这里我们不认识什么人。"

"我明白。"流浪者用大拇指刮了一下眉毛，露出破损的指甲，"我……我担心以后会发生在它身上的事情。"

欧文的喉咙一阵发紧，但他强忍了下去，开口道："我们会带上它。"

娜塔莉亚和格蕾丝齐齐看着他。

欧文很清楚这只是个虚拟场景，而且门罗可能会说这狗只是个符号，不是宠物，但他并不这么认为。他清楚它将要面对的是什么，他不能让它独自面对。"我们会带上它跟我们一起，"他说，"我们会照顾它直到帮它找到一个家。"

"谢谢你。"流浪者再次合上眼，把头靠在石头上，"谢谢你。"

"别客气。"欧文答道。

"离这儿不远，"流浪者说道，"有个十字路口。要是你们能在那里多等等，我想你们就能为我的狗找到新伙伴了。"

"我们会去那儿，"欧文说，"我们也会找到人的。"

格蕾丝和娜塔莉亚没有反对这个计划，但欧文能感觉到她们对此不甚确定。她们既没有微笑，也没有点头。说实话，欧文自己对此也不是很确定。要是他们带着狗，然后花时间等在十字路口，不管那是在哪里，那都意味着他们用来寻找顶峰以及虚拟场景关键的时间就更少了，弄清楚怎样才能帮助他们阻止以赛亚的时间也更少了。

流浪者身体前倾，胸口贴在躺在他大腿上的狗身上，抚摸着它大大的头颅。它突然醒来，警觉地坐了起来。然后它抬起鼻子朝着他的脸嗅了嗅，用舌头舔了一下他的下巴。它呜呜地叫了起来。

"你知道了。"他吐出一口浊气说道，"你闻得出来。"

它站了起来，靠近了一点，再次舔了舔他的脸，动作迅速还带着一点焦急，从他的脸颊、前额，直到鼻子、嘴唇。他闭上眼由它尽情地舔。然后他双手伸进它脖子那圈毛里，将它拉近，用额头贴住它的脖子。

"我知道。"他低语道。接着他又靠回石头上，抬头看向天空。

"要下雪了。我现在就问我的问题。"

但没有下雪,天气甚至都不冷。欧文抬头看了看。

然后下雪了。

精致的白色小点轻飘飘地从灰白的天空中落下,它们中的一些用冰冷的边缘亲吻欧文的脸庞。那只狗再度悲鸣起来。欧文低头看去,他看得出流浪者已经走了,他的躯体只剩一具空壳。那只狗舔舐着他已无生气的脸,哀叫一声,接着再舔一下,再哀叫一声。它抬头看向欧文,像是在无声祈求他做点什么,然后再回头看向已离它而去的流浪者。白色的雪堆积在它的皮毛上,衬得黑色的皮毛格外显眼,接着它大声吠了起来,声音中充满疯狂,但这既不冲着任何事物,也不冲着任何人。它没有一丝的困惑或者恐惧。

格蕾丝看着流浪者的尸体。"我知道他不是真人,也不是真的死了,但还是好痛苦。"

"我再也不确定真实意味着什么了,"娜塔莉亚说,"当……"

那只狗躺倒在它死去的伙伴身边,发出阵阵哀号,并将它的头枕在他的大腿上,就像刚才那样。

"可怜的小东西。"格蕾丝喃喃道。

"现在你知道我为什么不能丢下它了吧,"欧文说道,"你想讨论何谓真实?对我而言,我觉得真实,它就是真实。对这只狗我就是这么觉得的。"

"我们也是。"娜塔莉亚说道。

雪越下越大,片刻工夫,白色的雪便盖满了流浪者的全身,慢慢地埋葬了他,那只狗则守在一旁为他默哀。欧文看向石壁出口,注意到其他地方似乎没有下雪。只有山顶在下,这里的温度急剧下降。

"我觉得我们应该回到原来的路上去。"娜塔莉亚提议。

欧文表示同意，然后他向那只狗唤道："来，乖女孩。"

它没有动弹，甚至连头都没抬。

欧文朝它走近了点，拍了拍他的腿。"乖女孩，来。"

他看到它的耳朵在动，朝他竖起来，所以他知道它在听他说话，只是它选择不理他罢了。看着它的个头，他还是有点害怕靠近它，但他意识到如果他想说服它跟着他，他就不得不这么做。于是他又走近了些，一步一步地观察它对他的反应。

"小心，"格蕾丝提醒道，"我刚读了一个挪威神话，一个神祇被狼咬掉了手臂。"

"谢谢，格蕾丝，那真是个不错的故事。"欧文边说边踏出另一步。

"我只是说……"

那只狗咆哮了起来，如果欧文是在徒步旅行的时候听到这个声音，他会以为是熊或是狼。他肯定会逃跑，而且他也没有别的选择。这咆哮声让他的骨头都在打战，但是他并没有从山顶逃跑，而是原地站着不动。那只狗轻轻地转过头来，一只眼睛盯着他，但它没有露出牙齿，而且在他停下脚步时咆哮声也停止了。他慢慢地放低身体，然后坐在了雪地上。

"你在干什么？"娜塔莉亚低吼道，"欧文，快离开。"

"你们先走，"欧文眼睛眨也不眨地盯着那只狗说道，"我们随后就跟上。"

"这会儿你是认真的吗？"格蕾丝问道，"你想要我们把你一个人留下来？留在这个虚拟场景里？跟这东西一起？"

"它只是受了惊吓。"欧文说道。

那只狗卧在雪地里，开始喘气。

"我只是要在这里坐一会儿,看看它会不会冷静下来。"

"我们可没时间做这个,"娜塔莉亚说这话时,牙齿冻得微微打战,"而且我觉得这狗能照顾好它自己。"

"这不是重点,"欧文说道,"而且我说了你们先走,不要管我。"

"我觉得我来对了,"格蕾丝说道,"娜塔莉亚需要我们之中有人能保持头脑清醒。"

"欧文,"娜塔莉亚说道,"别这样。想想你现在在哪儿,想想我们要冒的险。"

欧文很清楚所冒的风险,也知道这听起来很荒唐,但他并不这么认为。这似乎很重要,而且真实,他还没准备放弃。大雪几乎埋掉了流浪者的腿,只余皮革绑腿的顶部从雪中突出来。那只狗皮毛上的雪越积越多,边缘已经开始变得冰冷透明。

"我是说真的,伙计们。"欧文说,"你们先离开。我会没事的。"

"这里冷死了。"格蕾丝提醒道。

"我会没事的。我不会丢下它。"

娜塔莉亚摇了摇头,接着耸耸肩。"随你吧。好,没问题。"她转向格蕾丝,"我觉得我们该出发了。"

"我觉得也是。"格蕾丝附和道。

她们转身作势离开,但欧文一直盯着那只狗,等着。他不确定他在等什么,但他还是在等。他身下的雪开始融化,沾湿了他的衣物,寒意袭来。他将双臂拢在胸口,缩起双腿,像个婴儿一样蜷缩着。随着时间推移,雪花落满他的睫毛,他逐渐感到头和肩膀沉重了起来。当他像只狗一样摇晃着将它们抖掉时,那只狗抬起头来看着他。他想象着它正在评断自己抖毛的技术。

"我不太擅长这样做,对吧?"他开口道。

第十四章 神秘的垂死之人 | 145

那只狗把头靠了回去，喉咙里咕哝起来。

"抱歉。"欧文说道。他回头看了看，确定娜塔莉亚和格蕾丝已经离开。"我也失去了某个人。以前这对我来说没有任何意义，现在依然没有，我甚至连再见都没来得及说。所以你很幸运，至少道了别。"他抖起身体，想活动活动让自己暖和起来。"但你不能只是躺着。你得继续前进，那才是他想要你去做的。"

那只狗在他说话时看着他，然后带着一丝呜咽打了个哈欠，露出许多锋利的牙齿。

"来，乖女孩。"他拍了拍身旁积雪覆盖的地面，留下一个印记。

它看着他，但没有动。

"你要来吗？"他又拍了一下，"来。"

那只狗看着欧文指着的那个地方，他很确定它完全明白他的意思。但它依然待在原地。他开始怀疑它是否会主动离开流浪者身边。他当然不能硬拽走它，哪怕它不反抗。它个头太大了。

欧文无法控制地颤抖起来，猛烈的痉挛控制了他的肌肉，无法摆脱。对他来说，不管走还是爬，逃离大雪进入温暖的阳光下还是很容易的。但他拒绝这么做，哪怕这意味着冻死在这里或是失去同步，他也不会离开那只狗。它得知道，它得明白，你会失去一个对你来说意味着一切的人，但你还得继续前进。

另外，如果它这么忠诚地陪伴它的伙伴，那他也可以一直守护在它身边。于是他一直等一直等，希望如果他在这个虚拟场景中冻死，不会对他的大脑造成永久性伤害。

覆盖着流浪者腿部的积雪已经延伸到了他的腰部。至于那只狗，欧文还能看到它背部的脊线，还有它的脖子和头部，但其他部分都被积雪掩埋了。

他不清楚他已经在这里待了多久。他试图通过观察积雪堆积的速度来弄清楚，但在他弄明白之前，他的思绪便已崩溃，失去了方向。他变得昏昏欲睡，他读过足够多的书，也看过足够多的电视，他知道那是体温过低的信号，但他并不在意。他已决定要一直待到最后，而且说不定入睡会让失去同步变得更轻松些。

那种想法简单而诱人。

睡吧。

"我……佩服……你的忠诚。"他对那只狗说道。接着他仰倒在雪地里，看着天空中飞舞的雪花。"忠诚。"他又念了一遍，脑中想着这个词很重要，但却记不得怎样重要或为何重要。他闭上眼，觉得自己像是一片重力无法捕捉的雪花一般飘向了天空。

他越飞越高。

越飞越远。

他可能会在这里失去一切，一点点飘走，然后……

有什么热的东西烫到了他的脸颊，一些融化了寒冰的东西，让他的意识回到了他的身体里。他感觉到什么在轻轻戳他，从头到膝盖。他感觉到有什么东西在拖着他，接着他听到撕裂声，有什么穿过他腋下，拉动了他整个身体，拖着他穿过大雪。他感觉到它在他身下打着滑，感觉到它身上的草泥和凸起，以及他耳边粗重的呼吸。

是那只狗。

当他的意识从天空坠落时，他察觉一束光落在了他的眼皮上，温暖的风拂过他的皮肤，他还听到了脚下青草的低语。当他的身体缓过劲来时，他睁开眼睛，眯着，看到那只狗的头在他正上方。它低头看着他，喘着气，接着弯下腰来舔他的脸。

"好了，好了。"他边说边举起手挡住它，"好女孩。"

它往后退开,站在那儿摇着尾巴,然后叫了一声。

"我这就起来。"欧文说道。但他身体每个部分都因受冻而疼痛,这让他好半天才坐起来,又好半天才挣扎着站起来。他的头发和衣服湿透了,他最喜欢的 T 恤宽松地挂在他身上,肩膀的部分被撕裂了,很明显,那是那只狗用牙齿拖他时留下的杰作。

它看着他倒下,然后它救了他。

他摇摇晃晃地站在山坡上,俯瞰着山下的道路,这时浓雾淹没了上方的石壁。那只狗坐在他身旁,他像流浪者那样伸手到它耳后挠了起来。它的皮毛因为冰雪融化而变得又湿又冷,它闻起来跟其他狗没什么两样,除了外表更糟一些。

"谢谢。"他说道,"我想让你知道那不是我的计划。但如果有人问起,我会说是。"

从他这个有利位置,他能看到那条路,它穿过白色的峭壁以及绿色的山丘。他沿路巡视过去,看不到格蕾丝或是娜塔莉亚的任何踪迹。远处的远处,他不知道有多远,似乎另一条路与那条道路相交了,形成了十字路口。

"肯定是那里了,"他看着狗说道,"那里就是我们帮你找新伙伴的地方。来,乖女孩。"他沿着山坡缓慢而沉重地走了几步。

但它没有跟着他。

他回头看去,它也回头看去,盯着山顶笼罩的浓雾。它是救了欧文,但这不代表它准备丢下流浪者。它呜呜地叫着,将重量放到它的爪子上,几乎是原地踏起步来。

欧文叹息了。他几乎为了它而被冻死,如果这都不能让这只狗跟着他,他不知道他还能做什么。娜塔莉亚和格蕾丝就在前头某个地方,还有可能追上它们。他还是不想丢下这只狗,不过现在它似乎已经从悲伤中解脱出来了，至少它能离开流浪者的身边，他觉得这比之前好多了。

"过来！"他又一次唤了起来，尽可能用命令的口气，接着转身离开。他打定主意不回头看，他要步行下山。它要么跟着他，要么不跟。

他走到半山腰时，它叫了起来。他一直走着，缓慢而笃定，没有回头。几步之后，它又叫了一次，而他还在继续走。不过它的又一声吠叫听起来近了些。过了一会儿，它在他身后叫了起来，接着它跑到了他身边，不停喘着气。

他看向它。"乖狗狗。"

它显得还是有些不安，一路垂着头走着，偶尔回头看向山上，但它紧跟着他，直到他安全回到那条路上，并朝着原来的方向进发。希望格蕾丝和娜塔莉亚没有落下他太远。

第十五章　下了毒的陷阱

虽然在黑暗中难以确定,但似乎每一艘丹麦战船都脱离了斯泰尔比乔恩的舰队,原路返航。大卫和奥斯特暗赞托瓦尔德的战略成功了,所有在菲里斯河上砍伐和放置木桩的辛苦都值得了,战斗开始之前,斯泰尔比乔恩的军队人数已经大大减少。

"现在我们的任务才真正开始。"托瓦尔德对他的伙伴们说道,"但从今晚开始要学习突袭。"

他们有三十人聚集在这位吟游诗人身边,这些人是他从聚集在王旗之下的人之中选出的。奥斯特是第一个,奥尔弗斯和奥洛夫紧随其后,他们已经从那里的营地转移到了菲里斯河场的营地,带着他们找到的最强壮凶猛的战斗力。对托瓦尔德来说,同样重要的是他们都是斯韦阿人,并且是这片土地的原住民。

"在未来的几天几周里,"托瓦尔德开口说,"你们可能会发现你们的荣誉感受到了挑战,因为我们不会公开对战斯泰尔比乔恩。或者说暂时不会。我们会攻击,接着我们便消失,然后我们会再次攻击。我只带了少数的人,因为我们不是斧头和盾牌,我们将成为插在斯泰尔比乔恩后背上的刀,而且很可能我们中的多数人没法再回到我们的家。如果你们不愿参与这个行动,那你们可以离开,回到乌普萨拉。我绝不会阻拦你们。"

没人离开,不过奥斯特并未感到讶异。

托瓦尔德已证明了他虽是个奇怪的人,但却也是可靠的。他个头不大,却相当强壮,虽是个吟游诗人,却有着战士的精神。他还有着精明狡诈的头脑,奥斯特从未遇见过这样的人。

"休息一个小时。"托瓦尔德说道,"斯泰尔比乔恩明天出发,我们必须赶在他前面。"

"要是他命令乔姆斯维京人去疏通河道怎么办?"奥尔弗斯问道。

"他不会的,"托瓦尔德说,"特别是现在蓝牙已经弃他而去。他的怒气不会让他等到清理完河道。"

到目前为止,关于斯泰尔比乔恩的事情,吟游诗人都说中了。奥斯特相信他,于是动身去找睡觉的地方,休息一下。他们没有生火,这样便不会留下任何痕迹,乔姆斯维京人也不会察觉到他们的存在。奥洛夫和奥尔弗斯跟着他,三个人像是有默契一般。待他们躺进斗篷里时,奥尔弗斯用低沉得如同地面上的影子般的声音说道:

"我不喜欢这样。"

"我也想要生火。"奥洛夫附和道。

第十五章 下了毒的陷阱 | 151

"不是,"奥尔弗斯说,"我不喜欢这样偷偷摸摸的,我不是贼或者杀人犯。我杀人的时候,应该在诸神的注视之下。"

"你现在就可以离开,"奥洛夫说,"你为什么不走?"

"因为那样我就会像个胆小鬼。"

"那你得做出选择,"奥斯特说,"现在更大的耻辱就是失败。"

"为什么你在这儿?"奥尔弗斯问奥斯特,"我们都听过你的大名。这份差事似乎与你的声誉不相配。"

绑在奥斯特手腕上的纱线,总算在前一天满是泥水的劳作中撑了下来,所以即便它现在全是脏污,也依然紧紧地系着。"那么我有什么声誉?"奥斯特反问道。

奥尔弗斯哑口无言,他似乎陷进了一张奥斯特并非有意撒开的网里,担心回答错误便冒犯到对方。

奥斯特决定给他的朋友一个台阶下。"我曾经为了我的荣耀和名誉而战,"他说道,"而现在我是为我的家庭、我的农场而战,我会用尽方法为埃里克带来胜利,守护他们。"

"我敬重你的想法,"奥尔弗斯答道,"但奥丁是从战场上召唤被杀的人,而不是从黑暗和默默无闻的埋伏之中召唤。"

"我的农场不大,"奥斯特说,"但它是我的,埃里克从未觊觎过,他对待土地拥有者一直都很公平。奥洛夫的地就在我家隔壁,他也知道这都是事实。"

奥洛夫点点头。

奥斯特继续说道:"埃里克的哥哥就没这么英明了,毒死他的刺客算是为斯韦阿人做了件好事。如果斯泰尔比乔恩回来,我担心他会走他父亲的老路,那我们就又回到过去了。"他停了一下,"如果做托瓦尔德的伙伴就意味着放弃在瓦尔哈拉[①]的位置,那我离去的时候,我的家人会保住我们的土地。"

奥尔弗斯再次无语,但却重重地点了点头。

在随后的宁静中,大卫为自己的祖先感到骄傲,但同时也感到困惑。奥斯特是怎么做到如此强烈地支持自由,却在家里养个奴隶在他誓死守护的农场里做工的?如果大卫不加以控制,这个困惑足以导致失去同步,于是他又回想起早先的决定,他不需要评判或认同奥斯特进而去理解他。

"那是什么?"奥洛夫问道,一道崭新的红光照在了他脸上。

奥斯特朝南看向它的源头,在梅拉伦湖边燃起了冲天巨焰。从这个高度和距离,很难看到什么被烧毁,但是那般靠近水边的只可能是一样东西。

"以奥丁的胡子之名!"奥尔弗斯叹道。

"他烧掉了他的战船。"奥洛夫说道。

奥尔弗斯听起来已准备大笑一场,简直难以置信。"他就是个疯子。"

"不,"奥斯特说,"乔姆斯维京人所订立的契约是绝不退出战斗。通过这个举动,斯泰尔比乔恩已经确保他们的誓言比哈拉尔·蓝牙的更为稳固。"

奥洛夫点头赞同。"他们现在更坚定了。"

奥尔弗斯哼了一声。"现在我可睡不着了。"

但奥斯特躺了回去并闭上了眼睛。这对托瓦尔德的伙伴们来说没有任何改变。不管斯泰尔比乔恩烧不烧毁他们的战船,乔姆斯维

[①] 瓦尔哈拉(Valhalla),是北欧神话中死亡之神奥丁接纳阵亡将士英灵的殿堂。

第十五章 下了毒的陷阱 | 153

京人都是令人闻风丧胆的敌人。

最好趁着能休息的时候休息一下。他闭上眼，不久后，大卫便进入了虚拟场景里支离破碎的梦境空间。

你做得很好。维多利亚说道。

"谢谢，"他答道，"格蕾丝怎么样了？"

她很好。事实上门罗刚刚告诉我她跟娜塔莉亚和欧文一起在虚拟场景里。

"噢。"大卫还想象着格蕾丝一直等在 Animus 外面，看着他陷入困境，以防万一她需要再一次介入。知道她不在那里，感觉好还是坏，他说不清楚，或许两者都有。

我还收到了格里芬和哈维尔的消息。你可能会有兴趣知道，托瓦尔德是哈维尔的祖先。

"那是哈维尔？"

不，你还记得吗？哈维尔在一个单独的虚拟场景里。不过他正在经历同样的事件，只是和你视角不同。

"我们稍后得比较一下笔记。"

是的。在这个虚拟场景里，我相信你的祖先已经醒过来了。

大卫回到了奥斯特的意识里，这时托瓦尔德唤醒了他，不过即便大卫现在看着吟游诗人有那么一点不一样，他也没有做出任何异样的举动。奥斯特坐起来，心里希望在行军之前能再睡一个小时，但下一刻他便发现现在还不是伙伴们出发的时刻，而且其他人还在休息。

"什么事？"他问托瓦尔德。

"我有个任务必须完成，"他说，"接下来就由你统领众人了。"

"你的任务是需要单独完成的吗？"

"是的。"

"然后你现在就要离开?"

"没错。"

奥斯特点了点头。他并不想问这到底是什么任务,他可不愿深入探讨托瓦尔德的目的。不过眼下有别的更迫切的问题。"你不在的时候我们要做什么?"

"带大家往北走,"他说道,"你们到达幽暗森林以后,我想要你们设置陷阱。"

"我们不可能困住整支军队。"奥斯特说道。

"当然不可能。你们只要在足够的地方设置足够的陷阱,便可以拖慢军队的行进速度。如果斯泰尔比乔恩的手下正在树林里寻找危险的迹象,那他们的心思就不在行军上了。"

"我明白了。"奥斯特思考着自己的战斗经验,"如果我们在二十多人中伤了一个人,那应该……"

"杀掉,"托瓦尔德说,"不是杀伤,你们必须在二十人中杀一人。"

"这会很困难。"

"除非用这个。"托瓦尔德从他的腰袋里抽出一个油皮小包,他小心翼翼地打开,露出一个装满黏稠的灰色液体的瓶子,"这毒药非常有效,几滴便能杀死一个成年男子。"托瓦尔德抬头看向奥斯特,"虽然也许杀不死你这么大个的人。"

"我该怎么用这个毒药?"

"食用或涂在伤口上都能很快见效。所以设置你的陷阱伤人,剩下的交给这个就好。如果仅仅接触皮肤,它也可以杀人,只是效果慢一些。还有,水不会破坏它,但无论你怎样使用它,都必须保持干燥状态。"他重新包好油皮,递给奥斯特,"我建议你在使用时戴上手套,然后小心处理这些手套。"

第十五章 下了毒的陷阱 | 155

"我明白。"奥斯特边说边把小包收了起来。

"如果你们的任务完成得好，乔姆斯维京人就会在森林里露营，照顾他们中毒的兄弟。你和兄弟们借黑暗的掩护在睡梦中干掉他们。从树林中出来，进行攻击——若你们可以，那便是致命一击——然后再消失无踪，不给他们喘息的机会。"

这个计划不仅狡猾，而且冷酷无情。

"我完成任务后会去找你们，"托瓦尔德说道，"不过若我失败了，你们要尽力活下来往北赶往菲里斯河场。"

奥斯特点点头。

"回头见。"托瓦尔德拉起兜帽盖在头上，遮住大半张面孔，然后转身离去。但他腰间只别了把斧头，其他什么都没带。

"你的武器和盾牌呢？"奥斯特问道。

"我有任务所需的全部物品。"托瓦尔德答完便离开了。

奥斯特唤醒了奥洛夫和奥尔弗斯，他们三人带着其他兄弟一起出发，朝北方行军的速度比斯泰尔比乔恩的军队快得多。日出后不久，他们便赶到了位于他们与菲里斯河场之间的幽暗森林的南部边缘地带。幽暗森林数不清的高耸云杉和松木往东西两边都伸展得足够远，以至于斯泰尔比乔恩别无选择，只能穿过这里。

奥洛夫把伙伴们分成小分队，然后令他们四处散开，去蕨类植物、灌木和苔藓覆盖的石头之间设置各种陷阱。他们用荆棘和木头碎片掩盖住陷阱。奥斯特经过每一个陷阱，都向倒钩和锋利的尖端上倒几滴毒药，待他做完，伙伴们便又走到一段距离之外重复做同样的事情。就这样他们一路向北，将整座森林变成了只要有人踏进，每一棵树，每走一步，便会有死亡危险的地方。

奥斯特担心的是幽暗森林附近的许多农场和村庄。毒药会杀死来砍柴和采浆果的斯韦阿人，就跟杀死乔姆斯维京人一样。不过村民已经听说斯泰尔比乔恩来了，所以奥斯特只能期望他们已经逃到了别的地方。

到了下午，大伙停下来，在菲里斯河畔一片沼泽地附近吃了一些食物，休息了一下。那里生长的花儿让奥斯特想起了他的女儿们，她们喜欢用这些花互相编头发。

"斯泰尔比乔恩现在肯定已经进入幽暗森林了，"奥洛夫说道，"也就是说他最倒霉的手下已经是死人了。"

"祈祷如此。"奥斯特说道。不过他意识到他们需要确定他们的战略是否取得了成功，以及取得了怎样的成功。特别是当他们按照托瓦尔德的命令，趁夜攻打敌营的时候。"我回去看看他们在哪儿，"奥斯特说，"你们其余人留在这里。"

"小心不要被我们自己的陷阱弄得中毒了。"奥尔弗斯提醒道。

奥斯特点点头，离开伙伴们，朝南进入森林。他尽可能快地赶路，跃过倒下的树木和溪流，利用灌木和地形做掩护隐藏自己的身形。下了毒的陷阱的位置他还牢记在脑中，所以他能轻易地避开它们。但他越走得远，速度便越慢，以确保他不会遭遇托瓦尔德那狡黠的杀人陷阱。

待夜色降临，奥斯特终于听到了前方传来的动静。他躲在一棵大树后面，静听着，等待着。

那是男人的声音——乔姆斯维京人。他们穿过森林时相互唤着对方，有时他们喊着说发现了另一个陷阱，接着便动手将之去掉，扫清道路。但有时他们中的一个人会惊恐而痛苦地哭喊，奥斯特数着这些死人。

正如托瓦尔德预料的那般，敌人的队伍行进缓慢，这让奥斯特

第十五章 下了毒的陷阱 | 157

可以一直隐身赶在他们前头。不过他暗暗向诸神祷告，至少乔姆斯维京人要在扎营之前走完所有的陷阱。奥斯特和伙伴们晚上穿过有毒的森林进行攻击并不是明智之举。不一会儿，众神便回应了他，乔姆斯维京人在安全的地方驻扎了下来。

奥斯特回到伙伴们所在的沼泽地，详尽告知了他观察到的情况和敌人营地的位置，奥洛夫再一次将众人分成小队。随后，等夜幕完全笼罩森林，奥斯特便集合众人，下达指令。

"你们谁也不要为荣誉而战，"他说道，"今晚的行动里，你们都是无名氏。你是一个幽灵，在森林中出现，然后出手攻击，接着就消失无踪。我们的目的是制造混乱和恐惧。这是托瓦尔德下的命令。"

"托瓦尔德不在这儿，"奥尔弗斯说道，"而我也不是夜里出没的贼。"

奥斯特朝他点点头，但继续说了下去。"如果你迟疑，如果你想留下眼睁睁地看着你的敌人，看着生命从他体内流逝，那我期望你的荣誉感能在你死去的时候抚慰你。"

奥尔弗斯双臂抱胸，看起来很是不满，但奥斯特不能强迫他理解，每个人都得用自己的方式战斗。

"天亮之前回到这里，"奥洛夫站在奥斯特身旁说，"我们在天刚亮之时撤退。"

"愿诸神保佑你们，"奥斯特说，"然后完成巨魔的工作。"

众人散开，各小队都冲进了夜色之中。奥斯特领着三个人，包括奥尔弗斯，沿着菲里斯河，朝乔姆斯维京人营地西边赶去。除了水中倒映的星星，夜晚没有给他们任何指引，很快他们便闻到木头燃烧的气味，看到树顶冒出的黄色火光。他们潜行过去，悄无声息地选择了离他们最近的火堆。每个人都抽出了武器，无论是斧头、剑还是刀,奥斯特一声令下,他们便冲了出去。

火光越来越亮,树木从身旁飞速经过,变得像是黑色的条纹一般。奥斯特没有一直盯着火光,而是将注意力放在了目标上——一小块石头上,一个抱膝而坐的男人。

当奥斯特从树林中冲出来,一些乔姆斯维京人惊讶地抬起了头,但他们已经没有时间做别的。他从眼角处觑到奥尔弗斯和另外两个人跟在他后面冲了出来。奥斯特接近他的目标便一斧头狠狠劈向了对方的脑袋,然后继续往前跑,很快便将那火堆抛在身后。直到他和另外三个人在远处会合,查看他们在黑暗中突袭的成果时,第一声警报才响起。

奥斯特的同伴们留下了一地的尸体或是昏迷的人,另一拨人也是如此。还有两个人摇摇晃晃地撑着,他们的伙伴们边大声咒骂着,边冲过去帮他们。有两个人从火堆边跳了起来,冲进营地里,毫无疑问是去敲警钟。

然后他们听到了类似的、从森林其他地方传来的遥远的呼喊,奥斯特感觉到混乱在升级。

"继续。"他低声道。

接着他和他的人冲向了同一个火堆。这次乔姆斯维京人已经有所准备,他们短兵相接,不过时间很短。奥斯特攻击了一名已经受伤的男人,他倒下了。随后奥斯特返回了森林里。

他的同伴们比他慢了一步,不过最终都从火堆旁脱身了。现在奥斯特看到三个乔姆斯维京人躺在地上,还有两个负了伤。

"我们走。"奥斯特说道。

他们回到河边,沿河向南赶了一段路,直到又一堆营火进入视线。火堆旁大多数人似乎都受了伤,都躺在地上或靠在树上。

"中毒了。"奥尔弗斯说道。

奥斯特点点头。"集中攻击照顾他们的人。"

然后他领头第一次冲锋，第二次冲锋，直到火堆旁躺下更多的将死之人。

响彻整座森林的响动说明乔姆斯维京人的营地已经一片大乱。但混乱很快就会平息，维京人很快便会恢复秩序。奥斯特察觉到他们在敌人充分准备之前只突袭了两次，于是他又选择了一个更靠南一些的营火。

他们冲了出去，奥斯特用斧头左右攻击，冲破敌人的包围圈。他已越过了边界，回到黑暗之中，这时一个高大的身影闯进了红色的火光中。他是个年轻人，健壮有力，身高甚至超过了奥斯特。

"斯泰尔比乔恩！"有人咆哮了起来。

在营地的另一头，奥尔弗斯已经从森林之中冲了出来，而奥斯特无力阻止他。

战斗只持续了片刻。斯泰尔比乔恩将奥尔弗斯的尸体扔到一边。奥斯特从未见识过这般凶悍之人，他只希望路过的战神能见证他朋友最后的结局。奥斯特这边的两名战士突然从暗处冲了出来，很明显想要左右夹击斯泰尔比乔恩。一支箭射进了其中一人的脖子里，箭来自刚刚现身于火光之中的一名弓箭手。斯泰尔比乔恩轻而易举地解决了另一个人，就像他解决奥尔弗斯那样。

奥斯特眼睁睁地看着，怒火节节攀升，无可阻挡。他握紧战斧，准备迎战。但后来他感觉到了他手腕上缠绕着的柔软的纱线。他在黑暗中几乎看不见它，但它一直都在那里——他的护身符在唤他回家。他想到了他的妻子和他的孩子们，他放下了斧头，哪怕此刻斯泰尔比乔恩正站在托瓦尔德这些伙伴里的三个好手的尸体上。

那些人……

"在那边的家伙！"斯泰尔比乔恩喝道，"我知道你们听得见！我要安全去往乌普萨拉！如果继续攻击，我就把整座森林夷为平地！如果你们再设置一个陷阱，我就把森林烧光！如果我不能统治这片土地，你们清楚我一定会毁灭它！"

这不是空言恫吓。奥斯特知道他说到做到，而且他再次想到了幽暗森林附近的农场、田野和牧场，以及依赖它生活的人们。如果斯韦阿人失去了他们努力保护的土地，那就算战胜了斯泰尔比乔恩又如何呢？

他们不得不放过斯泰尔比乔恩。

但在那一刻奥斯特发誓，终有一天他会向斯泰尔比乔恩复仇。终有一天，他会叫斯泰尔比乔恩看一看什么才叫凶悍。

第十六章　终于在战场相遇

哈维尔知道这个彪形大汉是大卫和格蕾丝的祖先，但他们并没有共享虚拟场景，所以当他下达命令并将伙伴们交到奥斯特的大手里时，他不是在面对大卫或者格蕾丝。

斯泰尔比乔恩的舰队在远处燃烧，而哈拉尔·蓝牙则撤退回了日德兰半岛。托瓦尔德大致猜得到发生了什么，不过他需要确认，如果他打算进行下一步计划。潜入乔姆斯维京人的营地杀死斯泰尔比乔恩很简单，不过如果乔姆斯维京人为荣誉而复仇，那便是个天大的错误，更不用说还有那些秘密支持斯泰尔比乔恩复位的贵族。在托瓦尔德行动之前，他必须知道得更多。

托瓦尔德在黑夜中疾驰，利用他的奥丁视力在黑暗中穿过树林,跃过巨石,直到他接近梅拉伦湖岸的乔姆斯维京人营地。他化为其中一道阴影,悄然潜入,无人察觉。他聆听并观察着,直到他最终接近斯泰尔比乔恩所在的会议圈。接着托瓦尔德变得像一座坟墓一般沉静,他在一个近到足以嗅到乔姆斯维京人呼出的腌鳕鱼气息的位置观察一场谈话。

斯泰尔比乔恩自被驱逐后变得更加魁梧了,他现在站起来比奥斯特或是托瓦尔德以前见过的任何人都要高大。在他右边,一位年长的战士正在朝人群说话。

"我支持烧船。在蓝牙背叛我们之后这尤为重要,以免我们中的任何一个人认为我们也会撤退。"

"还记得我们向你发过什么誓吗,帕尔纳托克?"一个乔姆斯维京人说道,"多年以前,在我们进入乔姆斯堡的时候。你还记得吗?那些誓言还不够吗?我们这些年为你进行的拼杀还不足以向你证明我们的荣誉感吗?"

托瓦尔德知晓帕尔纳托克的声望,但从未见过他本人。尽管他已头发花白,战袍陈旧,但背脊依然挺得笔直,肩膀宽阔,显然依旧是一位危险的战士,并且还懂得指挥作战。

"我并不怀疑站在这里的任何人的荣誉感,格姆,"帕尔纳托克说道,"但我们的队伍已壮大,而我们中最年轻的还不是那么坚定……"

"那就把你怀疑的人点出来。"叫格姆的家伙展开双臂,"让这件事公开进行。"

"我不会这么做,"帕尔纳托克说,"此时正值需要团结一心的紧要关头。"

格姆恶狠狠地看向斯泰尔比乔恩。"那你还允许这个斯韦阿人烧掉我们的船,分裂我们?"

"这个斯韦阿人?"斯泰尔比乔恩笑了起来,但笑声中毫无愉悦之意,"你忘记了我的名字吗?"

"没有,"格姆答道,"但我并不尊敬你的名字,这并不是秘密。我们只追随帕尔纳托克。"

"那这件事就此打住,"帕尔纳托克说,"到此为止。我们在烧船之前便对此发过誓,我们现在便兑现誓言。我们向乌普萨拉进军,然后……"

"帕尔纳托克!"

就在两名勇士悄悄靠近会议圈的时候,所有人都转过身来,冲在他们之中的是一个女性。她身着链甲,身侧佩着一把剑,这说明她是一个盾女。尽管不是个美人,但她的外貌已经很接近美人的标准了,鼻梁高挺,金色的发辫紧紧缠在她的头上。托瓦尔德的注意力被她所吸引时,哈维尔暗笑起来。

"这个人是?"斯泰尔比乔恩问道。

"一个丹麦女人,"一个护送她的人开口说道,"她的乡下男人丢下她……"

"我没有被抛弃,"女人开口道,她的声音坚定而清晰,"我选择留下来。"

斯泰尔比乔恩慢慢地走向她,直到几乎要压倒她。"为什么?"

盾女的视线直视着前方,哪怕斯泰尔比乔恩威胁到了她,她也没有表现出来。"我不会再为一只饥饿的渡鸦战斗。我对哈拉尔的忠诚已然打破。"

"那你的誓言呢?"斯泰尔比乔恩问。

这时她抬头看向他。"我并没对他宣过誓。"

"没有宣誓？"帕尔纳托克说。

"他没有要求我宣过誓，"她说，"他以为我是忠诚的。"

"似乎这是他的失误，"斯泰尔比乔恩说道，"你能对我宣誓吗？"

她抬头打量起斯泰尔比乔恩，从脚上的靴子看到额头。"若你是一个可敬之人，待你成为国王之时，我便会向你宣誓，而在这之前，我不会有任何表示。"

斯泰尔比乔恩笑了起来。"你叫什么名字？"

"塞拉。"她答道。

"哈拉尔提到过你，"斯泰尔比乔恩说，"他还将你献给我，当……"

"我不是他的贡品，"她说，"等你接受了，你便会了解。"

斯泰尔比乔恩再次笑了起来。"对此，我毫不怀疑。但我们现在必须得讨论一下你要站在哪边。当你的国王与乡下男人弃你而去时，你留了下来。你是打算与我们一起作战吗？"

"我打算履行哈拉尔曾向你承诺的誓言。"她环视了一周，"我想让世人都知道丹麦人也有荣誉感。"

"不，"帕尔纳托克开口道，"乔姆斯维京人不会接纳女人。"

"你们是不接纳女人进入乔姆斯堡，"斯泰尔比乔恩说，"我们不在乔姆斯堡。另外，你们接纳了我妹妹。"

"你妹妹是国王的女儿。"帕尔纳托克说道。

"我也是。"塞拉说。

她的宣言使托瓦尔德震惊，哈维尔知道这对他的祖先而言可是段不寻常的体验。会议圈中的其他人也同样惊呆了，除了火焰发出的响动，一时间无人开口。

"谁？"斯泰尔比乔恩最终开口问道，"你是谁的女儿？"

第十六章 终于在战场相遇 | 165

"我是哈拉尔的女儿，"她说，"我母亲曾是一位盾女。"

"他承认你的身份了吗？"斯泰尔比乔恩问。

"没有，"她答道，"而我也永远不会渴望他承认。"

"为什么不？"帕尔纳托克问。

她转头怒视着他："你会吗？"

帕尔纳托克和斯泰尔比乔恩一起笑了起来，两人都同意塞拉加入他们的队伍，成为会议圈的一员，一干人很快便恢复了对于即将到来的行军的讨论。托瓦尔德偷听到会议解散为止，然后溜出营地一段距离，在那里他可以观察军队的动向并计划自己的行动。

看样子乔姆斯维京人并不拥戴斯泰尔比乔恩，不过帕尔纳托克却宣誓支持他。这意味着一旦斯泰尔比乔恩遭遇刺杀，托瓦尔德不得不考虑帕尔纳托克会做什么。考虑到乔姆斯维京人的名声，攸关荣誉，他们的反应势必迅速而且残忍。托瓦尔德决定暂时不刺杀斯泰尔比乔恩，转而采取策略夺走斯泰尔比乔恩的援军以削弱他。

太阳刚出来，乔姆斯维京人便已列队整装待发。托瓦尔德一直抢在队伍前方，当天稍晚一些的时候，待他们赶到幽暗森林时，他便爬到了树上。

奥斯特已经带队穿过了森林，托瓦尔德可以看到他们在暗处设下的陷阱。他等着看乔姆斯维京人会不会发现陷阱，但他们没有发现，结果陷阱启动时，他们纷纷受伤。若奥斯特按照命令使用了毒药，那些人当天稍后便会死，不过直到那时，乔姆斯维京人都没有觉察到什么重大威胁，甚至嘲笑斯韦阿人跟他们没有杀伤力的陷阱。

托瓦尔德跳起来，从这棵树爬到另一棵树，始终远离地面，跟随着军队。过了一段时间，受伤的乔姆斯维京人才注意到毒药的威力。这时，他们中的大多数人已经被感染。似是意识到了周围存在的危险，斯泰尔比乔恩喝令军队停了下来。

他的咆哮声传到了藏在高耸的树上的托瓦尔德耳中。他大骂敌人使用毒药的懦弱，他的无比愤怒正中托瓦尔德的下怀。毒药夺走了斯泰尔比乔恩的父亲，毕竟，记忆会影响斯泰尔比乔恩的判断，就如这种新毒药会毒害他的手下一样。

哈维尔的祖先计划的简单性和有效性令他感到震惊。一个狡猾的刺客带着三十个人便足以挡住一支军队。也许不用太长时间，乔姆斯维京人就会丧失斗志。

在那之后，他们放慢了穿越森林的行军速度，停下来搜寻陷阱，但他们没法找到全部陷阱，而随后的每一次受伤都助长着斯泰尔比乔恩的愤怒。最终，一些已经中毒的人自愿请求带队穿越森林，为了救他们的伙伴。他们的死已成定局，他们无所畏惧，托瓦尔德敬佩他们的牺牲与忠诚。

待夜色临近，伤亡的人数，以及在黑暗中穿越有毒的森林的危险迫使乔姆斯维京人停止行军，搭帐扎营。托瓦尔德看着他们在林间安顿下来，数十堆火焰中冒出的烟像雾一样从地面升起。他沿着树枝和树干一路爬过去，直到找到斯泰尔比乔恩的火堆。塞拉跟他坐在一起，这时帕尔纳托克正穿过营地去探望他的手下，并向那些快要死去的人道别。

托瓦尔德静待夜幕完全降临，而它在不期然之间已降临幽暗森林。营火旁听不到任何笑声。乔姆斯维京人似乎已对他们的伤亡麻木不仁，而且他们也不知道怎样对付看不到的敌人。他们势必得找个地方发泄怒气。

托瓦尔德计划给他们一个发泄的地方，而哈维尔发现自己再次惊叹了起来。

几个小时过去,在午夜之后,当那些能睡觉的人已经睡着,那些坐立不安的人迷失在他们的恐惧之中时,一声遥远的警报声在北方响起。奥斯特和伙伴们发动了袭击。

斯泰尔比乔恩和帕尔纳托克从地上跳了起来。

第二声警报在另一个方向响起,接着是第三声。在四五声警报响过后,看起来整座营地都遭到了袭击,而托瓦尔德则在他的藏身处淡笑不语。

"退后,列队!"帕尔纳托克冲那些还能听到他声音的人喊起来,但他们大多数都没听到。

斯泰尔比乔恩的怒气已经濒临爆发。塞拉试图稳住他,警告他不要轻举妄动,但他无视她的话,拿起了他的剑和战斧。接着他冲进了黑暗之中,摸黑搜寻敌人。

"那个蠢货会中毒的。"帕尔纳托克说道。

"要我跟着他吗?"塞拉问道。

"不,"帕尔纳托克说,"他不会听你的。我去。"

他最后下达了命令,便去追赶斯泰尔比乔恩了。托瓦尔德追了上去,在树木间自由奔跑穿行,逐渐回到地面,静候最佳时机。

帕尔纳托克在火光中跑来跑去,询问每个营地的人斯泰尔比乔恩去了哪个方向。当他进入一个位于营火之间、被重重黑暗所覆盖的地方时,托瓦尔德在他面前从天而降。

但不知何故,老乔姆斯维京人挡开了他的袖剑并将他摔了出去。托瓦尔德滚到一边,跳起身来,他的战斧和佩剑已然准备就绪。

帕尔纳托克拔出剑,大步走向他。"一顶兜帽遮住你的脸,你为你所做之事感到羞耻?"

"我带来了诺伦三女神①的审判,"托瓦尔德说道,"你的生命之线已经到头了。"

"那你就来试试切断它。"

帕尔纳托克抢先发难,但托瓦尔德避过了这一击,并用战斧反击。帕尔纳托克一跃而起,身手比看起来更为敏捷,两人绕着圈子缠斗起来。帕尔纳托克可以随意从附近一个营地里叫来帮手,但他没有,他也不能。他不想让部下看轻了他。

乔姆斯维京人猛扑了过去,但这只是虚晃一招,这一下几乎让托瓦尔德失去平衡。他用袖剑堪堪挡住帕尔纳托克的剑击,他的前臂分去一些冲击,这让他在帕尔纳托克攻上来的时候还能挥动战斧。

老战士哼了一声,不过伤口尚浅。那一击可能打断了一根肋骨,不过又不太可能。"你用的那是把什么匕首?"他问道。

"你很快就会知晓。"托瓦尔德说道。

帕尔纳托克又攻了上来,倾注全力,不再佯攻,全心相信自己的力量。托瓦尔德躲闪并招架着,等待着出现破绽,但对方防得滴水不漏。是时候轮到他主动出击了。他跑向一棵树,然后加速蹬向树干,用他的体重撞击乔姆斯维京人,并用战斧的钩齿扣住敌人的肩膀。

金属重击下去,将帕尔纳托克一把拉得向后倒去。乔姆斯维京人稳住下盘,一个急转身,将他的肩膀从战斧下挣脱了出来,但托瓦尔德已经准备好了袖剑,以闪电般的速度往前一推,老战士几乎是立刻送命。

现在托瓦尔德向西奔过森林,利用战斗的声响与他的奥丁视线来引导他朝河边赶去。他听到有个人在叫喊斯泰尔比乔恩的名字,

---

① 诺伦三女神(Norns),北欧神话中的命运女神。

第十六章 终于在战场相遇

于是他便冲了过去，正巧看到奥尔弗斯倒下，他的两名伙伴紧随其后也死了。要制止暴怒中的斯泰尔比乔恩至少得赔上十几名最优秀的战士。

另一道身影移动到了附近，托瓦尔德看到奥斯特就在离他不远的树上。一时间，他担心这大个子也会去迎战斯泰尔比乔恩，但大个子没有，于是托瓦尔德偷偷溜向他那边。

"在那边的家伙！"斯泰尔比乔恩怒喝道，"我知道你们听得见！我要安全去往乌普萨拉！如果继续攻击，我就把整座森林夷为平地！如果你们再设置一个陷阱，我就把森林烧光！如果我不能统治这片土地，你们清楚我一定会毁灭它！"

当时托瓦尔德考虑攻击斯泰尔比乔恩，但在他计划进攻的那一刻，他注意到敌人身侧有一把奇怪的武器——一把匕首。它的形状看起来很眼熟，但同时也非常邪恶，它的出现制止了他的行动。他听从了托里尼循循善诱的话：智慧、耐心和狡猾。

哈维尔看到了这把匕首的真容，这是他们第一次看到它出现在这个虚拟场景里。他们与以赛亚和肖恩的比赛某种程度上现在才开始，之前都不算。紧迫感已经产生了变化。

奥斯特赶到河边，托瓦尔德决定跟着他，留着改天再解决斯泰尔比乔恩。当他们到了一个离营地足够远的地点，他喊了一声，奥斯特立刻便转过身来。

"托瓦尔德？"

"跟我来，"他边说边领奥斯特走向菲里斯河，"还有谁跟着你吗？"

"他们都倒在了斯泰尔比乔恩面前。"

"他们的命运属于他们。剩下的伙伴呢？"

奥斯特指向北方，于是托瓦尔德让他领路，他们沿着冰冷的河水走去。营地里的混乱骚动渐渐消失，直到再也听不见。然后他们穿过一片宁静的夜晚的森林，一路伴随着松树的清香与猫头鹰孤独的呼唤。

最后，他们来到河岸的草地上，发现正有十一个人等在那里。托瓦尔德曾希望能看到更多人，但奥斯特已经告知他，将命令下达给了他们，直到曙光初现方可撤退。所以他们都在等着。

"你的任务完成了吗？"奥斯特问他。

托瓦尔德点头。"我完成了一个任务。"

"什么任务？"另外那些人中的一个问道。

托瓦尔德考虑了一下该如何回答，然后决定告诉这些战士真相，他们这些日子所付出的辛劳赢得了他的信任。"我解决了帕尔纳托克——乔姆斯维京人的首领。"

众人一片沉默。

"为什么是他？"奥斯特问，"为什么不是斯泰尔比乔恩？"

"我的战略失败了吗？"托瓦尔德反问，"我让你们误入歧途了吗？"

"没有。"

"那就当这个是你要的答案吧。"

"这个解释不够，"奥斯特说，"好人都死了。"

托瓦尔德叹了口气。他明白奥斯特没打算质疑他，或是对他不敬，而他也没打算这样对待他。"没有乔姆斯维京人，斯泰尔比乔恩就没有军队了，"他说，"不过他们没有向他宣誓效忠，他们追随的是帕尔纳托克。所以杀死帕尔纳托克，我便切断了他们与斯泰尔比乔恩之间的联系。明早，他们便会为他们的首领之死而怪罪他，而我们可以看看在那之后他还有什么军队。"

奥斯特点了点头。"那斯泰尔比乔恩威胁要烧掉森林怎么办？"

"我们必须得认真对待他的话，"托瓦尔德说，"我们必须……"

一个五名战士的小队突然出现在草地上。奥洛夫在他们之中，他说乔姆斯维京人已经集结，杀死或俘虏了众多他们的伙伴。他不相信还会有更多人来，而随着天空的颜色终于改变，是时候出发了。托瓦尔德命令众人向北方行进，目标菲里斯河场，此时他们的人数只剩原来的一半。

"所以我们要让斯泰尔比乔恩穿过森林？"奥斯特问道。

"我们会这么做，"托瓦尔德说，"若是乔姆斯维京人跟着他，我们也会让他们通过森林。"

"我们已经解决了足够多他们的人吗？"奥洛夫问道。

"没有，"托瓦尔德说，"不过无须失意，我留下了执法者设计的战争机关。若是斯泰尔比乔恩带乔姆斯维京人去菲里斯河场，在那儿等待他们的就是死亡。"

第十七章　大狗的归属

两人缓缓离开山丘,但娜塔莉亚还在回望着那条大道。她期盼着欧文会带着那只身形巨大到令人恐惧的狗,在不经意间出现在她们面前。但她的期盼落空了,两人走了很久,依旧没有看到欧文的身影。她开始担心,把他一个人留在那儿是不是个错误的决定。

"我以为他会紧随我们身后。"她说。

格蕾丝回过身。"他可能在和那只大狗缠斗。"

"我想不是因为那只狗,"娜塔莉亚说,"而且我觉得,或许那只狗也是我们在此地应当经受的考验之一。"

格蕾丝停下脚步。"你觉得我们刚才应该选择和他一起留下来?"

"我不知道。我觉得那是他必须要做的事情,或者说,那是他自认为自己必须要做的事情。他不会选择和我们一起离开的——我深知这一点,而且我也不确定,他是否想要我们留在那儿。"

"那我们现在该怎么办?我想我们可以停下来等等他。"

"可以。"娜塔莉亚看向前方的大道,发现在正前方有一个小小的圆形石墩,"我们先走走看,我想看看前边那是什么。"

格蕾丝点点头,她们漫步穿过原野,这里布满了白色的石子和青绿的草皮。风景一洗如新,却又带点旧时光的味道,如同地下深层刚刚浮升到地面的土地。大道上的一切依然如故,风中隐隐能闻到鼠尾草①的味道。

当她们靠近这个大小和形状都和一头猪差不多的石墩时,娜塔莉亚看到旁边一条泥土小径横穿这条大道——这是一个十字路口。石墩上雕刻有几何造型、螺旋条纹,还有人类和一些已灭绝动物的形象。这儿,就是流浪者提过的十字路口,欧文能在这里为大狗找到一个新的主人。

"或许我们应该在这里等着。"格蕾丝说。

"我和你的想法一致。"娜塔莉亚说,于是她们背靠背坐在了石墩上。

这一部分的虚拟场景虽然比起之前在森林中的感觉更加开放,但它也有自己的界限。绵延不尽的山丘环绕在四周,看不到地平线。娜塔莉亚仍旧觉得,如果偏离大道,她会迷路的,可能会永远迷失在这片土地上,再也找不到回来的路。

但另一方面,这次虚拟现实并未像之前那样令她困扰。在这里,她就是她自己,而且她可以做出自己的选择。她不必被过去发

---

① 鼠尾草,多年生草本植物,植株呈丛生状,叶对生,长椭圆形,色灰绿,叶表有凹凸状织纹,其香味浓郁刺鼻。

生的事情所困扰,不必囿于她的祖先们的所作所为。她不必引弓伤人,或是与他人拔刀相向,一决生死。她很庆幸自己是在这里,而不是身处维京人的记忆之中。

"大卫最近怎么样?"她问格蕾丝。

"他的同步过程挺艰辛,不过现在他搞定了。"

"所以你现在到这儿来了?"

"嗯……我也不想干坐在那里无所事事,"她回答道,"我读了——"她突然停下话头,向一旁看去。

娜塔莉亚还在想她刚刚没说出口的话究竟是什么,而在她正要开口问话之际,格蕾丝指向下方的主路。

"那是欧文吗?"

娜塔莉亚放眼望去,是的,他正步履蹒跚地行走在大道上,那只大狗紧紧跟随在他的身旁。

"看样子他把人类最好的伙伴也带来了。"格蕾丝说。

"要我说,我更愿意那只狗做我们的朋友,而不是敌人。"娜塔莉亚说。

她从石墩上起身,向欧文那边走了几步,然后站在大道上等他。当欧文走近时,娜塔莉亚注意到他的衬衫撕破了,露出肩膀,但她没看到血迹,而且他的模样也不像是受伤了。欧文微笑着看着两位姑娘。

"你还好吗?"她大声问道。

他点点头。"我没事。"然后他指向娜塔莉亚的身后。"你们俩找到十字路口了?"

"对。"格蕾丝说着从石墩上站起身。

欧文凑近她们,大狗也走了过来,它摇曳着尾巴,在娜塔莉亚和格蕾丝之间来回观察着。它喘着粗气，舌头吐在外面，看上去就和任何一只普通的狗没啥两样——除了巨大的体形。但光它的体形，已足以让娜塔莉亚感到不适。

"你还是把它带来了。"格蕾丝说。

"是的。"欧文望着格蕾丝说，"我不得不哄骗它救我的命，不过它还是来了。对了，我要谢谢你俩还在这里等着我们。"

"救你的命？"娜塔莉亚问。

"这就说来话长了，"他说，"我和它经历了很多。"

"那现在我们要拿它怎么办？"格蕾丝说。

欧文望向十字路口的四个方向，然后耸了耸肩。"我想我们就在此地，等着有人过来？"

格蕾丝叹了口气，重新坐回石墩上。

"如果你们俩想继续走下去，那就继续走。"欧文说，"我没关系，真的。"

"没事，"娜塔莉亚说，"我们就这样等下去，我觉得我们本来就该这么做。"

"是的。"欧文说，"我开始觉得，这是这条道路的意义之一——忠诚。"

对娜塔莉亚而言，这句话完全说得通。它在格蕾丝的身旁坐下，欧文则坐在她们旁边的草地上。大狗趴在大道暖和的红色石块上，进入梦乡。三人在等待的过程中开始交谈，聊的不是关于虚拟现实，也不是关于三叉戟或是圣殿骑士与刺客的恩怨。他们在谈论一些虽然不重要但又并非全无影响的事情，譬如他们爱看的节目，他们讨厌的音乐，还有他们在网上看过的一些逗趣的东西。他们还谈到家庭，他们的宠物，还有在这一切出现之前他们的生活。但突然之间，三人都陷入了沉默。

欧文抓起一撮草，将它掷进微风里。"现在让我们再想想，回到正常的生活里这件事情，是不是有些荒谬？"

格蕾丝点点头。"对，是有点。"

"但我还是希望可以回去，"娜塔莉亚说，"不管何时让我做出选择，我都会选择回到我那荒谬而平凡的生活里去。"

"当然。"格蕾丝说，"但对于有些人来说，平凡的生活实在是……"

"那边有人来了。"欧文说着站起身来。

娜塔莉亚也转过头去，一个身影在逐渐接近他们。这人沿着泥土路前行，随着草地和土坡的高低起伏而忽上忽下。三人默不作声地等待着，刚才的热烈讨论瞬间随风飘逝。这个陌生人高大健硕，随着他越走越近，他们看得更清楚了。和流浪者不同，他穿着缀满珠宝和贝壳的羊毛织物，但和流浪者一样，他有着古铜色的皮肤。他的黑发和胡须很长，但经过细心的修剪，非常干净，而且没有一丝灰白。他挂着一根前端为黑铁的长矛，眼睛直勾勾地盯着大狗。

"真是个好家伙，"一句问候的话语也没有，他不容置疑的嗓音有一种不怒自威的感觉，"它是你们的吗？"

比起流浪者，娜塔莉亚更加看不透眼前这个家伙。这些原型代表着人吗？真实存在过的人？或者说他们只是人脑的映射，只是个符号，如同那条巨蛇一样？

"它是我的。"欧文说。

陌生人点点头。"这只大狗我能派上用场。"

"用场？"欧文问道，他站到了陌生人和大狗之间。

"是的，当然了。"陌生人说，"来为我看守宝塔。我的宝塔就在山的那一边。要是这只大狗能去给我看守,就再也不会有人胆敢去偷盗我的金银财宝了。我向你保证,我会好好照顾它。我将喂它吃我桌上最好的肉,我将给它备好一个铺满干净稻草的睡卧之处。"

欧文注视着这个男人,良久。然后他摇了摇头。"我觉得不行。"

"或许我说的什么话让你误解了,"陌生人说,"我要向你买下它。我会给你不少的费用……"

"不,"欧文说,"我不打算卖它。"

陌生人皱起了眉头,他的双目紧盯着大狗,而娜塔莉亚注意到了他手中的长矛。看上去他在考虑武力强夺,不过值得庆幸的是,他还没有傻到这个地步——有谁会试图偷窃一只大到足够把窃贼当成晚餐吞下的大狗?最终,他的目光从大狗身上挪开,转移到了欧文那儿,然后他一句话也没有说,沿着小径继续前行,可能是去他的宝塔那儿了。

"现在怎么办?"在他走后,格蕾丝问道。

欧文坐在大狗的旁边,它翻过身,将肚皮朝向他,任他在肚皮上摩挲。"我们继续等下去。"他说。

于是他们就这样做了,现在三人之间也没怎么再闲聊了。娜塔莉亚不确定他们等待了多久,因为这里的日色似乎永远也不会改变。他们可能坐在那里等了好几个小时,但太阳仍然当空照,只是微微偏离了中央的位置,这是下午的阳光。但最终,另一个陌生人来了,他是从先前那位离开的方向走来的。随着这位远行者步步接近,娜塔莉亚注意到这是个矮胖的男人,他的头有些秃了,穿着羊毛做的衣服,挂着一根牧羊人惯用的前端带弯钩的手杖。

"你们好呀!"他喊道,面带微笑,他的声音像是一件旧皮革外套在嘎吱作响,"今天的大道上阳光明媚,天气真好啊,对吧?"

"对,"欧文说,"天气真好。"

娜塔莉亚已经开始喜欢这个牧羊人了,至少他比之前那个人要和善可亲,但不管她喜欢与否,是否将大狗赠予对方,决定权都在欧文手上。

"但是大道上天气永远是这么明媚,不是吗?"这人说着,停在他们身旁。他斜靠在手杖上,脸颊通红,喘着粗气。"你们三个在这个十字路口做什么?"

"等待。"欧文说。

"等待?"这人问道,"等什么?"

"就是等待而已。"欧文说。

"胡说,我们总是会为了什么而等待。"他用那奇怪的蓝金色眸子看着娜塔莉亚,"或许你们都是在等待我,而我也一直在等待着你们。"

"我们为什么要一直等待你?"格蕾丝问。

"我不知道,"他说,"你们没有告诉我。"

"因为我们要等的人不是你。"欧文说。

"但你们待在这里,我恰好从这里经过。"陌生人接着目光向下,看到了大狗,他的眼睛睁大了,就像此前他一直都没注意到它一样。"多么雄壮美丽的生物,"他说,"造物主的杰作。"他抬起头。"它属于你们其中一人吗?"

欧文点点头。"它是我的。"

"这太棒了。"这人对着欧文抿嘴微笑,好像欧文做了件令他非常自豪的事情一样,"真是太棒了。"他再次低头看向大狗,笑开了花,"你们真是太幸运了。我还不够幸运,因为我也需要一只狗。"

"需要?"欧文说。

娜塔莉亚觉得比起"用场",在大狗身上用这个词似乎还有点小小的进步。

"我需要一只狗来帮我看管牧群,"这人说道,"我的牧场周围危机四伏,而我没办法每天、每时、每刻地保护它们。"

"危机四伏?"格蕾丝问。

"巨大的危险,"这人说道,"无法言说的危险。"

"所以你需要一只看门狗?"欧文说。

"对,"这人说,"但不仅仅是看门狗。有时候小羊羔和牛犊子会走丢,它们可能会被风暴吓坏,也可能会掉进沟壑中。我需要一只狗来看护它们,让它们待在一块儿,保证安全。"他低头向下看,"就需要像这样的大狗。"

欧文挠着下巴,双目一直直视着这人,似乎相比第一个人,他正带着更为审慎的态度来思考这个问题,这让娜塔莉亚颇为吃惊。如果他们是在寻找一个能代替流浪者的人,不管是牧羊人还是之前那个有钱人都是无法胜任的,任何一人都不像大狗之前所熟知的那人。

但欧文转向娜塔莉亚和格蕾丝,问道:"你们俩觉得怎么样?"

娜塔莉亚不光认为决定权属于欧文,而且她也觉得,结果已经很明显了。

"我想这人不是我们要等待的那个人。"格蕾丝说。

"但我的牧群怎么办?"这人问道,"我的畜群尚处在危险之中。为什么你们要夺走对它们的安全来说如此重要的东西?"

"他没有夺走任何东西,"格蕾丝说,"如果要夺走什么,那这东西必须从一开始就是你的。"

这人眯缝着眼盯着格蕾丝,然后喷了一声,很快将目光转向欧文。"我的需要真实而正当,我相信你一定看到这一点了。"

"可能我确实看到了,"欧文说,"但我还是不会把我的大狗给你。"

"我明白了。"这人转身离开他们,摇着脑袋。他向前走了几步,然后回过头来。"我希望你们不会因为这个决定而受到惩罚。"

"什么惩罚?"格蕾丝问。

"当大道给你们带来灾厄之时,你们就会明白了。"然后他继续前行,很快就消失在高耸的山丘之后。

格蕾丝哼了一声。"我很确定这条大道必然会在某个节点给我们带来灾厄,但肯定不是因为那个家伙。"

欧文在大狗身旁坐下,它慢慢靠近他,巨大的脑袋枕在他的腿上,就像以前依偎着流浪者一样。欧文在它耳后挠着,然后他看向衬衣上的裂口。"我想,下次最好是你们俩做决定,真的。"

"为什么?"格蕾丝问道。

"我不认为我能做决定。"他轻抚着大狗的脑袋,而它闭上了眼睛,"我不想将它让给任何人,真的。但它必须走。我知道我们应该为它找到一个新的伙伴。"

如果大狗真的拯救了欧文的生命,那么至少是在虚拟现实中,娜塔莉亚能够理解为什么他会难于决定和它分离。但娜塔莉亚也渐渐相信他是对的,这件事他们必须要做。这是集体无意识模拟中的一个必须实现的目标。

"当然,"她说,"我们可以做决定。"

格蕾丝表示同意,于是她们都在欧文身旁的草地坐下。大狗在沉睡,时间在流逝,却没有办法知道过了多久。在这无穷无尽的午后时光里,在大狗缓慢而安逸的呼吸声中,娜塔莉亚感觉自己昏昏欲睡。

"这种感觉就像……"娜塔莉亚斟酌着措辞,"我不知道该怎么形容，就像是我们就在故事里，像是个民间传说什么的故事。"

"可能从某种意义上来说，我们的确是在故事里。"欧文说。

当第三个人影出现在远处时，娜塔莉亚几乎都没注意到，但格蕾丝看到了。然后娜塔莉亚一个激灵站了起来，她摇着头，试图清理思绪，将注意力放在这个新的来客身上，她已经注意到那是个女人。

这个陌生人在他们前方的大道上缓慢地大步前行，她那根朴实无华的手杖的尖端和地面上的石头不时相撞，声响回荡。她很年轻，面色和他们见过的其他两个人一样，暗沉沉的，红棕色的卷发在脑后编成几个发辫。她穿着皮革衣服，当她行走之时，她的目光在大地和天空之间来回游荡。

"你好！"娜塔莉亚向她喊道。

"你们好！"女人说道。她在他们面前突然停下脚步，开始绕着石墩转圈。她看样子是在认真研究石墩表面的浮雕，或许是在识读上面的文字，娜塔莉亚猜测这个石墩是不是某种路标什么的。

"你迷路了吗？"娜塔莉亚问道。

女人顿了顿，仿佛她需要好好思索一下这句话的含义。"没有，我就在我想去的地方。你为什么这么问？"

"我看到你在盯着这块石头看，所以我以为……"娜塔莉亚不知道接下去该怎么说。

女人再次看向石墩，脸上现出困惑的神情。然后她问娜塔莉亚："你们迷路了吗？"

一直在欧文身边沉睡的大狗这时苏醒了，它注意到了陌生人，耳朵向前竖起，鼻子嗅着空气中的味道。

"我们知道自己在哪儿，"娜塔莉亚说，"但我们不知道该去哪儿。"

"如果这就是迷路的含义，"女人说，"我想，我们都迷路了。"

"你要去的地方是？"欧文问道。

"要去的地方？"女人皱起了眉头，似乎不理解欧文所提的问题，"我就是在大道上行走而已。"

"所以你是在流浪。"格蕾丝说着，用眼神示意欧文，娜塔莉亚知道在这一瞬间他们仨都想到了同一件事情。

"对，是在流浪。"女人说，"我想，用这个词形容是很恰当的。"

这时欧文终于站起身来，大狗在他身侧，一人一狗仿佛要宣布点什么大事似的。但他什么也没说，时间在沉默中滑过了几秒。女人的目光从他们三人身上转移到了十字路口前的大道上，似乎准备继续前行了。但她甚至还没问到大狗的事，而欧文好像准备就让她这么离开了。

"我们，呃……我们之前也遇到过一个像你这样的流浪者，"娜塔莉亚说，"这只大狗就是他的。"

女人凝视着大狗，然后她笑了。"它很美。"

她就说了这么一句话。

欧文点点头。

"你有没有试过带上一只狗一起旅行？"格蕾丝问。

女人摇摇头。"没有。在我这里狗派不上用场，我也不需要狗。"

娜塔莉亚完全不知道该怎么接话了。

"我要继续独自前行了。"女人说。

但她现在还不能走，她必须把大狗带走，除非欧文打算在接下来的虚拟进程中一直把它带在身边。他可能对此求之不得，不过娜塔莉亚还是相信，他们必须先把这事解决了才能继续前行。但就是不知道怎么做才好。

陌生人从娜塔莉亚和格蕾丝中间低头穿过，然后走到大狗近旁。大狗抬起脑袋望着她,并且向她欢快地摇摆着尾巴。

她冲着大狗一笑,然后说道:"旅途平安。"

"等等。"欧文说。

女人转头看向他。

"你……你想要我的狗吗?"

女人伸长脖子,狐疑地看着欧文。"我想要它吗?"

"我不能留着它,"他说着,清了清嗓子,"我只是它的临时主人,我在帮它找一个伙伴。你是我们遇到的人之中唯一有资格拥有她的人。它属于你。"

女人在原地伫立了一会儿,皱着眉,看样子她肯定是想说不。但忽然间她的眉心舒展了,她向着大狗走了一步,张开了双臂,看样子她比娜塔莉亚要更勇敢一点。她先是让大狗闻闻她的拳头,再是手指和掌心,然后她开始抚摸大狗下巴下面的软毛。这时候大狗坐了下去,依偎着她,心满意足地呼出一口气,欢快地甩着尾巴,女人扬起眉毛。

"它真的很美。"陌生人说。

"你会带走它吗?"欧文问,"我想把它送给你。"

女人想了想,然后回答道:"好。我觉得我是想要带走它的。"

欧文长舒了一口气。"谢谢你。"

娜塔莉亚相信这个决定是明智的,同时也是他们刚才所处的故事的正确结局。但这意味着欧文现在必须要和大狗说再见了。

他将手指深埋进它的后脖颈,挠着它的后耳根。大狗似乎在朝他微笑,它舔着他的脸颊,直到它不得不和新的流浪者一起离开,而后者早已起身沿着大道前行了。

"来吧!"她喊道。

大狗看了她一眼,然后目光直视着欧文。

"去吧,"他说,"没事的。"

大狗歪着脑袋。

"没事的。"欧文摆着手,"去。"

"来吧!"流浪者再次呼唤道。

这一次,大狗犹犹豫豫地朝着它的新伙伴走了几步,金黄色的眼眸却始终盯着欧文,发出阵阵哀鸣声。

"你是个好女孩,"他说,"继续前进。"

"来吧!"

大狗又向前走了几步,再走了几步,直到它一阵小跑赶上了流浪者,后者伸出手来轻拍着它的脖子。之后,一人一狗渐行渐远,身影越来越小,直到消失在视野里。

欧文呆呆地站在那里,注视着远方,直到什么也看不到了,依然望着。他沉默着,面无表情,眼睛干涩。娜塔莉亚不知该为他做些什么好,因为她不明白他和大狗之间发生了什么,可能正如欧文无法理解她和那条巨蛇之间发生的事一样。

"咱们可以继续走了吗?"终于,格蕾丝开口问道。

他点点头。"当然。"

"你还好吗?"娜塔莉亚问道。

他耸耸肩。"最重要的是我们刚刚解决了忠诚这一难题。如果最初的那个声音所说的是正确的,那么就只剩下信念了。"

格蕾丝走过去,给了他一个拥抱。他看上去有点惊讶,但马上他也抱了抱格蕾丝,说了声"谢谢"。

然后他们转身面对眼前的大道,但当他们开始踏出第一步,离开十字路口时,天空暗了下来。瞬间,整个世界就从薄暮变成了寒冷的午夜，好像有什么人把太阳浇灭了似的。娜塔莉亚禁不住倒抽一口凉气。

"这地方出什么问题了？"格蕾丝问。

"或许那家伙是对的，"欧文说，"我们可能正在遭受惩罚。"

第十八章　游走在悬崖峭壁

在前行的过程中，格蕾丝因寒冷而哆嗦着，布满星星的天空格外明亮，这看上去十分古怪，但具体哪里古怪，她也说不上来。她对夜空知之甚少，但在她年幼的时候，父亲曾经指出过一些星座让她认识，在虚拟场景中，那些星座的形状歪歪扭扭的。月亮散发出清冷的光辉，像是穿过寒冰的光束，照亮了他们前行的大道。

他们周围的事物也发生了变化。平缓起伏的山丘变得陡峭而尖锐，白色的石崖变为了灰色的岩壁。大道一路向下，在山谷和低地之间蜿蜒。

自从把大狗送给那个流浪者之后，欧文就有些沉默寡言，格蕾丝对此并不意外。

"大概在我三岁的时候,我养过一只猫,"格蕾丝说,"它的名字叫白兰度。"

"白兰度?"娜塔莉亚问。

"就是以马龙·白兰度①命名的,"格蕾丝说,"这名字是我爸爸取的。他说这只猫来回踱步的样子像极了教父,确实是这样。但我爱这只猫。"她还能回想起它一边发出咕噜声,一边用鼻子摩擦她的耳朵时那种痒痒的感觉。

"它后来怎么了?"欧文问道。

"我们发现大卫对猫过敏,所以白兰度不得不离开。"

"噢。"欧文说。

"我父母找到一对比他们年长的夫妇来领养它。那一天,他们过来接它,我把自己锁在卫生间里。我的父母一直在喊我出来和白兰度说再见,但我总觉得如果我拒绝说再见,白兰度就不能走了。但当我走出卫生间时,它已经不在了。"

她已经有很多年没有回想起那只猫以及它离开那一天的事了,但旁观着欧文和大狗说再见的场景让她回想起这一切。让她吃惊的是,这回忆仍令她感到难过。

"我很抱歉。"欧文说。

"谢谢,"格蕾丝说,"而且我得告诉你,那只大狗根本没法和白兰度相提并论。"

娜塔莉亚轻声一笑,欧文也笑了。

"好吧,我没见过白兰度,所以只能听你说。"他说。

"相信我。"她说道。

---

① 马龙·白兰度(Marlon Brando),美国演员。在影片《教父》中饰演教父唐·维克托,塑造了美国电影史上经典的黑帮老大的形象。

过了一会儿,娜塔莉亚发着抖,抬眼看向天空。"好清澈的天空,我甚至能看到银河。"

之后三人都在沉默中前行,偶尔抬眼凝视着星空。大道不停地向前铺开,没有任何分支、岔路,或是十字路口。它只有两个方向——前方和后方,而他们身后的路正是他们来时的路。他们已经别无选择,只能继续前进,除非他们想静止不动,什么也不做。

白昼既已,长夜漫漫。月亮和星辰位置保持不变,这让他们感觉自己离地面更近了,就好像他们可以腾云驾雾一样。三人走着,走着,渐渐地,高山出现在他们面前。他们走进一个峡谷,两旁皆是笔直的峭壁,隔断了视线,看不到远处的天际线,但那边高处有个什么东西吸引了格蕾丝的眼球。

开始她以为那是颗星星,但它闪耀着极为耀眼的光芒,她意识到对于星星来说,这光芒有些太强烈了。它就位于峡谷所形成的楔形空间之上,而当他们走近,这东西更是熠熠生辉。格蕾丝意识到它根本就不在天空中,它就在一座山峰的顶端。

"那是你们在一开始看到的那种光吗?"她问另外两人。

"可能是。"娜塔莉亚说。

"我觉得那可能就是'峰顶'。"欧文补充说。

面前的峭壁直插云天,格蕾丝抬眼观察着峡谷的尽头,猜想那是大道要引导他们前去的方向。

"那地方太远了。"欧文说。

但其实并不远。他们的旅程很快就把那座山和它的顶峰带到了他们面前,比格蕾丝预想的要快。这可能是因为他们和山峰的距离并没有看上去那么远,或者是他们行进的速度要比预想中更快,或者就是因为这个世界古怪的时间秩序……总之他们很快就来到了峡谷的尽头，在他们面前，一个巨大的人像若隐若现。

这是在山腰峭壁之上的一幅画作，或是灼烧过后的痕迹，一个简简单单的巨人影像，没有任何细节，也看不出性别。它至少有一百英尺高，可能还不止。从格蕾丝站立的位置很难估计它的高度，而且黑暗遮掩了山体的绝大部分。现在连山顶上那团亮光也看不到了。

"我希望那不是幅自画像。"欧文说。

格蕾丝回首看了看月亮。"我觉得在这个地方，很有可能是的。"

"我们去哪儿？"娜塔莉亚问，"大道在这里到头了。"

格蕾丝看了看，她说得对，大道就停留在了巨人的足下。但在巨人影像的右侧，她注意到有一条狭窄的隧道可以通往石缝之中。这条隧道呈"之"字形蜿蜒向上，一直延伸到她目力所及的地方，她估计再往上也还能通行。

"嘿，那边有根绳索。"娜塔莉亚和格蕾丝看的方向不一样，是在影像的左边。

格蕾丝和欧文跟着她，他们的确找到一根从黑暗的上方垂下的绳索。在旁边，有人凿出了一级级极窄极陡峭的石阶。石阶笔直向上，直通山顶，每级台阶不超过几英寸高。这实际上是一道梯子，光是看着它格蕾丝就觉得头晕了。

"我们要爬这东西？"欧文问。

"我想是的。"娜塔莉亚说。

"啊，那边还有一条路。"格蕾丝指着影像的右侧，"不是那种大道，但也是条路。可能比这个安全一点。"

他们穿行到巨人的另一边，开始更加细致地观察格蕾丝所见的那条路。它没有台阶，只有差不多一英尺宽，但比起攀绳索而上则更为平缓，因为它是迂回曲折向上的。

"我哪条路都不喜欢。"欧文说。

格蕾丝同意他的看法。

"我觉得我们必须要选一条。"娜塔莉亚说。

格蕾丝不想同意这一点，她不喜欢太高的地方。她从不认为这是恐高，但她确实有点害怕太高的地方，她觉得这才是健康的表现。

"可能还有第三条路？"她说，即便她自己也知道这不可能。峡谷尽头就是山峰高耸之处，三面都是山，除非后退，他们唯一的出路便是向前。

"我没看到别的路，"娜塔莉亚说，"如果我们想要到那上面去，那么很明显，我们只能选择其中一条路，然后爬上去，这就是我们必须要做的选择。"

欧文看着这条路，然后目光转向右侧的绳索。"我觉得比起'死亡山径'，我更倾向于'厄运石阶'。"

"为什么？"娜塔莉亚问。

"你看看这东西，"他说，对着这条路比画着，"这也太窄了，而且也没有什么东西能防止你掉下来，你只能靠自己。而绳索的话，你至少还能有点什么可以抓着。"

娜塔莉亚点点头。他们两个回到了石阶前面，格蕾丝跟着他们，不知道自己是该同意还是拒绝。

"看到了吗？"欧文抓住绳索，"你就抓牢这玩意儿。"

格蕾丝抬头向上看。"是啊，但我们不知道它会带我们去哪儿。我们不知道它系在什么东西上面，不知道它的年代有多久远。如果它断了呢？要是没了绳索，你就掉下来了。"

"所以我们必须抉择，"娜塔莉亚说，"是踩着石阶，祈祷绳子

第十八章 游走在悬崖峭壁 | 191

别断,还是选择那条路,希望我们不会用到绳子。"

格蕾丝依然对这两个主意都不感冒。即便心里有个声音一直在告诉她这只是虚拟场景,也仍旧如此。因为这个虚拟场景可能会有未知的危险,而且她也不知道在这里死亡将意味着什么。显然她的大脑非常抗拒这个选择,她只是抬头看着这条小径,还有绳索,她就感觉自己已经在往下掉了。假若她的大脑因此受损,无法恢复了呢?

"我决定攀着绳索上去。"欧文说。

"我也这么想。"娜塔莉亚说。

格蕾丝可不这么想。假如要她选的话,她可能不会选择去信任一根神秘的绳索。这条小径已经告诉了她一切,虽然不多,但她希望这些足够了。

"我要走这条小径。"她说。

其他两人都看向她。

"你不觉得我们应该待在一起?"欧文说。

"可能吧,"格蕾丝说,"所以,和我一起走这条小径吧。"

"我觉得绳索更加安全。"欧文说着,抬头向上看了看,"或许我们该问问巨人,哪条路才是最好的选择。"

在短暂的一瞬间,格蕾丝相信了这种可能性,因为有何不可?这是集体无意识的虚拟场景,谁知道规则会是什么?但当她抬眼扫视,这个巨大的人影并未有任何动作,或是话语,也没有任何注意到他们的迹象。

"我觉得我们不能分散开来,"娜塔莉亚说,"我觉得那条小径我走不了。我需要抓着点什么。"

三个人面面相觑。

"好,"格蕾丝说,"那我们相互帮助,如果需要的话。"

欧文和娜塔莉亚对视了一眼,他们似乎达成了某种默契,两人同时吸了一口气,点了点头。

"好,"娜塔莉亚说,"那我们开始吧。"

格蕾丝叹了口气,然后移步来到了小径前。她知道一旦他们开始行动,就再也没有回头路可走。他们不能转身,或者退回来。他们只能登顶,或者坠落。

"我想我可以。"她对自己轻声说道,欧文在轻声发笑。

"那么,谁打头阵?"娜塔莉亚问道。

"我来。"格蕾丝说。

如果不这样做,格蕾丝怕自己会失掉勇气。于是她踏出了第一步,并感受着山石摩擦着她的鞋底。她又前进了一步,再一步,再一步,她稍微向山体倾斜,这样她就能够在需要的时候伸出一只手维持平衡。

娜塔莉亚在她身后,再后面是欧文。在格蕾丝向上爬了数十步之后,她抵达了一处转折点,于是她顺着小径的方向转动身体,一次只转动一英寸,直到山体完全处在了她身体的另一侧,有那么一瞬间,她能看到娜塔莉亚和欧文的脸庞。两个人看上去都面色冷峻,全神贯注,充满信心。

格蕾丝又向上爬了数十步,这里又是一处转折点,她再次转换了方向。在重复了几次这个动作,拐了几次弯之后,攀行似乎变得轻松了许多,甚至有些乏味。这时,她向下方看了一眼。

眩晕瞬时间占据了她的五脏六腑和大脑,几乎像要把她甩向空中一般,她紧紧地伏在整个山体上,双手紧紧地抓住犹如寒冰般坚硬寒冷的岩石。

"你还好吗?"娜塔莉亚问。

他们已经攀到了很高的地方。大概和巨人的肩膀平齐，格蕾丝猜测。地面看上去已非常遥远，小径看上去就像一条红色的丝带。起风了。寒风凛冽，在她耳旁仿佛发出阵阵死亡的怒吼。

"我没事。"她说着，面对寒冷和恐惧，她紧咬牙关。

她做了几次深呼吸，然后继续攀行。一步，两步，三步……一个转折点，又一个，再一个。她固执地保持目光前视，但偶尔还是忍不住鼓起勇气回头扫视一下，确保娜塔莉亚和欧文跟在后面。他们一起稳稳地向山顶前进，巨人的影像被他们远远地甩在身后。

"嘿，伙计们，"欧文说，"往下看。"

"欧文，"格蕾丝说，"我就是脚下不需要使劲了，也想尽量避免往下看。"

"但我们已经看不到地面了。"他说。

过了一秒，娜塔莉亚也说话了："他说得对。"

格蕾丝停了下来。然后她非常小心地向下移动视线，这一次她什么也没看到，他们下方的景色已经变得和夜一样黑暗。而格蕾丝注视着这片深渊，她不知道如果自己掉进去将会发生什么，但看上去会永无止境地坠落，而她将会被困于自己的恐惧之中。

"还有多远？"欧文问，"你们俩能看到山顶吗？"

格蕾丝双手紧紧抓住山体，抬眼向上看，峻峭的石壁隐身于夜色里，山顶依然在其之上。"我还看不到。"她说。

"我也看不到。"娜塔莉亚说。

欧文叹了口气。"我就是问一下罢了。"

格蕾丝重新凝神攀行，但没过多久，她就感到大腿处传来阵阵因疲乏而产生的刺痛。接下来的每一步仿佛都在她的肌肉中点燃了一把火，直到全身都像被火焰灼烧一般炽热。但山顶还遥遥无望，这让她第一次开始怀疑自己能否抵达峰顶。不是担心自己会掉下去，而是因为它实在太远、太高了，她的身体无法完成这种攀爬。

"有没有人感觉累？"她说着，大口地喘着粗气。

"我。"娜塔莉亚说。

"我也跟不上了。"欧文说。

"我们是不是该停下来歇一会儿？"格蕾丝问。

另外两人表示同意，于是他们停止攀爬，小心翼翼地在小径上坐了下来。格蕾丝尽可能地确保自己的坐姿安全，头顶是夜空，脚下是深渊，她的腿就挂在石壁的边缘。她太累了，一句话也不想说，她发现娜塔莉亚和欧文也一言不发，估计他们眼下也很累。三人就静静地坐在那里，让他们的腿部得到放松，同时调整自己的呼吸。

一开始，这短暂的休息让他们感觉不错，心气平和。她的双腿停止了颤抖，心跳也渐渐慢下来，呼吸也平缓了。但随后冷风肆虐而上，让几秒之前还冒汗的她瞬间感觉自己冻成了一块冰。风再次在她耳边嘶吼，让她的思维开始紊乱，她开始动摇了。

如果山顶上面什么也没有呢？如果他们所见的山顶亮光只是某种幻觉？如果他们攀向的只是一个虚妄的谎言？如果亮光是否真实已经无关紧要，因为他们永远也无法抵达终点，那又将如何？山顶太高了，小径太窄了，他们会在接近终点之时坠落下去。

一开始，这些想法似乎来自格蕾丝的内心，但当她看向下方深渊的深处时，很快意识到它们是深渊向她发起的咆哮。这些声音在向她承诺，让她伸开双臂，并且告诉她只要从边缘跃下，一切都会轻松愉快。无须太过辛苦，而且再也不会有任何艰难险阻。如果他们始终也无法抵达山顶，或者说即使他们抵达了，发现山顶空无一物的话，这场攀登的意义何在？为什么要执着于这样一座对她的抗争默然无言的山峰？深渊在聆听，深渊无所求，只是等待着拥抱她。

轻轻一推，它只需轻轻一推。仅需一个倾斜，然后双手轻推……

格蕾丝倒抽一口气，抬眼上看。她突然想到自己的弟弟，一瞬间，她的视野和思绪都从深渊深处转回来了。星星和月亮低垂着，微微散发着光亮，在接近山顶的这个位置，星月显得和他们距离非常近。娜塔莉亚和欧文看样子还被困在自己的思绪里。

"伙计们。"她说。

他们没有回答。

"伙计们，听我说。"她伸出手碰了碰娜塔莉亚的手臂，"我们得保持移动。如果我们坐在在这里，将永远也没法抵达终点。"

娜塔莉亚缓缓地面向格蕾丝，好像被深渊控制了一般。"我开始觉得我们可能永远也没法做到了。这简直是不可能的事情。"

"不，"格蕾丝说，"不，你错了。这不是你心中所想，娜塔莉亚。你是那个击败巨蛇的人，还记得吗？你帮助欧文为大狗找到了新的伙伴。我们可以做到的。"

"你怎么知道？"欧文问道，很显然他一直在听她们的对话，"你怎么知道我们可以做到？"

格蕾丝无法回答。她的确不知道他们是否能抵达终点。但她相信他们可以做到，因为她对自己和她的伙伴们有信心。

"我就是知道。"她对欧文说。

娜塔莉亚叹了口气，摇摇头。"我想我要完蛋了。"

格蕾丝看到她向前俯身，瞬间明白了娜塔莉亚所要做的事情，于是她伸手过去，抓住了娜塔莉亚的手腕。

"不要！"她喊道。

但娜塔莉亚将自己推下了石壁边缘，格蕾丝守住自己的位置，牢牢抓住她。

娜塔莉亚向下滑落，直到她的整个手腕、手臂还有后背紧紧地贴合在山体上，几乎把格蕾丝也拽了下来。她平躺在小径上，一只手紧紧抓住边缘，坚持着让自己不掉下去。

"欧文，帮帮我！"格蕾丝喊道。她朝下看向娜塔莉亚的眼眸，她看到了恐慌。无论唆使她跳下去的声音是什么，这个魔咒的效力已经消失。

"别放手！"娜塔莉亚尖叫道。

"我不会的，"格蕾丝说，但她不可能永远坚持下去，"欧文！"

"我在这儿！"他爬了上来，伸出一只手越过边缘去抓住娜塔莉亚。"好了，"他说，"我们拉住你了。现在我们要把你拉上来。"

"快点。"娜塔莉亚说。

格蕾丝看着欧文。他点了点头，然后他们同时用力，将娜塔莉亚稍稍往上拉了一些。

"给我你的另一只手。"欧文说，当娜塔莉亚的手伸到合适的距离时，他握住了这只手。

格蕾丝和欧文一人抓住她的一只手，连拖带拉地将娜塔莉亚拉回到小径上，她的膝盖已经可以够到小径了。几秒钟之后，三人都靠着石壁，坐在了小径上。娜塔莉亚紧闭着双眼，胸口不断起伏。

格蕾丝怒视着她另一侧的欧文，一边喘着气一边说："你怎么动作那么慢？"

"我不知道。"欧文摇着头，向下方看去。

但格蕾丝知道，其实她并不是真的生欧文的气，她只是对刚才发生的惊险事件感到后怕。

"我很抱歉。"娜塔莉亚说。

"没事的,"格蕾丝说,"但我们需要继续前进。"

"好。"娜塔莉亚睁开眼睛,点点头。

他们仅仅又休息了几分钟,呼吸平缓之后,就重新开始攀爬。深渊仍在他们脚底,劝说着格蕾丝放弃抵抗,但她拒绝听从于这个声音。她仍然对他们将在山顶发现什么心存疑惑,对他们或许会在半途摔下去而心存畏惧。但与其被这些问题所困,她更关注眼下每一处落脚的位置和自己的每一个脚步。

数以百计的脚步。

也许是数以千计。

这种对脚步的关注演变成某种执念,让她迷失在其中。他们继续前进,直到突然之间,没有一点点防备,她的手再也没有石壁可以攀爬了。格蕾丝的目光从小径移开,眨着眼睛,四处观察着。他们并不是在山峰的顶端,但他们已经抵达了峭壁的最高处,沿着一条在月光下泛着蓝光的冰河,这条小径带他们远离了深渊。这条凝固的河川填满了两道山脊之间的空隙,在最高处,格蕾丝发现了那道光,虽然它看上去没有从峡谷那里远眺来得那么亮,但它就是那道光。

这道光是从一个很大的、闪闪发光的穹顶里散发出来的,穹顶从山体隆起,像半个巨大的珍珠。在其下方,是一块岩石,上面有一个门洞,他们的小径延伸至此。格蕾丝继续走在最前面,他们在冰河的边缘行走着,直到置身于入口处。

"我想这就是终点。"欧文说。

"必须是,"格蕾丝说,"我们也没有其他地方可以去了。"

说完,他们进入了门洞。

第十九章 复仇的火焰

即便手握伊甸园碎片,肖恩仍旧感觉不可思议,这种感觉如此遥远,时间上和他相距数百年,距离上……天知道有多少英里[①]。而这双手甚至都不是他自己的。这是斯泰尔比乔恩的双手,这个维京人仍旧不能理解他所拥有的究竟是何物。但他随身带着这柄匕首,并且研究着它,因为他怀疑这东西作为基督的遗物,不仅具有神圣性,而且另有玄妙。

"你应该摧毁这柄匕首,或者扔掉它,"格姆说,"它冒犯了诸神。"

"你怎么知道什么会冒犯诸神?"斯泰尔比乔恩问,"你能代表

---

① 1英里约1.6公里。

诸神说话吗？现在你成了先知了？"

他们坐在晨光中，四周是昨晚篝火的余烬，这里是幽暗森林，他们仍在此地安营扎寨。塞拉一直伴在斯泰尔比乔恩的左右，而格姆以及其他的乔姆斯维京队长在火堆的另一边对他怒目而视。他们没有开口说要撤退，但斯泰尔比乔恩知道他已有失掉这支军队之虞。他能感觉到，只要队长中有一人声言放弃，其他人定会附和。

"帕尔纳托克已死，"格姆说，"我不需要成为先知也知晓诸神的不悦。"

斯泰尔比乔恩抬高声音。"帕尔纳托克知晓自己生命之线的短长，他是在战场上迎接的他最后结局，而不是龟缩于乔姆斯堡。这柄匕首与此毫无关联，你这样说玷辱了他身后的英名。"

格姆一言不发。

"我尊敬帕尔纳托克，"斯泰尔比乔恩继续道，"所以我将为他复仇。但我不知道你接下来打算怎么做。"

"不要假惺惺地说你是为了帕尔纳托克的荣誉而与埃里克为敌的，"格姆说，"你开战是……"

"我不认为他是假惺惺，"塞拉说，"我想对于帕尔纳托克的死，斯泰尔比乔恩和你们一样愤怒，就像他仇恨自己的叔叔一样。他不能同时为两者而战吗？为他的王冠，还有为他盟兄弟的荣誉？如果你声言反对斯泰尔比乔恩，那你就是在反对帕尔纳托克。"

她的话语铿锵有力，像一个铁匠沉稳平和的锤铁声，格姆再也没有说什么反对的话。这名乔姆斯维京人在塞拉的怒视下低下了头，就好像她是个女王，而不只是个盾女。斯泰尔比乔恩讶异于自己很快就发现了塞拉在自己身边的价值，并对她产生了钦佩之情。但现在并不是衡量这一切的最佳时机。

他进一步地逼迫着格姆。"我还在猜想，你接下来会怎样向帕尔纳托克表达你的敬意，你会怎样实现你绝不撤退的誓言。"

格姆抬起了头。"我们会战斗。但你听好了，斯泰尔比乔恩，我们是为复仇而战，我们是为自己的誓言而战，为自己的荣誉而战。我们不是为了你的王冠抛洒热血。"

斯泰尔比乔恩点点头。到最后，乔姆斯维京人为何走上战场已不重要，只要他们战斗便好。"让你的人准备好。我们向菲里斯河场进军。"

格姆垂首听命，但这个动作毫无敬爱之意。然后他和其他队长离开了火堆。他们走后，斯泰尔比乔恩转向塞拉。

"感谢你为我辩护。"

"我只是在陈述事实。"她说。

"我认为你改变了格姆的想法。"

"但我没法改变我父亲的想法，不然他仍旧会站在这里。"她看着斯泰尔比乔恩腰间的匕首，"我很吃惊，哈拉尔居然把这东西留下了。"

斯泰尔比乔恩低头看着它，肖恩的注意力更加集中了，当匕首成为虚拟现实当下的中心时，他总会更加留神。"看样子这东西对他而言不只是个圣物那么简单。"斯泰尔比乔恩说。

"当然。我好多次在想，这里面一定蕴含着某种力量。"

"什么样的力量？"

她歪着头向上看着树林，她的绿色眸子捕捉到了日光。"要我说的话，这东西将其他人聚拢在了他的身边，敌人也会听命于他。但这仅限于他带着这柄匕首的时候。"

肖恩明白她在说什么，这就是这枚戟尖的力量。但斯泰尔比乔恩仍怀疑地看着这件武器，即便现在这东西已属于他。

过了一会儿，乔姆斯维京人带齐了他们的长矛、剑和战斧，还有盾牌，聚在了一起。那些受了重伤的和中毒虚弱的人留了下来，其他人则开始向乌普萨拉进军。斯泰尔比乔恩带领他们穿过森林，他走在队伍的最前端，以表明前方已没有带毒陷阱和埃里克士兵的侵扰。他们在午后抵达了菲里斯河场，斯泰尔比乔恩本拟在这片平原遭遇埃里克的大军。

但，什么也没有。

没有士兵，没有营地，有的只是广袤的草地和沼泽。

"你的子民都去哪儿了？"格姆问道，"埃里克肯定发出了令杖。"

"他肯定把军队聚集在了更靠北的地方，在乌普萨拉。"斯泰尔比乔恩说。

"在神庙旁边？"格姆问道，"他为什么要在那里冒险作战？"

"或许他以为，诸神会拯救他。"斯泰尔比乔恩说。

在他们进入平原之前，所有人呈扇形散开，组成阵列，然后斯泰尔比乔恩长矛所指之处，乔姆斯维京人的前锋开始进发。他们从幽暗森林里走出来，用斧头在盾牌上有规律地敲击着，像敲战鼓一般。他们一边呼喊着一边前进，向北方进军。西边，菲里斯河流入梅拉伦湖；东边，沼泽地阴冷潮湿，芦苇丛生。而在他们前方，广袤而湿润的绿色大地像迎风招展的船帆一样生机勃勃。距离上次斯泰尔比乔恩来到此地已经过去了许多年月，彼时，这儿是属于他父辈的领土，而他还是个喜欢奔跑的小男孩。多年的放逐生涯中，他一直在等待时机为父亲报仇雪恨，并且夺回自己的王座。终于，这一天到来了。他能感到自己逐渐燃起的怒火和强烈的厮杀渴望。

"那是什么？"塞拉问道。

斯泰尔比乔恩看着她。"什么？"

"听。"她说。

一开始，除了乔姆斯维京人行军的声音，他什么也听不到。但随之他感到脚下的土地在隆隆作响，他听到远方的惊雷声，虽然天空一片晴朗。

"有什么东西在靠近，"她说，"是埃里克的军队吗？"

"不，"他仍在侧耳倾听，"不是他的军队。"

这声音越来越响，越来越近，他望向地平线。乔姆斯维京人停止了呼喊和击打盾牌，也开始倾听。他们在一处地势略高的广阔地带停止行军，等待着，准备作战。

"你说得对，"塞拉说，"根本不是什么军队。"

"不管是什么，"斯泰尔比乔恩说，"我们都会杀死它，摧毁它。"

塞拉没有点头，或表示赞同。她仅仅面无表情地看了他一眼，然后转头继续关注平原上的动静，这让他有点困惑。斯泰尔比乔恩握紧他的战斧兰德格里斯，微笑着注视着眼前的动静。

不一会儿，一头巨大的野兽出现在远处的高丘上。它向他们冲了过来，发出阵阵咆哮声。一开始斯泰尔比乔恩还不能理解眼前的状况：一头多脚的，身上挂满了尖角、长矛、长剑，几乎和乔姆斯维京人的阵列一样长的怪物。但马上斯泰尔比乔恩意识到这不是一头怪物，而是很多头——一个兽群！几百头牛排成长长的一排，大概有三四排。它们被捆绑在一起，这样行动起来整齐划一，而且它们的躯体上挂满了武器，这是一架活生生的战争机器，势不可挡，必然能践踏、撕裂、冲散、碾碎一切。斯泰尔比乔恩从未见过这种东西。

第十九章 复仇的火焰

这可怕的东西能摧毁一支军队。

任何挡路的士兵将非死即残，斯泰尔比乔恩知道乔姆斯维京人也不例外。他们不能往南边撤退，因为兽群势必将他们生吞活剥。如果撤向东方，沼泽将吞噬他们。这就给他们留下了唯一一条路线。

"往河那边去！"斯泰尔比乔恩命令道，在头顶挥舞他的战斧，接着吹响了战斗号角。

乔姆斯维京人听到了他的声音，他们转身向西，逃离这些庞然大物。塞拉和他们一起，当斯泰尔比乔恩确保她能到达安全地点之后，他转过身去，急速冲进迎面扑来的暴风中。乔姆斯维京人的左翼部队没法在兽群席卷而来之前及时撤退，斯泰尔比乔恩必须找到方法击败兽群。

它们睁大了眼睛，带着惊恐的神情蹿了过来，它们像疯了一般狂叫着，在极度的恐慌之下已失去了意识。当战争机器靠近之时，他将兰德格里斯重新绑在了身上。当兽群距离他仅有几码之时，他用尽全力，纵身一跃，竭力避开迎面而来的长矛和牛角。

但当他下落之时，一柄剑划伤了他的大腿，他滚落到一头牛高耸的肩膀上去了。这畜生将他甩开，而他堪堪从两头公牛之间滑过。他的双腿就悬于惊雷般的牛蹄之间，他的足跟撞击到了地面，差点把他扯下来摔死。

斯泰尔比乔恩抓住一个重重的牛轭，将自己的身体强托起来，并用剩余的木质支架支撑着自己。他的大腿流血不止，留给他的时间不多了。

他从腰带上抽出战斧，奋力劈砍着周围的绳索和木块，正是这些东西将兽群凝聚成了一件武器。很快，雷鸣般的阵列被斩断了，然后分成了两部分。

但这还不够。斯泰尔比乔恩保持住平衡，在兽群不断起伏的后背上跳跃着，来到了另一个连接处，他挥舞着战斧再次斩断了阵列。

战争机器现在被分成了三个部分，它们之间的空隙在变大，余下的兽群破坏力在减弱。至少一部分乔姆斯维京人能够从斯泰尔比乔恩劈开的豁口处逃生了。

他转身从战争机器的尾部跳了下去，不停在地面上翻滚。然后他站起身，看着兽群从他的身旁冲向自己的部属，一瞬间，撞击声响彻天空。盾牌碎裂，人们在尖叫，金属在哐当作响。有些乔姆斯维京人安全地穿过了兽群中的空隙，但绝大多数被踩在了脚下，惨遭践踏，骨碎身裂，奄奄一息。这个庞大的机器仍然疯狂地向前冲击着。

斯泰尔比乔恩在泥淖烂草中跋涉，但在他走到自己人身边之前，他听到从北方传来一阵新的响动，这次的声音十分熟悉。他转过身，看到了飞驰而来的埃里克的军队，他们是过来收拾残局、杀戮那些幸存的士兵的。

"到我这儿来！"斯泰尔比乔恩喊道，举起了战斧，吹响了号角。然后他转身面对埃里克的军队。不一会儿，乔姆斯维京人已经列队，立在他的身后，其中还有塞拉和格姆。

"盾墙！"斯泰尔比乔恩命令道，再次吹响了号角。

"敌众我寡，他们的人数大概是我们的四倍。"格姆说。

斯泰尔比乔恩指向西方。"太阳很快就要落山了，我们只需拖延时间。今天我们要让他们明白，想要击垮我们，不是件容易的事情。而明天，我们就狠狠回击，打倒他们。"

在斯泰尔比乔恩身边，还有平原的其他地方，还能举起盾牌的乔姆斯维京人纷纷后退，肩并肩，将盾牌和长矛对着敌人。塞拉站在斯泰尔比乔恩身旁，她注意到了他的大腿。

"伤得严重吗？"她问道。

虽然他感到鲜血如泉涌般流入他的靴子，但他还是说："没什么。"

她向他露出嗜血而兴奋的笑容，惊讶之余，他也回报以同样的笑容。

然后埃里克的军队如潮水般涌向他们。

接下来就是白刃战了，长矛和剑用来进攻，盾牌则用来阻挡敌人。但埃里克的人都是农民和自由民，他们都是被征召来的，很多人从未经历过战事，而乔姆斯维京人则是为掠夺和战争而生的。斯泰尔比乔恩的军队受到一次攻击，他们总能给予对方五倍的还击。塞拉证明了自己的身手，她训练有素，凌厉非常。当白日将尽，盾墙依然挺立；夜幕降临，埃里克的军队从菲里斯河场撤到了他们的营帐。

乔姆斯维京人在战场上搜寻着他们的伤员和阵亡者，把他们聚拢在一起。他们撤回到幽暗森林，在森林的边缘他们发现了兽群组成的战争机器的残余部分。很多头牛撞树而亡，其他的则跑进了森林。战士们屠宰了几头牛，在晚上享用了牛肉，他们吃到肚皮实在装不下为止。这时，格姆来到了斯泰尔比乔恩的火堆前。

"我希望我能向你宣誓，斯泰尔比乔恩。"乔姆斯维京人说，"我和其他的所有弟兄都是。我们都看到了你的所作所为。原谅我之前曾质疑过你的荣誉。"

"我原谅你。"斯泰尔比乔恩说着，塞拉坐到他的身旁，帮他缝合大腿上的伤口。

格姆继续说道:"今天他们会歌颂你的伟绩,而明天,乔姆斯维京人将在你的身边为你力战而死,假如诸神要我们战至最后一人,那我们就会战至最后一人。这就是我们的誓言。"

肖恩探索着这段记忆,让他感到震惊的是,斯泰尔比乔恩并没有利用匕首来获取乔姆斯维京人牢不可破的忠诚,而靠的是自己的努力。

"誓言留到明天,"斯泰尔比乔恩说,"现在,受伤和阵亡的战士们需要他们的队长。去他们那里吧,格姆,我会再和你谈谈的。"

格姆低下头,这次是带着绝对的赤诚,然后他离开了斯泰尔比乔恩的火堆。在他离去后,斯泰尔比乔恩凝视着火焰,看向火焰的最深处,最炽热处,看向木柴和煤块燃烧的地方。他需要为明天的作战制定战术。埃里克的军队依然拥有人数上的优势,而他自己的亲兵都已经加入了战斗。

"这伤比你说的要严重多了。"塞拉说。

"我说了没事。就这样。"

她摇摇头,皱着眉。

"你在想什么?"斯泰尔比乔恩问道。

"我在想,我要你做我的丈夫。"

他用锐利的目光审视着她。火焰映着她绯红的脸颊、头发和眼睛。"你在捉弄我吗?"他问。

"不,"她说,"你怎么会这么想?"

他将目光投向他处,一时乱了方寸,不能自处。

"你准备结婚吗?"她问。

"我会结婚的。"他说,"当我报得杀父大仇,夺回属于我的一切时,我会结婚的。"

她点点头,但眉头微皱。"你是我见过的所有人中,第一个让我觉得有资格做我丈夫的人。我认为我也是你遇见过的人中第一个有资格做你妻子的人。"

她的语调平缓,带着一种不容置疑的自信。她说得对,但他还没有好好考虑过这些问题,这些念头一直以来都被他抛在脑后。因为此时并非男女情长之时,他需要打赢这场仗,他要杀死自己的叔叔。

"我想我们以后才能讨论这件事。"他说。

"我不这么认为,"她说,"我今晚就要嫁给你。"

"今晚?"他盯着她,对她展现出的魄力既震惊又佩服,"为什么是今晚?"

"因为明天之后,你就将成为国王,我不想让你觉得,让任何人觉得,我嫁给你是为了你的王冠。我不想嫁给强者斯泰尔比乔恩。多年以后,当我们的孙儿在你膝下承欢之时,我想要你告诉他们今晚的故事。你将会告诉他们,即便你是一个被流放的落难者,我仍然要你。我要嫁给比乔恩。"

斯泰尔比乔恩喜欢听到她喊着自己的真名,完全没想到要纠正她。他长久地注视着她,而她再也没多说什么,显然想要给他时间和空间来思考。的确,他希望有一天能够结婚,而且,他的确想要娶塞拉为妻胜过所有其他认识的女人。但今晚?必须是今晚吗?

从某种角度看,她的话语有些疯狂。但从另一个角度看,她的话语比他在这个疯狂的世界上遇到的一切都更为真实。

"你想怎么成婚?"他问。

"按照旧的礼仪,"她说,"在诸神的见证之下。"

"那聘礼呢?那些传统习俗?"

"我对那些东西毫不在乎。"

他点点头，又想了想，终于下定了决心，他不知道自己内心深处其实早已做出了决定。"我会在今晚迎娶你，"他说，"但我必须要你做一些你可能不喜欢的事情。"

她笑了，当他再度看向她时，他觉得她美得不可方物。

"什么事？"她问。

"我希望你明天不要参加战斗，"他说，"你必须远离战场。"

"什么？"她的笑容消失了，"我的丈夫也不能……"

"我明天可能会殒命。"他说。这是他第一次向别人说起这样的话，甚至他对自己也没说过。他现在考虑这件事的唯一理由不是爱，不是为了塞拉，虽然他相信自己会爱她，而是为了基莉德——他的妹妹。"我不想死，"他说，"但诺伦三女神已经在斩断我的生命之线，如果明天就是我人生的终点的话，我需要你将我的话带给我的妹妹。她也会是你的妹妹，我需要你安抚她，代替我在她身边照顾她。"

塞拉带着他今天见过的一脸空白的表情，他在猜测自己今后会不会读懂这个表情，如果可以，那将花费多少岁月。

"我知道我没法强迫你离开，"他说，"我也不会强迫你。但我需要你这么做。你能答应我吗？"

良久，塞拉都没有回答他，但他知道最好不要再逼问她。

"我答应你，"她终于说道，"我没想到我会答应你。"

他笑了。"我也没想到。"他对着树林点点头，"现在，我要去做一个神龛。"

于是他们一起远离营帐，走进幽暗森林的深处。很快，他们来到了一块高度两倍于斯泰尔比乔恩的巨石。巨石的正中央有一道裂缝，仿佛这是一个被托尔的战锤雷击过的冰霜巨人的头颅，他们决定在这块巨石之前说出自己的誓言。夜色中，斯泰尔比乔恩搜集了一些白色的石块，将它们堆靠在巨石上，做成了一个神龛，他们没有蜂蜜，也没有粮食，于是他放了一件金臂环在上面。当神龛建好后，斯泰尔比乔恩将他的因格瑞剑交给了塞拉，发誓成为她的丈夫，视她的荣誉超过其他所有人，不容许任何人出言反对她。然后她也拿出了自己的佩剑，说出了同样的誓言，于是他们在弗雷①的见证下结成眷属，这位神祇是斯韦阿兰所有国王的父神。

"现在要血祭了，"斯泰尔比乔恩说，"我去找些动物来……"

"不，"塞拉看着他的腰带，"我们已经有了能够取悦诸神的祭品了。"

斯泰尔比乔恩看向自己的腰间，将蓝牙王的匕首从鞘中拔出。他端详了一会儿，然后将匕首搁在了神龛上，将这件基督的遗物献祭给了托尔。他祈求天神在即将到来的战事中助他一臂之力。然后他将匕首插在了巨石的裂缝里，再将石块堆积起来遮住它，以防路过的人发现。

一切完毕之后，斯泰尔比乔恩和塞拉回到了营地，以丈夫和妻子的身份，而匕首就留在了那个地方。如果它现在仍在那里，那么肖恩能很轻易地找到它。

"以赛亚，"肖恩说，"你能听到我说话吗？你看到了吗？"

是的，以赛亚说，你干得很棒，肖恩。太棒了。

"你知道具体位置了吗？"

我们知道了。我现在可以让你出来了。反正斯泰尔比乔恩的记忆就快要结束了。

---

① 北欧神话中的丰饶、兴旺、爱情、和平之神。

"快结束了？"虽然肖恩已经完成了他的既定目标，但他还没做好准备离开这位祖先的记忆，"为什么？"

似乎斯泰尔比乔恩很快就要将他的基因记忆传给下一代了，塞拉很快就要怀孕了。我们没有今晚之后他的 DNA 记忆了。

"他没有再生其他小孩？"

没有，当然没有。

"为什么是当然？"

我……我以为你知道的，以赛亚说，这是确已发生的史实，斯泰尔比乔恩在菲里斯河场之战中战死了。

第二十章　第一意志的工具

欧文现在身处的这条走廊，和他此前经历的所有虚拟现实中的都不尽相同。之前的森林和大道看起来很古老，很原始，而这个地方看上去要先进多了。两旁灰色的墙壁似乎由金属材质建成，细长的金色网格线密布其间，像是电网线路一般。在他们前方，廊道尽头处，一个入口显现出来，里面似乎是一个明亮的洞穴式的房间。

"我想这应该不是什么原型。"欧文说。

"反正我们还是只有这一条路能走。"格蕾丝说。

于是三人一边侧耳倾听，一边小心翼翼地沿着走廊行进。欧文感觉当他的视线移开时，走廊就开始跳动和闪烁；当他直视墙壁时，走廊就恢复正常了。他们的脚步很轻，轻到可以感觉到持续不断的轻微心跳声在整个空间里回荡。

当他们抵达走廊的尽头时,他们蹑手蹑脚地走到一侧,四下窥探着各个角落和房间里面的情况,他们发现自己就身处刚才在外面所见的巨大穹顶之下,它闪闪发亮的曲面部分投射出苍蓝色的光芒。就在穹顶之下,数个巨大的平台上放着一些欧文从未见过的奇怪物件和设备,这些可能是机械设备,或是电子计算机,或者就是一些简单的雕刻。水晶般的走廊、台阶,还有连接着不同平台,使之成为一体的管道,整体看上去就像分子结构一样。既向上延伸向穹顶,同时也通往下方从山体中掏空出来的一个谷仓模样的东西。

"这地方是哪儿?"欧文问。

"或许这是个疯狂科学家实验室的原型。"格蕾丝说。

"像是这类玩意儿,"娜塔莉亚说,"我认为这就是门罗要找的钥匙。伊甸园碎片来自一个古老的文明,对吗?"她对着室中央点了点头,"在我看来,那东西就像来自一个古老的文明。"

你说对了。一个奇怪的声音说道。

欧文转身望去,一个人影从下方走了上来。她一头长长的黑发,苍白的皮肤里似乎透出光亮。她戴着银色的头套,似乎是一顶头盔,而她白色的长袍几乎要触到地面。陌生人走近他们,她的声音和他们在这次虚拟进程中最初听到的声音是一样的。

你们所见的确实属于一个古老的文明。我的文明。她转身背向他们,**跟我来。**

欧文、格蕾丝,还有娜塔莉亚,跟随着陌生人来到一段水晶台阶前,他们拾级而上,跨过脚下看似深不见底的峡谷。欧文紧紧地抓住冰冷的护栏。

"你是谁?"在他们沿阶而上之时,娜塔莉亚问陌生人。

第二十章 第一意志的工具 | 213

我是先行者的一段记忆。 陌生人说，然后她再没说话。

　　她引导着他们走上台阶，进入走廊，再踏上台阶，走向大穹顶的最高处，直至他们来到整个建筑顶端的一个平台，一个像床一样的东西静静地安放在那儿，看上去也是用相同的金属材料制成的，这让欧文想起 Animus。在金属床上躺着一个女人，和那个陌生人一样有相同的古铜色皮肤。一条被单从肩膀以下覆盖着她的身体，她看上去就像是睡着了。

　　我有许多名字为人们所熟知， 陌生人道，**但你们可以唤我密涅瓦。**

　　"就是……那个女神？"格蕾丝问。

　　我就是你们的神话的起源，我曾经有过许多不同的名字。 陌生人伸开两手，**雅典娜、苏丽丝**[①]**、乌尔**[②]**、萨茹阿斯瓦蒂**[③]**。我们先行者统治人类数千年之久。**

　　这个陌生人密涅瓦的声音进入了欧文的心灵深处。强大的力量令他视线模糊，密涅瓦的身影在他面前摇晃，放大，光芒万丈。

　　最终，武器和装置大行其道，三叉戟被制造出来以绝对的权威统治世界。 她摆动着手臂，头顶的大穹顶开始变暗。然后各种影像充斥其间，一个接一个掠过。战场的画面，尸横遍野，血流千里。**我的族群，我们自相残杀。我们和你们——我们的创造物相争。我们毁灭了自身，因为我们犯了一个错误。**

　　她走向波状外形的床，触碰了其中一处。这一处和其他的地方并没有什么区别，但一经她碰触，跳动的光芒开始沿着平台内部的

[①] 凯尔特神话中的温泉女神。
[②] 挪威神话中的智慧女神。
[③] 即妙音天女，古印度神话中的学问、智慧、艺术、音乐女神。

金色脉络流动，整个平台被照亮了，光芒流进这个睡着的女人的身体。密涅瓦回头看着欧文及其他人，她在等待着，一言未发。

欧文猜测他们是不是该做些什么，或者说些什么。他看着格蕾丝和娜塔莉亚，她们看上去也同样困惑。

你们没有问我，我们犯了什么错误。密涅瓦终于说道，她的声音听上去有些疲倦，欧文感觉到他们似乎没有通过某个考验，某个他们完全无所知的考验。我们创造了一个无与伦比的文明，它辉煌壮丽。我们让自然的喧嚣为我们而沉寂。我们解开了生命的密码，成了生命的主宰。我们完成了所有这一切，还有更多的伟业，但最终我们，伊述，摧毁了自身，你们不想知道为什么吗？你们就如此肯定，人类永远不可能陨落？

"为什么？"娜塔莉亚问道，"你们为什么会毁灭自身？"

密涅瓦现在踱步于平台之上，摇着脑袋，间或向他们怒视几眼，看上去很是失望。或许我已经失败了。或许我犯下了第二个错误。

"拜托，"格蕾丝说，"我们走了很远的路才到达这里。"

我知道你们远道而来。密涅瓦停下了脚步，大道是我设置的。在那一场大灾变之后，太阳的爆发让我们的文明变成了一片废墟。就像我现在说的，从那时起，我的族群几已灭绝，我很快也将加入他们。人类将幸存下来，而当我们离去之时，我担心我们的遗物仍将伴随你们，我们的武器。

"伊甸园碎片。"欧文说。

人类是这么称呼它们的。密涅瓦走向他们，如果我能摧毁三叉戟，我会这么做的，但它消失了。我知道它不会永远深埋地底，当它重见天日之时，人类将因此受难。这就是我将你们带到此地的原因。

她回到波状外形的床前，站立在一旁。然后她张开手掌，对着躺在其上的女人。

我创造了这段集体记忆，将其深藏在某些人类脑海和细胞的深处。我审视时间的每个分叉和可能性，我预见到并希望他们的祖先会和三叉戟产生千丝万缕的联系，跨越数百年，我还看到了某一天人类将会需要我的帮助。所以，你们来到了这里。

"但这意味着什么？"欧文问道，他仍然相信密涅瓦所说的每一句话，"我们该如何阻止三叉戟？"

来到这里，你们的心神已经形成了一个护盾，这样你们可以做到我所不能做的——摧毁三叉戟。

"但我们该怎么做？"娜塔莉亚问，"这段集体记忆对我们有什么帮助？"

大道沿途要穿越恐惧、忠诚，还有信念。

欧文想到了巨蛇、大狗，还有第三部分，那就是他们攀爬过的石壁。"但这意味着什么？"他问，"这些对我们能有什么帮助？"

你们只是人类，所以无法理解。但这段集体记忆激发了你们的潜能，时机来临的话，你们会得到你们所需要的东西。

欧文没有感到身体有什么不同，他不知道这段虚拟进程对他有着怎样的改造，是如何做到的。

"你还没告诉我们，你们是怎么毁灭自身的。"格蕾丝说。

我们忘却了。她说。

"忘却了什么？"欧文问。

我们忘却了我们也是宇宙的一部分，而不是独立于其外。我们忘却了我们既非处于创造物之中，也不是在其外。我们忘却了危险和恐惧并不是同样一件事物，而当我们和自身的恐惧抗争时，却没有看到真正的危险。我们忘却了这一切，直到宇宙以我们的太阳惩罚了我们，提醒了我们身处何地。密涅瓦在头顶画了一个圈，大穹顶像瞳孔一般张开，露出夜晚的天空，**不要重复我们的错误。不要忘却。**

"我们不会的。"欧文说。

密涅瓦点点头。**你们已经抵达了我给你们设置的大道之终点。记住你们曾经走过的每一步。**她再次摆摆手，然后消失不见了。

平台在他们脚下坠落，还有建筑的其他部分，以及大穹顶，所有的一切都分崩离析，落入山体中心的深坑里。欧文仍然和格蕾丝还有娜塔莉亚一起悬浮在夜空中，群星环绕，眼前是高挂天空的月亮。但很快这些光辉也渐渐消隐，最终他的身周变为完全的黑暗，甚至他身旁的朋友们也看不见了。

有什么在拉扯着他的脑袋。他哆嗦了一下，想起身抗拒，但他触到了人的手，以及 Animus 头盔，随即头盔被移开了。

他呆呆凝视着，困惑不已，然后开始眨巴眼睛。他又回到了鹰巢实验室。门罗站在他面前，轻拍着他的肩膀。格蕾丝和娜塔莉亚就在旁边，悬在她们的 Animus 圆环上。

"发生了什么？"欧文问，"我们失去同步了吗？"失去同步的感觉并不是这样。这是他体验过的脱离虚拟进程最顺畅的一次。

"没有，"门罗说，"你们没有失去同步。是这段记忆……放你们离开了。"

他帮助三人解除控制带，走出圆环。欧文揉搓着自己的脑袋和眼睛，在头脑里回溯了一遍，确保那段虚拟记忆还在里面，而不是像梦一样消散——虽然它的确如梦似幻。那段记忆依然存在，但从某种程度上而言，反而更加难以理解了。显然，地球上曾经发生过一段无人知晓的历史，一个古老而神话般的族群曾在这里灭绝。如

第二十章　第一意志的工具 | 217

果送他们进入这段记忆的不是门罗,欧文会觉得一切都只是个骗局。

但这是真实存在的。

"大家都还好吗?"门罗问,"没有不良反应吧?"

欧文摇摇头。

"我觉得还好。"格蕾丝说。

"我也是。"娜塔莉亚说。

"很好。"门罗叹了口气,"这样的话,你们就可以跟我说说里面到底发生什么了。我们先从娜塔莉亚开始,然后你们俩对她所说的遗漏之处进行补充。"

于是他们都找了把座椅,娜塔莉亚带着门罗回顾了整个虚拟进程,从森林和巨蛇开始,一直讲到密涅瓦,以及她声称赐予他们的护盾。欧文补充了娜塔莉亚和格蕾丝离开时围绕着大狗发生的故事,格蕾丝则说了一些攀爬石壁时的事情。门罗几乎没怎么插嘴,只是偶尔打断他们,问了几个问题。当他们全部讲完后,他坐在那里,双臂交叉,一手遮住嘴巴,显然是在思考他们所陈述的一切。

"这太神奇了,"他最终说道,"你们三个人刚刚回答了科学史上最大的几个难题。而且,你们间接接触了一位先驱。"

"一位先驱?"格蕾丝问。

"伊述,第一文明的成员之一,先行者。我们有好几个名字是用来称呼他们的。"他摇摇头,"但这并不意味着我们能理解他们。想想看,要创造一枚在数万年以后的某个特定时间点准时打开的基因胶囊,这意味着什么。"

"但密涅瓦没有打开它,打开它的人是你。"格蕾丝说。

"看起来是这样……"门罗说,但剩下的话他没说。

"密涅瓦说的是真的吗？"娜塔莉亚问。

门罗双手放开，侧身向她靠过来。"哪一部分？"

"所有的。"她说。

门罗点点头。"或多或少是真的。这一切都发生在几万年前，所以我们无从知晓究竟发生了什么。我们知道的是，我们的确有伊甸园碎片，我们也找到了一些先驱的神殿。在你们之前，我们也有和伊述接触的经历，以各种不同的方式，包括密涅瓦。他们的文明确实存在，而且的确难以置信的先进。我们相信他们毁于一次日冕物质抛射[①]，也就是所谓的多峇巨灾[②]。所以，对的，密涅瓦告诉你们的的确是事实。"他转身面向格蕾丝，"甚至有些人还想要让伊述再次降临。"

"第一意志的工具？"格蕾丝问道。

门罗点点头。

"他们是什么人？"欧文问。

门罗向格蕾丝打了个手势，像是请她发言，她从口袋中掏出一张折叠好的纸张。

"我从那本关于北欧神话的书里找到的，"她说，"以赛亚写的。"

"上面说了什么？"娜塔莉亚问。

"说他不想要统治世界。"格蕾丝高举纸张，"他想要毁灭它。"

"等等，什么？"欧文还以为以赛亚想做第二个亚历山大大帝呢，"为什么？"

[①] 日冕物质抛射（Coronal Mass Ejection），日冕中的一种剧烈活动现象，是局部较高密度的磁化等离子体从日冕向外喷射的过程。

[②] 多峇巨灾（Toba Catastrophe），是一次发生在史前时期的巨大灾难，几乎导致了人类和先行者的灭绝。当时两个种族正在战斗。现代人以为这场灾难的起因是火山爆发，事实上灾难是一次太阳耀斑导致的日冕喷发造成的。

"他认为地球需要死亡，这样才能迎来新生，"格蕾丝说，"这是一种循环。他说我们一直在阻碍这种循环的进程，一定还会有下一场大灾变的。但并没有，因为刺客和圣殿骑士阻止了这一切的发生，所以现在以赛亚想要通过另外一种方式让其发生。"

欧文知道通过三叉戟，他可以很轻易地实现这个目标。以赛亚不仅能用它来创造一支军队，他还能让国家之间互相征伐，让核武器和炸弹狂轰滥炸。

"所以谁是第一意志的工具？"格蕾丝问。

"我只听说过传言，"门罗说，"但据称，在圣殿骑士团的内部，有一个秘密派系试图恢复另一位先驱朱诺的神力。从以赛亚的记述来看，他似乎知晓他们的存在，甚至可能他自己就曾是其中一员。但如果他曾经是的话，现在应该也不是了。他已经决定由他自己攫取那份神力，而非拱手让给朱诺。"他从座椅上起身，"我要去检查另外两段记忆里大卫和哈维尔的情况了。"

"我们该做什么？"格蕾丝问。

门罗环顾实验室的四周。"你们可以在此处逛逛，或者回公共休息室等待，这样我就知道去哪儿找你们了。"

"那我呢？"欧文问。在他答应进入这段集体潜意识的虚拟进程之前，门罗曾经许诺，让他看到自己父亲银行劫案的真相。

"现在还不是时候。"门罗说。

"你答应过……"

"我答应过帮你，我会的。但我想你应该知道，眼下我们有更加要紧的事情需要处理。"

欧文本来就有点不耐烦，这下他彻底被惹火了。"但我们现下所做的一切就是等待哈维尔和大卫找到那把匕首。"

"这随时可能发生。"门罗向门的方向大步走去,"而且,我更希望你能够整理思绪来面对之后的事情。"

"我为什么需要整理思绪?"欧文问。

门罗抓住门把手,停顿了一下。"如果你一定要这么问的话,我想你可能还没准备好接受你一直求索的那个答案。"说完,他离开房间,留下他们三人在里面。

第二十一章　冒犯了诸神

营帐之内，托瓦尔德站在执法者身侧。埃里克坐在深色的马鞍椅上，阿斯特丽德在他身旁，但他们并没有挨得很紧。哈维尔仍然无法对这头家养巨熊视若无睹，每次他的祖先碰上她，都被她吓一跳。火盆散发出橙色的火光，白色的烟雾在帐篷顶部积聚不散。

"兽群杀死了三分之一的乔姆斯维京人，"托瓦尔德说，"而幸存下来的那些人在盾墙下坚守着他们的阵地。太阳落山之际，双方都偃旗息鼓。"

"斯泰尔比乔恩呢？"国王问道。

"他还活着。"托瓦尔德认为没有必要告诉国王斯泰尔比乔恩是如何反击兽群的，至少现在没必要。托瓦尔德自己也觉得难以置信,而这次的遭遇战让他第一次产生了怀疑,难道获胜的一方会是他们的敌人?"他的部队撤回幽暗森林去了。"

埃里克点点头。"你的策略看来行之有效。你们俩都在我的麾下,因此我希望能奖赏你们。"他从上衣兜中取出两个小皮袋子,递给了托瓦尔德,后者将其收入囊中。

执法者垂首示意。"我们为所有生而自由之人而战。"

"那你们现在怎么为他们而战?"国王缓缓问道,他的问题意味深长,他没有说出来,但是显而易见。"时机到了吗?"

"是的,"托瓦尔德说,"时机已到,正如你的兄弟那样。"

"我告诉过你们,"埃里克回身看向阿斯特丽德,"这些事我一点也不想了解。"

哈维尔感觉托瓦尔德在强行抑制住自己的怒火。国王想要让兄弟会成为专门为他个人服务的利刃,但出于自己的荣誉又拒绝公开承认这一点,就好像他能说服自己这些事情和他毫无瓜葛似的。但这个帐篷里每一个人——除了那头巨熊,都知道他的意图以及他想要从他们这儿得到什么。

即便如此,执法者依然面色平静,似乎并未因国王的软弱而动怒。"托瓦尔德会在今晚动身,明日黎明,事情就会有个了结。"

"不要等到黎明降临才通知我,"埃里克说,"如果需要,尽可以把我叫醒。"

"如你所愿。"执法者说。

埃里克点点头,然后托瓦尔德和执法者离开了国王的大帐。

帐外,他们穿过营地,到处是钢铁和磨刀石摩擦的声音和铁匠锤子的敲击声。他们听到了笑声,闻到了火堆上烤肉的香味,营地的士兵们士气高昂,自信满满。他们的数量远超乔姆斯维京人,而且埃里克的亲兵也将在第二日加入战斗。胜利的曙光已在眼前。

"没什么是理所当然的,"执法者说,用他已经失明的眼睛直视着托瓦尔德的内心深处,"无论这些战士是否信念坚定,任何一场战斗的胜负都能随着乌鸦翅膀的扇动而改变。想想你看到的那柄匕首。如果那正是你所恐惧之物,我们这场战斗的结局可能已经注定是失败的了,不管我们策略如何高明,力量如何强大。"

"我明白。"托瓦尔德说。

"时机已到,该把斯泰尔比乔恩交由命运女神审判了。他绝不可再拿起他的宝剑或战斧。"

"他再也不会了。"

托里尼点点头。"如果你找到匕首,将它带给我。"

托瓦尔德握紧导师的手。"我会的。"

随后,他离开了执法者和营地,向南往菲里斯河场进发。月亮还没有升起,这意味着他可以避免被敌人发现,但他必须隐藏在黑暗中。他不得不依靠他的奥丁之眼,而不只是通过他的耳朵和眼睛观察,沿着地面潜行,同时避开陷阱和沼泽。

当他翻越一堆低矮的石头时,他的奥丁之眼发现附近有一道闪光,于是便停下来观察。一层厚厚的苔藓覆盖着岩石,他剥开苔藓,发现一个小小的被泥污覆盖的金属物件。托瓦尔德盯着看了一会儿,感到有些困惑,但他马上想起了霍洛夫的故事,他在逃跑的时候把金子撒在菲里斯河场,以分散敌人的注意力。毕竟,传说也并非全无根据,这给了托瓦尔德一个启示,一个终极策略,但也许是最简单的一个。

他拿出国王给他们的小袋子,发现里面有一些阿拉伯迪拉姆银币。在多年以前,霍洛夫可不会撒出这种银币,但托瓦尔德估摸着这些细节乔姆斯维京人也不会留意。他把银币堆在一块大石头上，然后拿出一瓶毒药，和之前给奥斯特的一样。他小心翼翼地把每一枚银币都涂上毒药，静待毒药干了之后，便把银币撒在了前往菲里斯河场的路途中。

他抵达幽暗森林，爬到树枝上面，纵身在枝叶间穿行，同时躲避哨兵的视线，直到他到达营地的中心。兽群对乔姆斯维京人的部队杀伤极大。许多人躺在地上，骨断筋折，奄奄一息，虽然他们有兄弟和战友在照料，但很多人难以挺过这个夜晚了。然而士气却和埃里克那边并没什么两样。伤亡如此惨重，乔姆斯维京人依然未被打垮，托瓦尔德感到由衷的敬佩。

他终于找到了斯泰尔比乔恩，后者正和一个乔姆斯维京队长商讨着什么，一个盾女在给他的大腿包扎伤口。托瓦尔德对于眼前的情景感到惊奇，因为乔姆斯维京人严令禁止队伍中出现女人。

"今天他们会歌颂你的伟绩，"队长道，"而明天，乔姆斯维京人将在你的身边为你力战而死，假如诸神要我们战至最后一人，那我们就会战至最后一人。这就是我们的誓言。"

似乎斯泰尔比乔恩所展现出的勇气和力量让乔姆斯维京人现在对他忠心耿耿，他们的信仰和荣誉要求他们这么做。他们真的会战至最后一个人，这意味着埃里克的军队将别无选择，只能将他们彻底摧毁。

托瓦尔德看到斯泰尔比乔恩命令队长解散，接下来是一阵沉默，然后他开始和盾女说起话来。两人在低声谈婚论嫁，这再次让托瓦尔德震惊。当他们离开营地，去森林中宣誓之时，他跟随着他们穿过密林，在远处暗中观察。

终于，他们来到一块巨大的、有裂缝的石块前，斯泰尔比乔恩在上面做了一个神龛,并从手上摘下一枚金臂环,祭献给了弗雷。在他和盾女交换誓言和佩剑之时,托瓦尔德想过将两人同时击倒。这将不费吹灰之力,因为两人现在眼中只有对方。但托里尼对他的教导让他没有动手。

他不认识这个盾女。她可能不是乔姆斯维京人,或许是个丹麦人,她可能与此事完全无关,如若真是这样,兄弟会的信条将不允许托瓦尔德取她的性命。在他动手之前,他必须知道自己所杀之人是谁。

"现在要血祭了,"斯泰尔比乔恩在下方说道,"我去找些动物来——"

"不,"盾女说,"我们已经有了能够取悦诸神的祭品了。"

托瓦尔德不知道她说的是什么,但随即斯泰尔比乔恩拔出一柄奇怪的匕首,放置在了祭台之上。在献祭给托尔之时,斯泰尔比乔恩称这件武器是基督的遗物,这意味着这柄匕首很有可能就是托瓦尔德所忧惧的那件武器。但如果这是真的,为什么斯泰尔比乔恩会在决战前夜用它来祭神?为什么他会将确保他胜利的最重要的物品拱手让出?

斯泰尔比乔恩献祭完之后,把匕首插进了岩石的缝隙中,再用石块掩藏起来,然后他和盾女向营帐的方向走去。

托瓦尔德等了一会儿,待两人走远之后,他从树上跃下,来到了巨石和神龛之前。他对那枚金臂环毫无兴趣,他把它放到一边,推开堆积的石块,终于,匕首露了出来。

哈维尔感到身体一阵震颤。"我找到它了。"他对格里芬说。

好,非常好,继续待在托瓦尔德的记忆里。让我们来看看它接下来的去向。

"当然。"

兄弟会还有这样一个分支，我都不知道，格里芬说，真是难以置信！你从祖先那里继承而来的记忆，你的血脉，我就知道，你拥有让你成为一个真正伟大的刺客所需要的一切。

哈维尔不知道该说什么好。他喜欢听这些话，但他也要在心里推开它，这样他才能重新沉浸到记忆中去。

这柄匕首不是普通武器，这一目了然，但这并不意味着它一定是古老诸神的武器。他从来没有接触过奥丁诸神的兵刃，不能肯定这到底是不是圣物。但他相信它是，这意味着他必须把它安全地送到执法者手中。

刺杀斯泰尔比乔恩的事情要缓一缓了。

托瓦尔德再次攀上树枝，穿过幽暗森林，穿过菲里斯河场，他撒下的银币在星光中微微发亮。执法者离开了他神殿旁的破败小屋，在埃里克的营地支起了一顶帐篷，托瓦尔德抵达时，他发现托里尼脸埋在胸膛里，坐在帐外的篝火旁打着呼噜。

"导师。"他说，碰了碰执法者的肩膀。

托里尼抬眼一看，用鼻子重重地吸了一口气。"你回来了？我已经沉思多久了？"

"只有你知道这个问题的答案。"他将匕首柄的圆头对准执法者的手掌，递了过去，"我认为这正是我们找寻的那件东西。"

托里尼接过短刃，虽然他的眼睛看不见，但他将匕首拿在手里翻弄着，托瓦尔德担心他会伤到自己，但这并没有发生。

"我想你是对的。"执法者道。

"你知道它有什么威力吗？"托瓦尔德问道。

"不知道。斯泰尔比乔恩呢？"

"他还活着，"托瓦尔德说，"他和一名盾女秘密成婚了，我在暗中都看到了。若要杀死他，就必须杀死盾女，可是我对她一无所知。"

"你很明智，没有让你的刀刃饮血，"执法者说，"与其让我们冒险违背信条，不如放敌人一条生路。"

"埃里克会不悦的。"

"但我们有这个了。"托里尼举起匕首，"这会让国王高兴起来的。"

"你要把匕首献给他？"

"不是你想的那样。让我们去见他吧。"

执法者从篝火旁起身，托瓦尔德领着他穿过营地，战士们都已沉沉入睡，营地此刻安静了许多。埃里克的营帐就在眼前，守在帐前的两名卫兵让他们进帐，但他们一走进去，就被喘着粗气、喷着鼻息的阿斯特丽德挡住了。

"悠着点。"托瓦尔德对他面前的大毛熊说道，"你认识我们。"

"埃里克。"托里尼抬高声音，用力喊道，伴随着一声鼻息，国王惊醒了。

"怎么了？"

"你的家养巨熊。"执法者道。

"什么？噢。"他坐起来，翻身下地，盖在身上的毛皮和毯子滑到了一旁，"阿斯特丽德，过来。"他说，拉扯着她的锁链。

这头熊不动了，但还一直喷着鼻息，她转身笨拙地爬向国王，坐在了地上，依偎在他身边。

"了结了吗？"国王问道。

"没有。"执法者说。

"没有？"

"我们有更好的消息。"他拿出利刃，递给国王。埃里克接过来，皱着眉。

"这是什么？"

"这是基督的遗物，"托里尼说，"斯泰尔比乔恩从哈拉尔·蓝牙处得来，哈拉尔是从罗马的基督教神父那儿获得的。"

埃里克的表情由困惑转为了讥诮。"我要这东西有何用？"

执法者转向托瓦尔德。"告诉他你所看到的一切。"

很明显，托里尼打算用匕首当作一个幌子，于是托瓦尔德便说道："斯泰尔比乔恩认为他可以通过向天神献祭圣物来获得托尔的祝福。但斯泰尔比乔恩太大意了，我把它从神龛那里取走了。如果你向奥丁献祭基督的遗物，明天的战斗……"

"我以为我不必面对斯泰尔比乔恩？"埃里克说。

"的确如此，"执法者说，"你不必面对他，但是你的军队必须面对他，而如有奥丁神的祝福，他们一定能取得胜利。"

"乔姆斯维京人已经宣誓效忠斯泰尔比乔恩，"托瓦尔德说，"如果斯泰尔比乔恩是在战场上被击败，在光天化日之下，而不是在阴影中，你的统治会更加巩固。要让你的军队都知道你已经获得了奥丁的祝福。"

"但是托尔不会生气吗？"国王问。

"他的献祭不够丰盛，"托瓦尔德说，"雷神的怒火将会落在斯泰尔比乔恩头上。"

"如果斯泰尔比乔恩挑战我呢？"埃里克说。

"他不会有这样的机会，"执法者说，"你必须远离这场战斗。"

"不，"埃里克摇了摇头，两颊涨得通红，"我不是会饿死乌鸦的人。我不会畏缩在我的帐篷里。我将与我的人民一起战斗，即使这意味着我会死亡。"

"这话已经证明了你的荣耀，"托里尼说，"没有人怀疑你的勇气。但是今后的岁月里,这片土地上的人们还需要你的统治。"

托瓦尔德知道兄弟会花费了多年才确保埃里克的统治,要是明天他死在战场上,那就太可惜了。他多半会送命的。托瓦尔德见过斯泰尔比乔恩战斗,无论块头、气力还是年纪,国王都无法与侄子匹敌。很少有人能与斯泰尔比乔恩抗衡,不过托瓦尔德想到了一个人。

"斯韦阿兰的人民需要我来带领他们前进,"国王说,"因此,你们的谏言无法动摇我的意志。"

托瓦尔德知道这是事实。"那就带领他们前进吧,"他说,"但你要挑选一个捍卫者。假如真的需要一对一决斗,这个人能代表你和斯泰尔比乔恩对阵。这于你的荣誉丝毫无损。"

"或许没有什么,"埃里克说,"但这么做也不是什么光彩的事情。"

"只能如此。"执法者说。

"你的军队中有一名巨人,"托瓦尔德说,"他的名字是奥斯特……"

"按照传统,我的亲兵元帅就是我的捍卫者。"

哈维尔回忆起那个元帅竭尽全力阻止他们进入国王军事会议的场景,托瓦尔德也想起来了,他摇了摇头。"我知道他,他肯定不行。斯韦阿人中只有一人能和斯泰尔比乔恩对阵。"

埃里克一边研究着匕首,一边将手搁在阿斯特丽德的脑袋上,摩挲着她的毛发。"真是奇怪的遗物,一把利刃。"他说,"我永远也搞不懂这些基督徒。他们冒犯了我。"

"他们冒犯了诸神。"执法者说。

"那就让我们安抚诸神吧,"国王说,"让我们将这东西献给奥丁。"

于是他们离开大帐,此时是午夜时分,三人穿过营地,阿斯特丽德身上拴着铁链,由国王牵着。然后他们来到了乌普萨拉的神殿，仅凭借一支火炬的光亮，他们进入了大厅。阿斯特丽德和他们一起进入神殿，她嗅着空气，凝视着火炬照射不到的黑暗处。诸神和英雄们默然无声地立在两侧，仿佛守卫神殿的士兵。

没有火炬，甚至没有视觉，托里尼依然对这里了如指掌。他带他们来到大厅尽头奥丁的神柱前，奥丁的神像被刻在一棵古老的白蜡树的树干上。诸神之父睁着他的独眼，手持长矛——冈格尼尔，他用这支长矛在诸神的黄昏与芬里斯狼作战。

在火炬的光辉之下，执法者带着国王开始祭祀仪式。他们呼唤奥丁来倾听他们的诉求，祈求他的祝福，但他们的祭品并非马或猪的鲜血，他们献上了匕首，并且承诺将忠于奥丁诸神，而非其他伪神。国王许下诺言，以自己的生命向奥丁起誓，承诺将在十年后进入瓦尔哈拉。他将明天的战争和所有死者都献祭给了神。安静而黑暗的大厅里，奥丁沉默的身影如高塔般凌驾于他们之上，一半在阴影中，没有任何迹象表明他听到了他们的诉求。

仪式结束后，托里尼无言地领着国王走出神殿，在他们身后，托瓦尔德悄无声息地收起匕首。三人回到营地，埃里克对托瓦尔德说："把奥斯特带过来。我要见见这个捍卫者。"然后他和阿斯特丽德走进帐篷。

"我和埃里克在这边等着。"托里尼说着，走向帐篷的入口。

托瓦尔德离开执法者，开始搜寻他的伙伴。即便是在和大部队会合以后，他挑选的那些骚扰、阻击乔姆斯维京人的士兵仍待在一处。他很快发现了这群人生起的篝火，奥斯特熟睡的庞大身躯更是易于发现。托瓦尔德大步走过去，呼唤奥斯特的名字。

奥斯特向托瓦尔德的方向翻了个身，他的眼睛半睁着。"怎么了，诗人？"

"跟我来,"托瓦尔德说,"国王需要你。"

奥斯特睁开了眼睛,迅速起身。考虑到他这样庞大的身躯,他的速度着实让托瓦尔德感到震惊。"国王需要我?"

"对,"托瓦尔德说,"我想不出比你更适合的人选了。带上你的武器和盾牌。"

他们再次来到埃里克的营帐,托瓦尔德领着奥斯特走了进去。执法者与国王还有他的家养巨熊在帐内等着,奥斯特躬身向国王施礼。

"听说你需要我,吾王?"他问。

"是的,"埃里克说,"虽然这并不是我的选择。我传召你前来是基于他人的建言。"奥斯特转向托里尼。"诗人?"他说着,示意执法者该解释一番了,然后他自己坐在了马鞍椅上。

托里尼微微一笑。"虽然我的眼睛看不到你,但我能感觉到你是一个极具荣誉感的人。"

奥斯特再次低头鞠躬。"感谢你能这么说。"

"而且是个声名卓著的人物。"托里尼补充道。

"或许是说我年轻的时候吧。"奥斯特说道。

托瓦尔德走向他。"明天我们将与斯泰尔比乔恩决一死战。他有可能会在战场上找到他的叔叔,我们的国王。"

"然后向他发起挑战。"奥斯特说。

"的确。"托里尼背负双手,"作为一个同样极具荣誉感的人,国王必定会接受这一挑战——"

"他不能这么做。"奥斯特说。

国王从他的座椅上俯身向前。"为何这么说?"

这是个非常危险的问题,奥斯特垂首缩肩,但他的头发还是差不多能够到帐顶。"你会战死的,吾王,"他说,"请原谅我这么说,但我见过斯泰尔比乔恩作战。如果你不能远离战场,斯韦阿兰就将沦陷。"

埃里克眯缝着眼靠回椅中。托瓦尔德倾听着他们的对话,他感到庆幸,奥斯特已经证实了他的选择完全是正确的。

"那你呢?"托里尼问,"你愿意和斯泰尔比乔恩战斗吗?"

奥斯特转身面向他,从认识这个大块头以来,托瓦尔德第一次从他紧皱的眼角中发现他产生了恐惧的情绪。一开始,奥斯特并没有直接回答这个问题,他只是低头盯着手腕上的纱线。托瓦尔德不知道这个举动意味着什么,但显然是有什么含义的。

"我会同他作战。"奥斯特说,声音低沉而坚定。

"如果战场之上,你护卫在国王身侧,"执法者说,"一旦斯泰尔比乔恩冲过来,你该怎么做?"

"我将和斯泰尔比乔恩白刃相见,"奥斯特说,"不让他靠近国王,向国王挑战。"

托里尼点点头。"如我所说,一个极具荣誉感的男人。"

托瓦尔德拍了拍奥斯特的后背,为自己的正确判断而高兴。"从现在开始,你将成为国王的矛与盾。你将待在他的身旁,直到暴风消弭为止。你接受这份荣誉吗?"

奥斯特深深地吸了一口气,隆隆的声响和阿斯特丽德很是相似。"我接受。"

"奥丁神与你同在,"托里尼说,"那么,让清晨降临吧。"

第二十二章 谁才是懦夫

黎明前的数小时,薄雾笼罩在菲里斯河场之上,崎岖不平处和凹陷处雾气尤重,青草上满是水珠。奥斯特跟随着国王,国王则以铁链牵引着他的家养巨熊,两人一熊来到了一座石围场。有人在围场正中埋了一根大木桩,国王将阿斯特丽德的链锁系在了木桩上。他们将家养巨熊留在那里,关上了门。奥斯特开始有点好奇,他想要问的问题也正是大卫想要知道的。

"她会去战场作战吗?"

"阿斯特丽德?"国王回头看向石围场,"会,如果我命令她的话,她会去的。"

"但你不想让她去?"

"我是在她很小的时候抓到她的,"国王说,"我喂养她长大,训练她,到现在已经十年了。所以,不,我不会命令她跟随我作战。战场上的每一个士兵都想置她于死地,她对我而言太重要了,我不能让她冒这个风险。"

"她看上去好像已经习惯了锁链。"

"那是为了她好。要是没了束缚,她可能会到处游荡,袭击牲畜,也有可能会被猎人捕获。"

奥斯特杀过熊。在夏季,它们会四处搜寻浆果。它们会和狼群殊死搏斗,有时候,群狼能放倒一只熊。但对于奥斯特而言,很难说哪种生活更好。阿斯特丽德被安全地拴在铁链中,而野生的熊则随时会在残酷的自然界丧生。

"早上我们离开营帐时,"国王说,"你看到紫杉树上的大乌鸦了吗?"

"没有。"

"那么,那就是只有我能看到的预兆了。"他笑着说。两人穿过营地,士兵们都已醒了过来,正在整理装束,准备作战。"奥丁在天空上注视着我们,我的供奉被他接受了。执法者是对的。"

"他很睿智,"奥斯特说,"托瓦尔德就很狡猾。"

"他们俩都是很好的谋士。"国王说。

在他的帐篷里,他们已经整理好武器和盾牌。除了链甲外,国王还披挂上一件他的战利品——一个希腊败将的金鳞甲,然后他们和外面的精锐侍卫以及国王部队的队长们会合。这些经验丰富的战士有些带着怀疑的神色看着奥斯特,尤其是国王的元帅,他对奥斯特侧目而视,但没人敢把他们的疑虑说出来。

国王向队长们下了命令。他们的战略很简单,因为国王知道斯泰尔比乔恩会怎么做。斯韦阿人会加强自己的前锋部队战力,这样的话,目中无人的斯泰尔比乔恩就会用楔形阵试图突破前排,袭击国王。但这时埃里克前锋部队的中坚力量会佯装后退,诱敌深入,与此同时,侧翼的斯韦阿人部队会包抄上来,完全将敌人包围。斯泰尔比乔恩的部队已经伤亡惨重,斯韦阿人可以将其围困然后击垮他们。

"同时放出消息,"国王说,"昨夜我向奥丁神献祭了,而今晨我得到一个征兆,天神是站在我们这边的,胜利是属于我们的。"

队长们渐次走开,去向他们带领的部队传达这些话语以及国王的命令。奥斯特和国王找到一个制高点,看着太阳从地平线升起,最初是一点亮光,接着成了一抹火光,然后是一团红焰。温暖的阳光使得大地上霜消雾散。

没过多久,奥斯特瞥见了乔姆斯维京人在地平线处出现,几乎同时,斯韦阿人的号角吹响了。他和国王离开制高点,从营帐奔向空旷的平原,和元帅以及百人侍卫团会合。

部队在菲里斯河场排好阵势,长矛林立,战旗招展,士兵们高声怒吼,猛力敲打盾牌,声音淹没了乔姆斯维京人。国王高举自己的长矛,下令进军。

队列之中,号角吹响,前锋部队已开始前进。奥斯特一直跟在国王的右侧,元帅在左侧,侍卫们和旗手们前后簇拥,整个队列有条不紊地坚定向前行进。

空气中是草叶的气息,菲里斯河场的露水打湿了奥斯特的皮靴,这让他想起了自己的故乡。他希望还能像以前一样,清晨在清凉的泉水里洗把脸。他低头看着手上的纱线,然后亲吻了一下。

不一会儿,乔姆斯维京人已经翻过前方的一座山头,就像浪潮拍打船头一般，扑了过来。

国王下了第二道命令，号角声再度响起。侍卫们准备在战斗之时先行后撤，奥斯特已经备好了他的斧头及盾牌。

乔姆斯维京人发起了冲锋，他们的步履发出雷鸣般的响声，似乎他们真的拥有天神的祝福。奥斯特搜寻着敌人的阵列，他看到敌人眼中喷着怒火，龇牙咧嘴，而斯泰尔比乔恩就在靠近前排的位置，正是楔形阵的箭头处。眼前的场景勾起了他对奥尔弗斯的回忆，这让他内心的愤怒死灰复燃。

敌人如潮水般涌来，吞没了他们前方的空地，他们的距离很近了。最终，国王下达了第三道命令，号角再次吹响。

侍卫们组成了盾墙，当乔姆斯维京人发起冲锋时，斯韦阿人主动后撤，将阵地让出，阵线像柳条一般弯而不折。国王的策略并非撤退，而是诱乔姆斯维京人深入。长剑和斧头重重地击打在盾牌上，长矛透过缝隙向前刺去。

奥斯特站在国王身侧，在队列之后，盯着斯泰尔比乔恩。侍卫们轮番冲上去阻击，但他所向披靡，势不可挡。

"你的部下正为你流血。"元帅说。

"我知道。"国王说，他的声音听上去有些紧张。

"你可以一对一决斗分出个胜负，"元帅说，"你一定能击败你的侄儿。"

奥斯特直视着这个人，他从来没有对国王的策略发表过任何反对意见，直到现在，这个时刻，战火已经蔓延到国王的脚下。这些话听上去似乎用心险恶。

"国王自有决定。"奥斯特说。

元帅笑了。"我永远也不会自以为可以代表国王发言。"

"少安毋躁,元帅,"国王说,"奥斯特是对的,虽然我不想这么说。他受我传召来到这里,在时机到来之际,他会为我而战。"

元帅收敛笑容,他公然敌视着奥斯特。"所以你现在是国王的捍卫者?"

"是的。"奥斯特说。

在这一瞬间,乔姆斯维京人重新组织起了一轮进攻,潮水般的攻势几乎将侍卫们组成的盾墙冲垮,侍卫们后退到奥斯特和国王的身边。奥斯特立定在原地,匆忙一瞥,发现斯泰尔比乔恩仍离国王有一段距离。但元帅却不见了踪迹,奥斯特四处搜寻,却瞥见在他的身侧,元帅手持一柄寒光闪闪的利刃,正向他的肋下刺来。

他转身想要格挡,但他知道已经来不及了。

但这柄利刃最终没有刺到他。凶器从元帅手中无力地滑落在地,奥斯特看到他满脸震惊。

他站在原地,弓腰缩成一团,眼睛无神地瞪着奥斯特的脑袋,双目圆睁,嘴巴张得老大。当元帅的整个躯体倒下时,托瓦尔德出现在他的身后。托瓦尔德踱步出来,奥斯特看到这位吟游诗人的腕上绑着一件奇怪而致命的武器。

托瓦尔德向他点头示意,奥斯特也点头致谢。几码之外,国王低头看着他的元帅的尸体,那眼神就像在看一堆粪便,然后他的注意力很快回到了战场之上。

几百码之外,侍卫团仍在佯装后退,直到奥斯特听到远处传来号角声——侧翼的斯韦阿部队发出了信号,他们已经合围成功,开始突袭敌人后路了。

国王吹响了自己的号角,侍卫团开始发力,他们用盾墙抵住乔姆斯维京人的队列,然后将他们向后推,迫使他们后撤。

敌人脸上的表情既错愕，又愤怒，直到身后己方的号角声响起，他们才回过神来。

奥斯特跨过伤者和奄奄一息的人们，其中有斯韦阿人，也有乔姆斯维京人，一旦一名战士倒下，其他人就会跳上去填补他的空缺。他必须克制住内心的战斗冲动，国王似乎也是如此，他双手紧握长矛。托瓦尔德和他的腕刃已经不见了踪影。

"吟游诗人去哪儿了？"他问国王。

"他愿意去哪儿就去哪儿。"埃里克说。

奥斯特身旁的侍卫大吼一声，朝下看去，一名受伤倒地的乔姆斯维京人，将一柄长长的匕首插进了侍卫的小腿肚子。还没等奥斯特反应过来，国王已经一跃而起，将长矛刺入了敌人的咽喉。受伤的侍卫从腿上拔出匕首，他痛得直发抖，却仍用手中的匕首狠扎着死去的乔姆斯维京人。

"你还能作战吗？"奥斯特问他。

他点点头，从身上扯下衣带，紧缚在腿上止血。之后，后面跟上来的侍卫们了结了所有受伤倒地但还活着的乔姆斯维京人。

几个小时过去，双方仍在厮杀。乔姆斯维京人拒绝失败，但侍卫们奋力向前推进，他们虽然不够迅猛，但胜在久经训练，牢不可破。入侵者的号角声仍在后方不断地回荡着，号召援兵上前，但已经没有后续的援兵了。奥斯特死死盯着斯泰尔比乔恩，他正带着狂怒大杀特杀，但勇悍如他，亦无法改变整个战场的局势。

"今天是属于我们的。"埃里克说。

"还没到时候，吾王。"奥斯特说。

乔姆斯维京人曾经宣誓要战至最后一人，看起来他们要履行这一承诺了，但是代价是什么？有多少斯韦阿人身受重伤，或亡命阵

第二十二章 谁才是懦夫 | 239

前？有多少父老正在翘首期盼他们永远也无法归乡的亲人？

"埃里克！"斯泰尔比乔恩吼道，他发出的洪钟巨响足以盖过战场上一切其他的声音。

奥斯特做好了准备，他在等待着。

斯泰尔比乔恩撇下手中的盾牌，然后抓住面前一名侍卫的盾牌一端，但他并不是要推开他，而是相反，他猛力一扯，使得这人失去了平衡，摔在了地上。然后他踩在这人的背上，高高跃起，跃过了侍卫们头顶，跃过了他们的防线。

他在空中挥舞着战斧，所有斯韦阿人都惊得连连后撤。"埃里克！"他再次怒吼道，"我要挑——"

"我要挑战你，斯泰尔比乔恩！"奥斯特一步跨到国王身前，"一对一！"

身后的厮杀仍在继续，斯泰尔比乔恩将他的战斧指向奥斯特。"我的仇敌是我的叔叔！你是何人？"

"我是你曾杀害的一个人的朋友，我要让你得到应得的惩罚！"

斯泰尔比乔恩大步走向他，奥斯特看到他的大腿在流血，血透过皮革和链甲流了出来。"你要和我斗？"

奥斯特握紧了手中的兵刃。"对。"

"那就无须再耽搁！"斯泰尔比乔恩冲向他，速度快到奥斯特几乎来不及举起盾牌，巨大的撞击让他手臂上的骨头咯咯作响。

奥斯特向后退却，但已经做好了经受下一击的准备。他灵巧地调整着姿势，试图还击，但斯泰尔比乔恩轻松闪向一旁，再转身过来，差点击中了奥斯特的头颅。他从未和如此迅捷，又如此强悍的人对阵过。目睹了斯泰尔比乔恩对奥尔弗斯的所为后，奥斯特知晓这个敌人并非庸手，但他仍相信诸神会让他得胜。但现在，真正面对此人时,他才隐约觉得,自己的生命之线或许已经走到了尽头。

斯泰尔比乔恩再次发起进攻,这次他击碎了奥斯特的盾牌。他将碎木和扭曲的金属扔开,现在两人手中都只剩下战斧了。

"这就是你想看到的,叔叔?"斯泰尔比乔恩问道。

国王拄着长矛立在一旁,注视着这场决斗。

斯泰尔比乔恩向厮杀正酣的战场挥舞着手臂。"让别人在你的地盘和我单挑?"他笑了,"你的荣誉何在?"

"他的荣誉在他自己心中,"奥斯特说,如果这里是他生命之线的终点,他会无所畏惧地投入战斗,"我要先向你宣示我的荣誉。"

"那就来吧,"斯泰尔比乔恩说,"但是你死得毫无价值。"

他挥舞着战斧,奥斯特低头闪开,斯泰尔比乔恩用铁护手猛击他的面部。奥斯特蹒跚着向后退,嘴里满是鲜血,但没时间喘息了,斯泰尔比乔恩再次冲了过来。

奥斯特用战斧格挡开了三次攻击,仿佛在使一把剑。三次以后,他抓住一个好机会,用肩头狠狠撞向斯泰尔比乔恩的胸口,后者被撞得向后跌去。

没等敌人跌倒在地,奥斯特便跳上前去,战斧砍向斯泰尔比乔恩护甲的空隙——他的肘部。一时间,鲜血四溢,但斯泰尔比乔恩不顾失血过多的危险,忽略伤处,即刻展开了反击。

又是几个回合,奥斯特一边闪避一边格挡着,最终,斯泰尔比乔恩的战斧划过他的腰部,划开盔甲,划出一道伤口。奥斯特一拳打在对方的咽喉上,退回几步检查伤势,还好,只是一点皮外伤。

斯泰尔比乔恩咳嗽一声,步履蹒跚地走向奥斯特,脚下虚浮无力。看样子,失血过多已经令他体力不支。他眨着眼,又走了一步，然后单膝跪地，垂下了头。

"那些银币……"他说着，摇着头，然后啐道，"懦夫！"

奥斯特走向他。"你说我是懦夫？现在？在我已经……"

"不是你，"他看着国王，"是我的叔叔。他对我下了毒，正如他对我父亲下毒一样。"

埃里克朝前走过来。"我没有对我兄弟下毒，也没有对你下毒。"

奥斯特知道这是谁做的，虽然他不知道这人是怎么做到的——托瓦尔德是如何让他中毒的呢？

"懦夫埃里克，"斯泰尔比乔恩笑道，"不管是你做的，还是你下令做的，都一样。"他抬眼看着奥斯特，"让我们结束这一切吧。"

"你已经无法作战了。我不会……"

"了结了吧！"斯泰尔比乔恩一边狂吼着，一边起身，他的手臂和战斧垂在身子的两侧。他朝着仍在拼命作战的乔姆斯维京人战士们点点头。"我会在他们身边倒下。来吧，做个了断。"

奥斯特不知道怎么做才会更加荣耀。是让斯泰尔比乔恩离开战场，在死前饱受毒药的折磨，还是在他虚弱之时夺取他的性命？

"奥斯特！"国王喊道，"杀了他！"

即便国王下令，奥斯特也仍在犹疑。他不能就这样杀死对手，而在他的意识深处，大卫感到自己完全赞同这位祖先的想法。

斯泰尔比乔恩向他走近一步。"我来给你做决定。"

"住手。"奥斯特说。

但斯泰尔比乔恩又缓缓向前迈了一步，他的战斧高举过头顶。"如果你不了结这一切，那我就将了结你。"

奥斯特向后退却，但也举起了战斧。"我不想这样。"

"我知道，"斯泰尔比乔恩说，"你的荣誉感比国王强。"他蹒跚着又迈近一步,"不管如何,我失血太多了。如果毒药没有杀死我,你的一击也足以了结我。我期待能死在你的手下,而非死于埃里克之手。"

奥斯特看着斯泰尔比乔恩的眼睛,他的瞳孔在战栗,已经无法聚焦。这位昔日的王子又向前走了一步,奥斯特不情愿地举起双手,他真的不想这么做。此时,他注意到自己手腕上的纱线不见了,那条纤细的、浸满血液和泥水的纱线终于断了,丢失在了混乱的战场中。在这一刻,奥斯特心中唯一的念头就是找回它。他愿意用大拇指那么粗的金臂环来换回那条普通的,甚至有些肮脏,但却来自希拉的织布机的纱线。

"斯泰尔比乔恩!"一个女人在叫喊着。

奥斯特转过身,一个盾女冲向他,手中握剑。但在她冲过来之前,三名侍卫拦住了她。她的剑闪着光,盾牌在和侍卫们作战时叮当作响,她坚守着自己的位置,以令人眼花缭乱的速度灵巧地回击着。但没有永不疲劳的战士,而且就在这时,更多的侍卫围了上来。

"塞拉,"斯泰尔比乔恩双膝跪地,无力地说道,"不要。"

"她是谁?"奥斯特问道,"快告诉我。"

"我的王后。"他说。

"她是你的妻子?"

"对。"

奥斯特快步奔过去。"住手!"他吼道,"停下!"但没人听他的。

他从背后抓起一名侍卫,把他推到一边。当另外两名侍卫转身面向他时,盾女抓住机会,想要一击致命,但奥斯特用战斧挡下了她的攻击。

"住手,塞拉!"他怒吼道。

听到对方叫出她的名字，塞拉停下了动作，肩膀不住起伏着。

奥斯特指着斯泰尔比乔恩。"去他身边吧，趁现在还为时不晚。"

她的目光从奥斯特移向斯泰尔比乔恩，然后向丈夫飞奔而去。奥斯特高举双臂制止了侍卫们的追击，然后走到了她的身边。在乔姆斯维京人的嘶吼声之下，他无法听到两人说话的声音，但在那一瞬间，他知道斯泰尔比乔恩死了。塞拉低垂着头，斯泰尔比乔恩的身体虽然没有倒下，但他弯下了腰，失去生气的躯壳倒向了他的妻子。

在这一瞬间，埃里克举起长矛，阔步走向乔姆斯维京人的残余部众。

"我要献祭尔等！"他喝道，"死者！正在死去的人！即将死去的人！我要向奥丁献祭尔等之血！向众神之父，赐予我胜利的众神之父！"说完，他将长矛向乔姆斯维京人中掷去。

他们中没有一个人逃离菲里斯河场。

战至最后一人，他们坚守着，拥抱死亡。

在战役的最后，埃里克绑起了塞拉，呼唤奥斯特和他们一起走。他们离开了菲里斯河场，侍卫们和队长们在倒下的战士中搜寻生还者。他们穿过战场，走过营地，抵达石围场，阿斯特丽德还戴着镣铐等待着。家养巨熊发出低沉的吼声，站起来看着埃里克，奥斯特能看到木桩旁的泥土中深深的抓痕。

塞拉盯着阿斯特丽德，下颌紧绷，但她的手在哆嗦。

埃里克不发一言。

"你为什么带这女人来这儿，吾王？"奥斯特问。

"我还没喂阿斯特丽德。"埃里克说。

塞拉的嘴唇张开了，但她没有喘息，她的目光仍然锁定在家养巨熊之上。

"吾王,"奥斯特说,"你不能这么做。"

"为什么?他是我那逆侄的妻子。为了这王位,他能将我杀死,将斯韦阿兰据为己有。他曾威胁说,如果他不能统治这里,就会摧毁这里的一切。"

"那是斯泰尔比乔恩,"奥斯特说,"不是她。"

"但如果我让她活着,难道她不会伺机向我复仇?"

"我不会复仇。"塞拉说,这是斯泰尔比乔恩死后她说的第一句话,"现在我只想回家。"

"去日德兰?"埃里克问,"你是丹麦人?"

她点点头。

"你会和蓝牙一起杀回来,"埃里克说,"不然或许你会去乔姆斯堡,带来更多的乔姆斯维京人……"

"我不会复仇。"她再次说道。

"你是个盾女!"埃里克喊道,"你能同时对付我的三名侍卫。我没法相信你会放过我——"

"你绝对不能拿她喂你的家养巨熊,埃里克,"执法者说道,他和托瓦尔德突然出现在他们身旁,奥斯特都没发现他们靠近,"在你的王国中,依然会有一些贵族秘密为斯泰尔比乔恩哀悼痛哭。如果你如此对待斯泰尔比乔恩的妻子,无异于给自己树敌。"

"那我该怎么做?"国王问。

执法者用他浑浊的眼球注视着奥斯特。"让她给你的捍卫者为奴,这个人战胜了她的丈夫。"

这个提议惹怒了奥斯特,他并没有杀害斯泰尔比乔恩,也不想让他的寡妇做自己的奴隶。大卫也愤怒了,他仍旧对自己的祖先曾经蓄奴而耿耿于怀。

"这样做看来既公正又合理。"托瓦尔德说。

埃里克看向奥斯特。"虽然你最后动摇了,"他说,"但你打得不错。"然后他转向托瓦尔德。"我的元帅是怎么回事?"

托瓦尔德垂首道:"请原谅我未曾事先提醒您,但实在是来不及,他准备杀掉奥斯特。"

奥斯特再次向吟游诗人垂首表示感谢。

"为什么?"埃里克问道。

"这样斯泰尔比乔恩或许会杀死你,"执法者说,"元帅希望你垮台,我们认为他并非单独行动。总有一天,我们会找到这些毒蛇的巢穴。在此之前,尽力不要打草惊蛇。"

埃里克盯着阿斯特丽德看了一会儿,然后将绑着塞拉的绳索交给了奥斯特。奥斯特接过绳索,没有称谢。国王走进石围场,将家养巨熊的铁锁从木桩上解下来,然后牵着她走了出去,从众人身旁经过,向大殿方向走去。

"我和他一起去,"执法者说,"接下来的几天他都会需要我的建言。"

老人蹒跚而去,呼唤着埃里克,后者驻足等待,他们还未走远。奥斯特看着他们离去,家养巨熊在铁链之下受制于国王,而国王则在看不见的铁链之下,受制于这个比他睿智许多、计策多端的人。

托瓦尔德转向奥斯特。"你的腰伤如何?"

奥斯特低头看了看。"需要稍做治疗,但没有伤及内脏。"

"那你应该马上离开,赶紧让她远离这个是非之地。"他递给奥斯特一些碎银,一笔小钱,"行李别管了,路上需要什么买就是了。"

"我不想要她。"奥斯特说。

托瓦尔德拉着他的手臂,将他带到一旁不远的地方。"那就别把她留下，"他轻声说，"先把她带到安全的地方。"然后他拿出一柄奇怪的匕首，奥斯特不认识，而大卫认出了它。"我希望你能带着这把利刃，把它好好藏起来，"托瓦尔德说，"远离这里。"

"为什么？"奥斯特问。

"或许它看起来不起眼，但这柄匕首相当危险，"托瓦尔德说，"再也不能有人使用它了，即便是我。因此，这东西不能留在乌普萨拉了，你可能是整个斯韦阿兰我唯一可以信赖的人了。别让那个丹麦女人看到它。"

奥斯特收下匕首，揣在自己的上衣里。

"你是一个非同寻常的人，"托瓦尔德大声道，"我不知道以后还能不能再次见面，但，我很荣幸能认识你。"

"我也一样，诗人。"奥斯特说，"你会为今天的事情写首歌吗？"

"当然，"托瓦尔德说，"有太多人听到斯泰尔比乔恩称呼他'懦夫埃里克'了，这可不成。他将会是胜利者埃里克，因为斯韦阿兰需要他成为这样的人。"

奥斯特摇摇头。"那就要靠你来文过饰非了。"他说。比起托瓦尔德的毒药和手腕上那柄锋利的细刃，他更喜欢他的笔。他们道了别。

奥斯特带着塞拉从乌普萨拉来到菲里斯河场的一处浅滩，他们穿过浅滩，然后朝着东略偏南的方向，向着空荡荡的集市走去。在路上，他们用托瓦尔德给的银子向村庄和农场购买所需的物品，但两人几乎不说话。奥斯特一直牵着绳头，不是他想这样，或是他畏惧这个女人，而是因为他们还在国王的势力范围内，关于他们的传闻会传到国王的耳朵里。

直到几天之后，他们才跨过边境，他给她松了绑。当他们抵达他的农庄时，他的家人都冲出来向他问好。他首先拥抱了希拉，亲

第二十二章　谁才是懦夫｜247

吻着她，他抱得太紧了，以至于她开始抱怨他身上的汗臭味，然后他拥抱了特里吉尔斯、阿格尼丝和格蕾塔。丹麦人阿恩和石犬也一起过来了，这条狗凑上来舔着奥斯特的指尖。

"农场看上去不错嘛，阿恩。"奥斯特说，"我没有忘记我的承诺。"然后他向他的家人介绍塞拉，他称其为客人，而不是奴隶。

那天晚上他们酒足饭饱之后，奥斯特带着石犬在月光下漫步。他们来到泉水旁，在一场大战后，只有水能让他感到洁净，因此他洗了个冷水浴。然后，在石犬这个唯一"见证人"的见证下，他用油布包裹好托瓦尔德的古怪匕首，将其埋在了泉水旁边，又用一小堆石头遮盖住这个地方。

在奥斯特的脑海深处，大卫记录下了这个地方，那些即便历经数个世纪也难有变化的特征。"就是这里了，"他说，"我们找到了。"

我们找到了，维多利亚说，**干得好，大卫。如果你准备好了，我就让你出来——**

"还没，"大卫说，"如果……如果可以的话，我还想继续看下去。"

一阵沉默。

好吧，再给你几分钟。

大卫再次回到奥斯特的思维和记忆中，他的祖先回到堂屋，发现塞拉就站在外面，凝望着月亮。奥斯特想要悄悄走过去，不去惊扰她，但她叫着他的名字，让他也过来，于是他便走了过去。

"你是个幸运的男人，"她说，"能拥有这样的人生。"

"我会誓死捍卫这一切。"他说。

她垂眼看向地面，无疑想到了她亡故的丈夫，他意识到自己失言了，但不知道该怎么补救才好。

"我还以为他会坚持那么做，"塞拉说，"在乌普萨拉，我以为埃里克会无视执法者的谏言,拿我喂熊。"

"为什么?"

"那些象征给我这种暗示,"她说,"还有我丈夫姓名的含义。斯泰尔比乔恩,难以驾驭的狂野之熊,这可能是一种反讽,预示着我——他的妻子,会被一头拴起来的熊吃掉。"

奥斯特陷入沉默。"我都没想过这些。"

他们的谈话让奥斯特回想起他自己关于熊的思索,是生活在国王的镣铐之下,还是生活在自由却危机四伏、随时会被猎杀的残酷严冬?这两种生活,哪种更好呢?埃里克做出了他的选择,正如斯泰尔比乔恩也做出了自己的选择一样。至于他,奥斯特知道自己的选择会是什么,人各有志。

"我的奴隶是你的同乡。"奥斯特说。

"是的,我知道他家在哪儿。"

"我想要给他自由。当然,你也可以选择留下或是离开,随你所愿。托瓦尔德给我的银子还剩不少,我想你可以带着银子和阿恩一起回日德兰。"

这就是大卫想要留下来看到的画面。不是因为他需要看到,而是因为他希望看到这一幕。

塞拉转身面向奥斯特,她毫无血色的脸颊如同月光一样苍白而又难以捉摸。"托瓦尔德是对的,你真是个非同寻常的男人。"然后她望向天空,"我会和阿恩谈谈,但眼下我不打算离开。"

奥斯特皱着眉。"你留在这里会很危险,何必要冒这份险呢?"

她看着自己的右手。"当埃里克把我绑缚起来时,有个侍卫把斯泰尔比乔恩的因格瑞宝剑抢走了。那是他宣誓给我的宝剑。"

奥斯特开始懂了,但现在他内心更加担忧了。"你想要寻回这柄剑？"

"是的，"她用持剑的那只手护住自己的腹部，"总有一天我会用到它的。"

大卫？维多利亚说，**到时候了。**

但他不想离开，他想知道这些人物的际遇，奥斯特，还有他的孩子，他的子孙后代。他想知道塞拉有没有夺回斯泰尔比乔恩的剑，丹麦人阿恩有没有回乡，还有……

我要把你拉出来了，大卫。你要记得自己是为了什么才进去的，想想以赛亚。

他不想去想以赛亚的事，但他知道自己必须这么做。"好吧，"他叹气道，"好吧，我准备离开了。我们去拯救世界吧。"

第二十三章　向圣物集结

娜塔莉亚、欧文和格蕾丝在公共休息室里等待着。外面天色已黑，鹰巢里的所有窗户都成了镜子。她刚刚吃完第二包烤薯片，不光是因为饿，虽然她确实有一点，也不是因为她喜欢吃烤薯片，她其实不喜欢。她不停地吃烤薯片，是因为她很心焦，又没有什么其他事情好做。两个空袋子直勾勾地盯着她，仿佛在问：现在怎么办？

"所以，你们觉得，所谓的护盾应该是怎么运作的？"格蕾丝问。

欧文萎靡地瘫倒在椅子上，脚架在桌上。"我也在思考。我觉得身体上没什么变化。"

娜塔莉亚向前坐了一点，她的肘部和前臂平摊在桌子上。"嗯……我们沿着大道通过了这次虚拟考验，对吧？我们遇见的第一个东西是森林中的巨蛇。我估摸着,那就是恐惧的部分。然后是大狗,那可能是忠诚的部分。"

"而爬山那部分就是信念。"格蕾丝说。

"就是这样。"

"对的,"欧文说,"这些我们都知道。但我希望密涅瓦要传达的重要信息并不只是对我们所作所为的一个概括。这怎么可能是所谓的护盾?"

娜塔莉亚也不明白,但既然以赛亚在蒙古所获取的戟尖造成的是恐惧,那其他两枚戟尖则有导致忠诚和坚定信念之效,它们和虚拟现实里那些原型相符必然是有一定意义的。但洞悉到这一点依然无法解释护盾从何而来,或者说,他们该怎么使用这护盾来抵御三叉戟的力量。

"或许集体潜意识已经被破坏了,"格蕾丝说,"门罗说这东西很古老,对不?有没有可能密涅瓦的基因胶囊在遇到我们之前已经失效了呢?"

欧文闭上眼,好像在打盹儿似的。"我不觉得这是……"

门开了,哈维尔走了进来,大卫在其身后。然后是门罗、格里芬,还有维多利亚,他们都走进了房间。欧文骤然睁眼,他把脚从桌面挪开,在椅子上面坐直了身体。

"大家在虚拟现实之后都一直保持水分充足了吗?"维多利亚问。

"是的。"格蕾丝说着,克制住翻白眼的冲动,然后看向大卫,"你找到那东西了吗?"

他回以点头和微笑。

"我们找到了,"维多利亚说,"伊甸园碎片易手了好几次,但我们对它最终的位置已经知道了大概。"

"那我们现在就去取回它，"欧文说，"然后我们再想想怎么从以赛亚那里把另外两枚夺回来。"

"我担心事情没这么简单，"维多利亚说，她在长长的会议桌前坐下，"圣殿骑士们一直在试图用更传统的路子来找寻以赛亚。他们追踪到他去了一座尚未完工的阿布斯泰戈工厂，就在苏格兰附近的天空岛上。他们和第一支派遣进去的突击小分队失去了联络，第二支队伍则发现他们已经离开了那个地方。"

"第一支小分队怎么样了？"格蕾丝问。

"似乎所有人都投靠了他，"维多利亚说，"这就是三叉戟的力量。我们向以赛亚派遣部队，只会让他的力量更加强大。"

"以赛亚就像是一个黑洞，"门罗说，"如果我们靠他太近，就会被吞噬，成为他的追随者。"

"也就是奴隶。"大卫说。

哈维尔向他歪了下头。"我想到了僵尸。"

"不管你管他们叫什么，"门罗说，"让我来问你，你希望格里芬站在以赛亚那一边作战吗？和我们作战？"

娜塔莉亚完全不喜欢这个想法。她见识过格里芬对付敌人时的手段。除此之外，她也不希望看到他们中的任何人在三叉戟的威力之下失去自我。他们已经失去了肖恩，而不管怎样，娜塔莉亚仍在思考着营救他的计划。

"这就是为什么我们不能只关注斯堪的纳维亚半岛上的故事，不能只关注找寻伊甸园碎片。"格里芬说着，站在了桌前。

"我们现在知道以赛亚的位置吗？"格蕾丝问。

"他在瑞典的某处，"维多利亚说，"这是我们能得到的最精准的消息。"

"不,不仅如此。"哈维尔说,"我们知道肖恩在斯泰尔比乔恩的记忆里,对吗?而斯泰尔比乔恩最后一次看到匕首,是将它藏在森林里的神龛中。我也在那儿。我们知道那个地点。而且,即便以赛亚意识到东西不在那儿,他也只可能在乌普萨拉的其他地区寻觅。我们知道它究竟在哪儿。"他目光瞥向大卫,"以赛亚永远猜不到我的祖先将匕首交给了一个身材高大的农民。"

格里芬点点头。"哈维尔说得对,这至少让我们对怎么处理这件事情有点头绪了。"

维多利亚点点头,然后她在她的平板电脑上敲击、滑动着。"大卫的虚拟场景离乌普萨拉和幽暗森林都至少有四十英里的距离。"

"这段距离足够作为缓冲地带吗?"门罗问道,"如果以赛亚意识到你在那里,他会火速杀到的。"

"我想这是我们能想到的最好的情形了,"维多利亚说,"我来安排阿布斯泰戈的喷气机将我们送……"

"等等。"门罗抬手,看向桌面,"在你这么做之前,我们怎能确信在这个时间节点阿布斯泰戈的所有人员都是值得信任的呢?或者圣殿骑士团可能也会有奸细?"

"你在说什么……"维多利亚皱眉道,"我不能确保你所说的那一点。但我告诉你,在这里你是绝对安全的。"

"我不是这个意思。"门罗的一根食指按在桌面上,"我们怎能确信以赛亚在圣殿骑士团内部没有安插所谓的僵尸,或者说奴隶?不管你怎么称呼这类人。"

"这是不可能的。"维多利亚说。

"不可能……这可不是儿戏啊,"门罗说,"你确定要在此处使用不可能这个词吗?你确信骑士团内部没有任何需要清理门户的可能性？"

娜塔莉亚知道他说的是第一意志的工具，还有以赛亚和他们的联系。问题是维多利亚对他们的存在是否知情。但维多利亚并没有回答门罗的质问，而是将平板电脑放置在桌面上，皱着眉，一言不发。

"听上去你似乎知道些什么，门罗。"格里芬说。

"是的。"门罗的目光依然紧紧锁定在维多利亚身上，"问题是，她知情吗？"

维多利亚依然不发一语，她的面色凝重，令人不安。格里芬向她走近一步，房间里几乎骤然间产生了一些火药味。娜塔莉亚知道门罗不会动摇，看样子维多利亚也不打算打破这个局面。需要有人打破这个僵局，而且行动要迅速，不然时间就被白白浪费了。

"我们知道第一意志的工具。"娜塔莉亚说。

门罗有些难以置信地瞪着她，试图让桌子对面的她闭嘴，而维多利亚不再故作平静，她的嘴角微微皱起，眉峰蹙起，满脸困惑。

"他们和这件事有什么关联？"她问道，"关于他们，你还知道些什么？"

娜塔莉亚转向格蕾丝，从她口袋中拿出那张纸。

门罗挥了挥手，抱怨道："我们的秘密太多了。"

"我在一本书里找到这个。"格蕾丝说着，没有理会他，"这是以赛亚写的，似乎他是第一意志的工具中的一员。"

"我能看看吗？"维多利亚问道。

格蕾丝犹豫了几秒，但随即耸耸肩，将纸递给了维多利亚。她开始阅读纸上的内容，面部因困惑而扭曲得更为明显了。读完以后，她把纸递给了格里芬。

"我完全不知道以赛亚曾经和工具组织有联系，"她说，"我猜他和他们的某些目标是一致的。但我可以保证,我们会处理这些人,内部处理。"

"所以你对此一无所知?"娜塔莉亚问道,朝格里芬手中的纸扬扬脑袋。

"我知道以赛亚的动机,"维多利亚说,"他在去蒙古前给我发了一份类似的文件。我真的没想到他追求的和我们不一样。但他从未向我提起过第一意志的工具。"

"现在你知道我为什么起疑心了吧?"门罗问道。

维多利亚点点头。"如果以赛亚曾经与他们为伍,那很可能他在拥有三叉戟戟尖的威力之前就有眼线和追随者。但拥有了三叉戟戟尖……"

"现在你明白为什么我们不能去骑士团,"门罗看着格里芬,"或者兄弟会了吧?我们自力更生。我们唯一能信任的人就是这个房间里的人。"

"不管怎么说,这样更好,"大卫说,"你已经说过,特工也好,突击小分队也罢,都无法在这件事上帮到我们。事实上,他们只会把事情搞砸。"

"对,"维多利亚说,"那我想,我需要安排一架前往瑞典的飞机了。"

娜塔莉亚环顾四周。"我们所有人?"

"为什么不?"欧文问道。

"因为……如果出了什么差错的话,"她说,"如果以赛亚控制了我们的大脑,就再没有人出来阻止他了。"

"队伍规模小一点,也能更好地隐藏行踪,不易被发现。"格里芬说。

"对。"维多利亚拿起她的平板电脑,"那么,哪些人去?"

"这是我最拿手的,"格里芬说,"我要去。"

"我要去。"哈维尔说。

"不行。"门罗摇摇头,"我觉得你们这些小孩子都不能去。"

"小孩子?"格蕾丝说。

"但我们身上有所谓的护盾,"欧文说,"我们才是最应该去的人。"然后他又补充道,"只要这个护盾还没失效。"

"我也同意欧文的说法,"维多利亚说,"但哈维尔和大卫没有经历过集体潜意识的虚拟现实,所以他们留下来。门罗可以带他们通过这段虚拟场景,格里芬则带领队伍去瑞典。"

"我要去瑞典。"欧文说。

娜塔莉亚在做着抉择,她突然想到肖恩或许也在瑞典,于是很快下定了决心。"我要去。"她说。

格里芬点点头。

"如果可以的话,我想留在这里。"格蕾丝说,她看着大卫。

"我需要大家一起努力,"格里芬说,"你的弟弟待在这儿会很好的。"

格蕾丝咬着下嘴唇,然后点点头。

"那我去购买最近的商业航班机票,四张。"维多利亚说,"我没法在不引起任何注意的情况下安排阿布斯泰戈的飞机,但我能用公司的信用卡。"

"商业航班?"格里芬说,"那就意味着不能带武器。"

"恐怕是的。"维多利亚注视着她的平板电脑,"反正以赛亚也没给我们留下任何武器,留在鹰巢里面的仅是一些驱逐野生动物的工具和装置。不管怎样,以赛亚很难神通广大到可以监控商业飞行,所以这是避免被发现的最佳途径。为了安全起见,你们将使用假护照登机。"

"我们要用?"欧文说。

"当然。"维多利亚笑了笑,在屏幕上敲击着,"你们不能在斯德哥尔摩降落,那样还要走陆路过去,而且你们能选择的绕湖路线,还有可能太靠近乌普萨拉。"她再次敲击着,"啊,这样行得通。这架飞机将在十八个小时后飞往韦斯特罗斯,那边的机场离戟尖的位置只有十五英里。"

"没有更早的航班吗?"格里芬问道。

"没有,"维多利亚说,"反正所有人在经历过虚拟现实以后,都需要休息。"她看着大卫,然后目光扫过其他人,"Animus 会让你的大脑进入模拟状态,但你的身体仍然处于激活状态,仍能感受到疲乏带来的影响,即便现在你们还察觉不到。"

娜塔莉亚突然意识到自己完全忘却了时间,她只知道现在很晚了,疲乏感突然袭来,好像维多利亚刚刚提了一下,就打开了她的疲乏开关。

门罗起身离开座椅。"我去看能给大家做点什么吃的,然后你们都好好地休息一番吧。这是你们应得的,我为你们感到骄傲。"

"我也是,"维多利亚说,"现在这么晚了,不能打电话通知你们的父母了,但你们明天一早都应该打个电话。"

提到这儿,就像是打开了另一个开关,娜塔莉亚瞬间感到非常非常想家。她想念自己的床,或者是更舒服的,她的祖父母的沙发,她在那上面睡得最舒心,然后她会被火炉里荞麦粥难闻的味道激醒,但如果祖母现在把粥摆在她的面前,她会毫不犹豫地喝光它。

门罗走向门边。"如果你们饿了,二十到三十分钟后再过来。"

娜塔莉亚打算原地不动，等待食物。

"我妈妈还会觉得我是离家出走呢。"欧文说。

"我妈妈也是。"哈维尔说。

"为什么？"娜塔莉亚问。

"因为我就是这么跟她说的，"欧文说，"我没法编造自己在阿布斯泰戈一个特殊学校学习的故事。我们是和格里芬在一起的。"

哈维尔一只胳膊搭在椅背上。"谎言比起你们向父母提供的说辞倒是更接近事实真相。"

娜塔莉亚太累了，没力气和他争。不过，他说的确实有点道理。

"对了，那个你们一直在说的工具组织究竟是啥？"哈维尔问。

"噢，对了，"格蕾丝说，"你们不在那儿。还真不大好解释，但基本上呢，第一意志的工具就是一群圣殿骑士，他们想要复兴创造出伊甸园圣器的文明。"

"那，这样不好吗？"哈维尔说。

"可能吧，"欧文说，"鉴于他们把自己都给毁灭了。"

"他们为什么想复兴这个文明？"大卫问。

"因为他们是圣殿骑士。"格里芬说。

"我反对这种说法，"维多利亚说，"工具组织试图找寻朱诺作为他们的主人。他们相信人类应该被先驱奴役。"

"奴役？"大卫问。

"对，"维多利亚说，"工具组织和圣殿骑士不能画等号。"

"还是说他们是最纯粹的圣殿骑士？"格里芬说，"或许他们只是圣殿骑士理念的必然产物。Animus存在的全部理由就是圣殿骑士想要伊甸园碎片。你们圣殿骑士团为了先驱掘地三尺，一旦开始在这条路上走，谁能知道终点在何处？"

维多利亚抿着嘴，一言不发。

"听上去似乎终点就在工具这里。"哈维尔说。

维多利亚从座椅上起身。"我不饿，而且我还要安排你们的航班。明早见。"说完，她拂袖而去。

格里芬的话激发了自经历这场考验以来娜塔莉亚心中的诸多思考。她认为任何人都不应该拥有三叉戟戟尖。燕玫之死就是因为娜塔莉亚不想要任何人发现第二枚三叉戟戟尖。一旦你允许自己运用那样的力量，何处才是终点？

怎么才能结束这一切？

娜塔莉亚摇摇头。格里芬说得不对。"我不认为终点就是工具，"她说，"我认为以赛亚才是一切的终点。他不想复活朱诺，他想要自己成为主人。他想要摧毁和奴役这个世界。"

听完这话，房间陷入安静，直到门罗往公共休息室推来一辆手推车，上面摆放着许多盘子和一口锅。

"以赛亚带走了大部分的保鲜食物，"他说，"易腐食物都坏掉了，所以晚餐我们吃黄油面条，调料有大蒜和百里香。"他看向桌子四周，"维多利亚呢？"

"她不喜欢事情变成了现在这个样子，"格里芬说，"我想她有点过于为她的圣殿骑士团辩护了。"

门罗点点头。"这不能怪她。"然后他用叉子从锅里盛出一些面条来，放在其中一个盘子上，"谁饿了？"

欧文举起手："我。"

门罗递给他盘子，然后给其他每个人一一盛面。他们都吃了，娜塔莉亚觉得味道其实相当不错。几分钟内，无人言语，门罗放下了叉子。

"当然了，公平点说，刺客对他们自身的过激行为也有所悔改。对不对，格里芬？"

格里芬停止咀嚼。

"什么过激行为？"大卫问。

门罗拿起叉子。"很难确切指出来，因为兄弟会喜欢将一切隐藏于黑暗之中，尤其是他们的过失。阿布斯泰戈历史学家们将君士坦丁堡大火归罪于一个名为埃奇奥·奥迪托雷的男人，他是历史上最可敬的刺客之一。在这场灾难中，无数无辜的生命逝去。当然，之后哈维尔的祖先之一谢依·寇马克，在他亲手造成一场地震之后，成了圣殿骑士，他将这归罪于兄弟会。然后就是开膛手杰克。"

"他也是个刺客？"格蕾丝问道。

"不，他不是。"格里芬说，盘子两侧的手都紧握成拳形，"他不是真正的刺客。"

"或许他才是最纯粹的刺客。"娜塔莉亚说道，"刺客杀人，一旦你走上这条路，何处是终点？"

"还有，谁有资格评判何人是真，何人是假？"门罗问。

"没人可以。"格里芬这时站起身来，"我们的信条说明了一切。任何违背信条的人都不能称其为刺客。"他转过身阔步走向房门，但在他离开房间之前，又转过身说道，"刺客们阻止了开膛手杰克。我们自己清理门户。"

然后他就走了，在他走后，所有人都迅速结束了晚餐。因为提到那个著名连环杀人案凶手，娜塔莉亚失却了大部分胃口，她草草地吃了几口。

"你们都去睡觉，"门罗说，"我来收拾残局。"

娜塔莉亚站起来，感觉身体十分沉重，她双腿机械性地迈着步子走到鹰巢的宿舍区。她找到自己的房间，还没换衣服便一头栽倒在床上。当她再次睁眼，外面已经天亮，她一晚上甚至都没动弹过。

她爬起身，感到浑身酸痛，然后她迈着沉重的脚步从卧室走到公共休息室。大卫和哈维尔已经到了，他们看上去比她要精神多了。格蕾丝坐在扶手椅上，发着呆，欧文则仍未出现。

娜塔莉亚拖着脚步走向格蕾丝，瘫倒在她身旁的扶手椅里。

"你也是这样？"格蕾丝问。

"对，到底怎么回事？"Animus 有时候会产生副作用，但大多数时候是头痛。从未有任何一次虚拟进程让她在第二天感到如此筋疲力尽。

"我不知道。"格蕾丝下巴朝她的弟弟努了努，"他在里面的时间比我久得多，但他今天早晨活蹦乱跳的。"

"哈维尔看上去也还不错。"娜塔莉亚知道区别肯定来自集体潜意识，她希望这意味着这场虚拟考验至少产生了些许效用。

几分钟后，门罗端来一盘他烘烤的饼干，他还把花生酱和果酱分发给大家。饼干闻起来像黄油，娜塔莉亚连吃了三块，然后停了下来，她开始想自己究竟能吃多少块。

"给欧文留点。"她说。

其他人都看着自己的餐盘，还有托盘。只剩下一块了。

"他没事的。"哈维尔说。

等到欧文跌跌撞撞地走进房间时，饼干都凉透了。没过一会儿，维多利亚带着他们的护照和飞机票出现了。娜塔莉亚回到房间，洗了个澡，这让她疲倦的肌肉稍感舒适，然后她换上了一套崭新的鹰巢版运动服和帽衫。在他们乘坐货车前往机场时，她开始感觉到自己慢慢恢复了正常。

门罗开车送他们下山,格里芬坐在前排副驾驶的位置。全程两人都几乎没有交流,但当他们来到机场附近时,门罗把车停进了公园,转身面向格里芬。

"听着,我昨天说的关于兄弟会的话……我只是将它视作一个整体。我没有针对你。"

格里芬点点头。"你能这么说,我很感激。"

"你们的门户的确清理得干干净净,"门罗补充说,"考虑到……"

"考虑到什么?"欧文咧嘴笑道。

门罗摇摇头。"下车吧,你个小混混。一路平安,所有人都是,不要冒无谓的风险。"

"我们不会的。"格蕾丝说。

他们挤下了车,门罗开车走了。格里芬带领他们通过安检,没有任何警报响起,这意味着他要么是把袖剑留在了鹰巢,要么就是想了个法子藏了起来,他们登机了。维多利亚给他们订的是头等舱,娜塔莉亚此前还从未体验过,可能今后也没机会了,但当她坐上宽阔、柔软的座椅时,她疲倦的身体由衷地感谢阿布斯泰戈的信用卡。

她坐在窗前,坐在格里芬身边。飞机起飞时,他靠在椅背上,闭上了眼睛。"瑞典见。"他说。

娜塔莉亚看向窗外渐渐变小的建筑物和道路。"瑞典见。"她轻声说道。

第二十四章 瑞典匕首泉

他们在午后落地。格蕾丝在旅途中睡了一会儿，也看了几部电影，这体验让她感觉很奇怪。如今在她身边发生的一切让电影看起来毫无价值，看电影一点意义也没有，但当你坐在飞机上时，你还能做什么其他的事情呢？其中一部是超级英雄电影，另一部则是喜剧。两部电影都很好地将她的注意力从目前的紧张形势中吸引了过去，或许这就是每一部电影最应该做到的部分。

从天空俯瞰，韦斯特罗斯的城市风光优美迷人，这座城市坐落于梅拉伦湖畔，一条河流穿城而过，近处星罗棋布着一些小型岛屿。他们刚刚降落在城外的小型机场，格里芬就租了一辆SUV，然后驱车去了五金店。他独自走进店里，出来时手上已多了两把铲子,他将铲子扔到后备厢,然后开车驶进乡村。他们穿过不计其数的农庄,还有谷仓、牲口棚、池塘、稻田和牧场。他们也穿过了一片小树林,直到他们离开市区数英里远时,真正的森林才出现在眼前。

韩塞尔与葛雷特[①]曾经迷路的森林,大抵就是这个样子的吧,格蕾丝心想。巨大的松树和橡树遮天蔽日,让森林的大部分地方都笼罩在阴影之下,有时让人感觉喘不过气来,有时又让人悠然自得。森林的深处在呼唤着他们探索,但黑漆漆的,又让人却步。

"这里有点像那片森林。"娜塔莉亚说。

"不过这里没有巨蛇。"欧文说。

格蕾丝摇下车窗,飘着松香的凉风拂过她的前额。除车子的引擎声外,她听到树枝上传来诸多鸟鸣的声音,然后突然间,在车子转弯的一瞬间,她瞥见了路边的一头驼鹿。它庞大身体的后半部隐藏在树下的阴影中,脑袋和宽大的鹿角则在阳光之下。她从未亲眼见过驼鹿,所以使劲地在座位上扭动着身体想要再看一眼,但它早已消失在森林之中,或许是被他们的SUV给吓跑了。

"大卫指认的位置属于别人的私有地产,"格里芬说,"我们没时间去找主人获得许可了,所以要注意保持隐蔽。欧文和娜塔莉亚对这一套应该已经相当熟练了吧。"格蕾丝在后视镜中看到他正盯着她看。"你呢?你在纽约有个刺客先祖,对吗?"

格蕾丝点点头。"伊莉莎。"

"你在那段体验中学到了什么吗?"

"学了点。"她说。欧文的先祖——刺客维琉斯,曾经训练过伊

[①] 《韩塞尔与葛雷特》(又名《糖果屋历险记》《糖果屋》)里的人物,出自格林童话,讲述了一对兄妹流落荒林遭遇女巫的故事。

莉莎,出血效应赋予了格蕾丝祖先的格斗技巧,以及自由奔跑的能力。"我会努力跟上的。"她说。

格里芬又开车行驶了几英里,然后转向驶入了车辙纵横的森林小路,不一会儿,他熄灭了引擎。"从现在开始我们步行。"

他们都下了车,格蕾丝抬头看着树丛以及枝叶间透射过来的阳光,深吸一口这里的空气。这地方她很喜欢,很熟悉,让她感觉似曾相识。当然了,并不是特指这个地点,而是这片土地,她的祖先应该很了解。她在奥斯特的记忆里待的时间很短,但也足以给她留下些许印象了。

"手头一点武器也没有,太奇怪了,"欧文说,"没有十字弩,没有手雷。"

"你的袖剑呢?"娜塔莉亚问格里芬。

他抬起右手前臂,然后用另一只手点击了一下。"瓷制的。你们几个家伙拿着这个。"他给欧文和娜塔莉亚都递了一把铲子,然后拿出一部手机,"等我用 GPS 把坐标调出来。"

但格蕾丝不需要坐标,奥斯特永远不会忘记回家的路。"是那个方向。"她说着,指向森林的一端。

格里芬看看她,然后看看森林,又看了看手机。"你说得对。你怎么知道的?"

"出血效应,"她说,"你们现在是在我的领地。"

"你的维京人领地。"欧文说。

格里芬把手机放回口袋。"带路吧。"

于是格蕾丝引路,他们穿过森林,途经那些她熟识的岩石,以及那些早已在岁月的长河中改变流向的溪流。他们没有再看到驼鹿,但有头野猪如离弦之箭穿过,通过奥斯特的记忆,格蕾丝知道那是一头胆小害羞的年轻母猪,一般很少出现。

他们从山背后接近奥斯特的农场所在的位置,那里现在矗立着一座信号发射塔。这座塔的出现让格蕾丝感到有些不舒服,但她知道山那边奥斯特的土地上发生的变化可能更大。她对这些变化无能为力,这就是时间的印记。

"让我们速战速决吧。"当他们抵达山头时,格里芬说道。

但格蕾丝立马就知道,他们是没法速战速决的。

在他们面前,一座小型工厂占据了奥斯特以往的农庄位置。铁丝网将工厂围绕起来,奥斯特的泉水所在地也在其内。虽没看到泉水,但格蕾丝注意到一个小型的砖砌建筑,粗粗的管道从里面伸出来,沿着山坡向下延伸到工厂里。

"看样子他们在灌装泉水。"娜塔莉亚说。

"正是如此。"格里芬再次拿出他的手机,"我搞不懂,这里没有登记在案。"

"看看那些土地。"欧文指着工厂周围的几处地方,草皮和树木都被清理得很干净,"那都是新的。我想这地方刚刚建起来不久。"

格里芬指着砖砌建筑。"那座泉水房正处于伊甸园碎片的上方。"

"那我们该怎么做?"欧文问。

"我在想,"格里芬说,"你们也想想。"

格蕾丝努力用她祖先的眼光看待这个地方,希望这能让她想到点什么。她记得奥斯特在泉水旁挖了一个水池,这样水就不会全部流向溪流以及湖泊。岩层相当硬,他挖得很辛苦。要建造那个砖砌建筑,他们肯定需要挖得更深,这就意味着他们可能已经惊扰了匕首的长眠。

"在建造这个地方时,"格蕾丝说,"要是发现古器物,你们觉得他们会怎么做？"

格里芬挑起眉毛。"现在我有主意了。"

格蕾丝低头看向工厂。"我想我们该问问他们，能不能让我们参观。"

"对，"格里芬说，"欧文，娜塔莉亚，你们待在这里，保持隐蔽。格蕾丝和我下去调查一番。"

他们从山顶往下走，绕着铁丝网来到工厂的前门，格蕾丝看到了公司的名称和标志。

"这一定是在开玩笑。"格里芬说。

这个标志毫无疑问就是简化的三叉戟戟尖的轮廓，上面写着 dolkkälla。"你能翻译一下这是什么意思吗？"格蕾丝问。

"匕首泉，"他说，"我敢肯定就是这个意思。"

格蕾丝差点笑了。"一目了然，不是吗？"

格里芬摇摇头。"让我们看看里面藏着什么。"

他们迅速走过标志牌，走上车道，来到工厂的主入口，这里到处都能看到工厂的名字和标志。穿过前门，他们进入一间装修平实、混杂着新油漆和地毯味道的大堂。一名接待员坐在桌前抬头看着他们，微笑着，在格蕾丝听来他似乎在说瑞典语。

格里芬摇摇头，在这一瞬间，他敛去了所有的锋芒，像一个温和而窘迫的游客。"抱歉，"他说，"我们是从美国来的。"

接待员的笑容微微一变，几乎不易察觉，他换上了一丝不耐烦和迁就的语气。"当然了。我能为你做什么？"他用英语问起话来口音也不是很重。

"我们正在开车，看到了你们的工厂，"格里芬说，"你们允许参观吗？"

"现在不行,"接待员说,"我们最近刚开放过一次。或许改天吧。"

"你们公司名称的由来是?"格蕾丝问。

"那个呀,我倒是很乐意跟你们说说,我带你们去看。"他起身离开座椅,从桌后绕出来,然后领着他们穿过大堂来到一扇玻璃门前。玻璃门中的那个房间灯光昏暗,陈列柜则用灯光照明以凸显出来。因为相隔太远,里边的碎块和物件格蕾丝无法看清。有些陈列柜空着。但在房间的最深处,在聚光灯温和的光辉下,伊甸园碎片静静地躺在那里。

"好几百年前,这里曾经有过一片大农场,"接待员说,"我们请了科学家来将这些我们找到的东西妥善保存。大部分都送到博物馆去了,我们把这些留下来,作为展览之用。那就是那柄匕首,他们是在泉水边找到它的。很神奇,不是吗?"

"难以置信,"格里芬说,"我们能进去吗?"

"不行,我很抱歉,博物馆还没准备好接待参观者。他们还在往里面增添展品。"接待员的目光穿过玻璃门,饶有兴致地抱臂凝视着,好像是初次看到这些物件似的。"今天,在你们之前还有个美国人也来看了这东西。"他说。

格蕾丝看着格里芬,感到后颈一阵发麻。格里芬看着接待员。

"真的吗?"他说,"那位先生是从哪里来的?"

"那是位女士,"接待员说,"我没问她从哪里来。她昨天在报纸上看到了这边的情况,然后就从乌普萨拉赶了过来。"他指指自己的桌子。"我这儿正好有那篇文章,要是你们想看的话。"

格蕾丝试图说服自己这只是个巧合,但她自己都没法相信。是,有可能那个来看匕首的女人和以赛亚毫无瓜葛,但为什么要冒这个风险呢?赶紧离开这里才是聪明的做法。

第二十四章 瑞典匕首泉 | 269

"很有意思,"格里芬说,"但我们该走了。谢谢你带我们参观。"

"不用客气,"接待员说,"等博物馆正式开放了,请你们务必再来参观一次。"

"我希望能够成行,"格里芬说,"但我们可能不会长留此地。"

"那么你们就有理由再来一次瑞典了。"接待员对着他们咧嘴一笑。

"说得对。"格里芬说着,点点头,然后他看向前门,"嗯……祝你今天过得开心。"

"你们也是。"接待员说。

格里芬挥手道别,领着格蕾丝穿过大厅,来到外面。他们快步走在车道上,尽量不引人注意。一抵达铁丝网,他们就转了个方向,跑向山顶。在那里,他们发现欧文和娜塔莉亚仍在原地等候他们。

"咋样?"欧文问。

"说出来你可能不信,"格蕾丝说,"戟尖就在这里。"

"你怎么知道?"娜塔莉亚问。

"因为我看到它了,"格蕾丝说,"它就放在那里,展览着。"

"这座工厂名为匕首泉。"格里芬说,格蕾丝注意到他又换回了惯常的冷峻面容,"他们施工的时候挖掘出来的。"

"所以没啥问题了?"欧文问道,"我们今晚就突袭进去把它取出来?"

格里芬凝视着下方的工厂。"问题在于,以赛亚。就在今天,还有其他人也过来询问了匕首的事。他可能已经在路上了。"

"那我们不应该再等下去了,"娜塔莉亚说,"你能现在就去把它偷过来吗?"

"这里没什么守卫,"格里芬说,"我能轻而易举地摸进去,带上我们想要的东西走出来。但他们认为那是一件国家级文物,他们会四处找寻的,这样一来,我们就很难离开这个国家了。"

"所以我们该怎么做?"格蕾丝问。戟尖就在那里,触手可及,但任何得到它的方法都存在一定的风险。格里芬看向地面,揉搓着他的光头。"我们就等到今晚。这地方一旦停工,我就潜入,把匕首拿出来,然后我们就离开这个鬼地方。"他抬头看向众人,"同意吗?"

格蕾丝点点头,欧文和娜塔莉亚也是如此。

"好。"格里芬矮身坐了下去,"不妨让自己舒服点。"

格蕾丝也坐了下来,四人很快围成一圈,在山顶的树林之中,等待着夜幕的降临。他们头顶的柔云在缓慢腾挪,不时有鸟儿飞过,掠起一道长长的影子,而在这万籁俱寂之中,格蕾丝想到了大卫。她希望他在集体潜意识的虚拟进程中一切顺利,但她也意识到大卫要比她自己安全得多。没人说话,但这寂静却不让人觉得尴尬或是空虚。至少她不这么觉得。

但可能欧文的想法不一样。没过一会儿,他就清了清嗓子。"要是我在这个信号塔边上患了癌症,你们每个人都得负责。"

"手机信号才不会让你患癌症。"娜塔莉亚说。

"是吗?"欧文说,"你听到嗡嗡声了吗?"

"我觉得这声音让人放松,"格里芬说,"当我还是个小孩的时候,我就住在一条铁道旁边,所以我习惯了身边有点噪声。"

"你也曾经是小孩?"欧文说。

格里芬点点头,笑了。"随你信不信了。"

"他们做那种带着刺客兜帽的连体婴儿服吗?"格蕾丝问,"你的第一个玩具是啥?"

"弹簧刀。"格里芬平静地说道。

有那么几秒,格蕾丝搞不清他是不是在开玩笑,她看向欧文和娜塔莉亚,两人脸上的笑容也凝固了。但随之,格里芬也憋不住了,他笑出声来。"差点就让你们信了。"

"不,我们没有。"欧文说。

"你们肯定信了。"格里芬看向他们,"听着,有件事我该向你们坦白。我之前没想到你们能走到这一步。"

紧接而来的是再一次的沉默,格蕾丝在猜想这是不是又是一个玩笑。"嗯……谢谢。"

"不,你们听着就行,"他说,"当我听说门罗带着一大帮孩子在做这件事时,我想我们应该很快迎来一个对每个人来说都不甚美好的结局。但现在你们做到了。我很惊讶,这就是我想说的。你们的表现出乎我的意料。"

"谢谢,"欧文说,"作为一个无情杀手,你人还是不错的。"

格里芬佯装要扑向他。

"油嘴滑舌。"刺客说道。

"现在几点了?"娜塔莉亚问,"感觉挺晚的了,但看上去又还早。"

"我们现在所处的地方几乎就是所谓的午夜阳光①之乡了,"格里芬说,"在这极北之地,一年之中的这个时候,太阳会在天空挂很久。"他检查了一下手机,然后站起身来,"但他们可能很快就要停工了,至少大厅应该没人了。"

格蕾丝、欧文和娜塔莉亚也都站起身来。格蕾丝低头凝视着山下的工厂,发现停车场上车辆基本已经空了。

---

① 即极昼。

"好,"欧文说,"那么,我们该怎么做?"

"不是我们,"格里芬说,"而是我。"

"为什么?"欧文问,"你刚才还说我们的表现出乎你的意料。我们能帮上忙。"

"这是一个单人任务。人太多反而会使任务复杂化。"他看着格蕾丝,"跟他说说这任务有多简单。"

"穿过前门就能看到那东西。"格蕾丝说。

"唯一能绊住脚的可能就是他们的安保系统,但我也能搞定。"格里芬出发奔向山下,但又回头看看他们,"待在那儿,欧文。"

欧文抱臂而立,满面怒容。

格蕾丝紧盯着刺客,后者绕开铁丝网,行动比起之前与她同行时要迅速得多。有那么几个瞬间,她甚至找不到他的行踪,就好像他在光天化日之下消失了一般。当他再次出现时,离她上次看到他的身影又前行了一段距离。她的心在怦怦直跳,即便格里芬显露出非常冷静和自信的模样。他来到铁丝网的边缘,沿着车道跑了进去,格蕾丝再也看不到他的身影了。

"现在我们只好等待了。"娜塔莉亚说。

几分钟过去了,然后又是更加漫长的几分钟。格蕾丝甚至希望警报声随时响起来,但很快意识到这是个愚蠢的想法。这里不是政府开设的工厂,这是个带有单间陈列室的瓶装水工厂,所以没有所谓的警报声,但格里芬也没有走出来。

"这比我想象的时间要久。"娜塔莉亚说。

"可能安保系统比他想象中更难应付吧。"欧文说。

格蕾丝观察着,聆听着。又过去了几分钟。

然后她听到了点什么。遥远而熟悉的轰隆声。她看向娜塔莉亚和欧文,从他们圆睁的双眼,她知道他们也能听到这声音。

"直升机。"欧文说。

"隐蔽!"格蕾丝说。

他们从空旷的山顶奔向树林,躲藏在树影之下,两架直升机出现在他们的视野之中。这两架庞然大物是黑色的,机身饰以阿布斯泰戈的标志,和以赛亚逃离蒙古时所乘的机型一致。

"格里芬怎么办?"娜塔莉亚轻声道。

直升机在工厂上方低空盘旋着,然后侧门突然开了,抛出数条深色绳索。全副武装的阿布斯泰戈特工鱼贯而出,一个接一个地沿着绳索往下滑行。

"我们该怎么做?"娜塔莉亚问。

格蕾丝不知道,她感觉很无助。除了两把铲子,他们手中没有任何武器。

"我们必须做点什么,"欧文说,"我们可以就……"

枪声响彻山谷,听上去遥远而且被什么阻隔了,就好像是从工厂内部传来的。格蕾丝知道这声音,她感到胃部针刺般难受。

"说真的,我们该怎么做?"娜塔莉亚问道。

欧文向前走了一步。"我要去……"

"不,你不可以。"格蕾丝抓住他,把他拉了回来,"这无异于自杀。"

"嗯……我不能干站在这里无所作为。"他说。

"我不会让你进那个工厂的,"格蕾丝说,"我不管你自己觉得你有多大能耐。你不是……"

更多的枪声响起,这次更加响亮而清晰,格蕾丝本能地缩起脑袋。枪声从室外传来,而且更近了。

"看！"娜塔莉亚说着，指着某个方向。

下方，格蕾丝看到格里芬在沿着通水管道朝山上全速奔跑。三名特工在追他，不时停下脚步射击。但格里芬一直移动着，用变幻莫测的脚步来避免被击中。当他抵达泉水房时，一架直升机掠过，又是三名特工从飞机上鱼跃而出，跳向地面，他们都在靠近格蕾丝和其他人这边的铁丝网下。

"他被困住了。"娜塔莉亚轻声说。

"去他的。"欧文说。他抄起一把铲子，在格蕾丝阻止他之前冲了出去。

第二十五章　全军覆没

格蕾丝看着欧文冲过去帮助格里芬。一瞬间之后,她自己抄起另一把铲子也冲了过去,她来不及多想,已经冲到了第一名特工身旁。他们的注意力集中在格里芬身上,所以并未注意到他们的突袭。欧文率先出手,他举铲用力地砸了下去。格蕾丝听到铁铲和头盔猛烈撞击的金属碰撞声,她几乎转了一百八十度,闪身避开。

另外两名特工转身面向欧文,但格蕾丝就在那儿。她双手持铲,把它像一根长矛般戳向一名特工的膝盖,后者被打得一个趔趄。然后她倒转铲子,砸在特工的脑袋上,把他放倒了。

她的眼角余光看到第三名特工已然举枪对准她这边,于是便倒转铲子,让它像个盾牌般挡在自己身前。叮当一声响,子弹击中铲子,将它打得脱手飞出。但随即欧文从背后狠狠击中了这名特工。

这样一来,三名特工都被击倒了。

格蕾丝目光扫过去,看到格里芬已经抵达了铁丝网边,他艰难地攀过铁丝网,一个翻滚跃到这边来,重重地摔在地上。

"他被击中了。"欧文说,飞速朝那边跑了过去。

格蕾丝也奔了过去,这一瞬间,她突然感觉是奥斯特和伊莉莎在飞奔。

特工们还在开枪射击,两人帮助格里芬起身时,子弹就打在他们身边的地面上。

他将什么东西塞进格蕾丝的手中,她意识到这件裹在毛巾里的物事就是戟尖。她将东西塞进了口袋里。

"去树林那边,"格里芬说,"到树林深处去。直升机没法在里面降落,你们能甩开他们的。"

"你和我们一起。"欧文说。

"不!"格里芬说着,疼得龇牙咧嘴,"听我的。我没法跟你们一起了,你们必须继续前进,快走。"

但他没能说服两人离开自己,格蕾丝和欧文扶着一瘸一拐的格里芬走上山顶。格蕾丝回头,发现有六名特工跟了上来,但他们率先抵达树林,娜塔莉亚就在那里等着他们。

"现在怎么办?"她问道。

"我们必须把他们甩开,"欧文说,"回到车子所在的地方。"

"怎么走?"娜塔莉亚问。

格蕾丝停顿了一下,让奥斯特更多地介入自己的意识。她想到了那片熟知的树林,然后瞬间知道该怎么走了。"那里有一条小溪,"她指向右侧,"它会让我们保持隐蔽的。我们可以顺着它行进。"

"听起来不错。"

格里芬哼唧了一声，似乎要说点什么，但他并没有说出来。

他们跌跌撞撞地在树林中穿行，试图在树木之间保持隐蔽，最后来到一条杂草丛生的涓涓细流前。喊声在他们身后回荡，阿布斯泰戈的特工们仍在树林中搜寻着他们的踪迹。

"我们走。"格蕾丝轻声道。

她领着他们涉水而行，欧文和娜塔莉亚在格里芬的两侧扶着他。直升机在上空盘旋着，但在树林中，格蕾丝几乎没法看到他们，这意味着对方也很难看到他们。很快，叫喊声渐渐远去，直升机的轰鸣声也渐渐变小。

"你觉得他们是放弃了吗？"欧文问。

"不，"格蕾丝说，"他们知道戟尖在我们手中，所以不可能放弃。他们只是觉得找错了方向，但很快，也许他们就会缓过神来。我们必须保持移动。"

"格里芬失血很严重。"娜塔莉亚说。

格蕾丝看了过去，刺客的身侧已经染红，身边扶着他的娜塔莉亚也是如此。他的脑袋在战栗着，眼皮也在打战，饶是如此，他仍然坚持走了这么远。即使对医学知识少得可怜的格蕾丝来说，她也知道格里芬需要紧急救援，但她不知道该怎么办。

"我们把他带回车里。"她说。

于是他们坚持着继续前行，一边保持低调，一边警觉地倾听着周围的风吹草动。溪水冰凉透骨，她只好在泥泞和石块上落脚，反正最后他们是要离开这条小溪回到车里的，这是他们逃脱计划最危险的一步。

"怎么了？"欧文说。

格蕾丝转向他，他正把头探向格里芬。

"停一下。"欧文对娜塔莉亚说，"他要跟我说些什么。"于是他们停下脚步，任由溪水冲刷着他们的踝关节。"你要说什么，格里芬？"

"给——把我的……"刺客的声音十分急促，他在艰难地喘息着，"把我的袖剑给哈维尔。"

"别这样，伙计。"他说，"别这样，袖剑还会伴随你左右。你必须撑下去。"

格里芬摇摇头。"告诉……告诉他——这是他应得的。"

"你自己告诉他，"欧文说，"如果是我跟他说，他不会相信我的。"

格里芬嘴角露出一抹微笑。"欧文，"他说，"欧文……"

"我在，格里芬，我就在这里。"

"没关系的。"刺客说。

"什么没关系？"

"没……关系。"格里芬重复道。

欧文看着格蕾丝，低语道："我不知道你指的是什么。"

"我们继续往前走吧。"格蕾丝说。

他们继续前行，又走了一百码，格里芬再也支持不住了，他跌倒在溪流中。溪水漫过他的面庞，他们赶忙将他扶了起来。

"格里芬！"格蕾丝说，"格里芬，撑住啊。"

但他再也没有动弹。

欧文跪在溪水中，面对着刺客的面容。"格里芬，"他说着，摇动着他的身体，"格里芬。"

仍旧没有回应。

"帮帮我！"欧文说着，抓住格里芬的一只臂膀，格蕾丝和娜塔莉亚抓起另一只，他们齐心协力把刺客沉重的身体抬出溪水。然后欧

第二十五章　全军覆没

文跪了下去，一会儿按压心脏，一会儿人工呼吸，他开始做心肺复苏。

格蕾丝知道，一切都是徒劳，做什么都没用了，因为格里芬已经离去了，任何人也无力回天。但欧文还在不停地做着心肺复苏，几分钟过去了，格蕾丝跪下身去，一手搭在他的背上。

"我很遗憾。"她说。

欧文还在按压着格里芬的胸部。

"欧文，他走了。"

"不，"他说，"这些伎俩根本杀不死他。"

格蕾丝抬头看向娜塔莉亚，她也跪在了欧文的另一边。她们都抱住了他。缓缓地，欧文停止了动作，他趴在格里芬身上，双手放在他的胸前。他们就这样静止不动，默默无言，良久，似乎身后的溪流也停止了流淌——没有，他们身后的溪流仍在潺潺流淌。

格蕾丝搞不懂这一切。

就那么几分钟而已。

就几分钟。

不久前，他们还坐在山顶，谈论着格里芬"婴儿刺客"的笑话。而现在，几分钟过去了，他们却都跪在溪流中，格里芬的血洒在他们的衣服上，他死去了。她搞不懂这一切是怎么发生的。

欧文坐直了身体，格蕾丝和娜塔莉亚将手放了下来。他探身够到格里芬的右手，捋起他的袖子。在他的手腕上绑着袖剑，这是一把瓷制的袖剑。欧文解开绑带，从格里芬的手腕上取下袖剑。然后他将袖剑绑在了自己的手腕上。

"到时候我再把它交给哈维尔。"他说。

"他的手机！"娜塔莉亚说，她在他的口袋中搜寻着，找到了手机。但溪水早已浸透了它，手机已经损坏了。

格蕾丝不想提到他的钱包,但是他们需要用钱。他们带着假护照被困在陌生的国度里,没有手机,还带着伊甸园碎片。她一言不发地拿出他的钱包。欧文和娜塔莉亚看到了,也没有说什么,三人都沉默着。

沉默。

他们忘记了一件事。

"你们听到直升机的声音了吗?"格蕾丝问。

欧文伸长了脖子。"没。"

"我也没有。"娜塔莉亚说。

格蕾丝不相信以赛亚这么快就放弃了搜寻,毕竟他的三叉戟的最后一枚戟尖就在他们手中。但直升机的确消失不见了,森林中除了应有的声音之外,再无异响。

"我不想把他丢在这儿。"欧文说,他望着格里芬的尸体。

格蕾丝也很讨厌这个想法,但他们的铲子已经在瓶装水工厂的那场骚乱中遗失了,所以也没法给他挖出一个安息之所来,而且他们必须保持移动,他们必须把戟尖带走,远离这里,远离以赛亚。

"他一定不想让你再为他担忧,"娜塔莉亚说,"你知道的。他一定想要你赶紧离开,把匕首带走,远离以赛亚。"

欧文点点头,低头看向现在已经绑在自己手腕上的袖剑。"我们走吧,干坐在这里于事无补。"

格蕾丝和娜塔莉亚对视了一眼,缓缓地点了点头,然后他们三人站起身来。格蕾丝带领他们沿溪流而行。这段行程突然变得艰辛起来,这种艰辛来自他们的肉体,就好像格里芬无力的身体的全部重量还在他们肩上一样。但她继续前行,没有再回头,她希望这种重负会随着时间而减轻。

但没有。

最后，他们抵达了那个分岔点，如要回到SUV那里，他们就必须从溪流中出来，穿过一片小树林。格蕾丝侧耳倾听，并没有听到直升机的声音，也没有听到特工们穿行于树林的声音。但这片寂静，很让人怀疑。

"我觉得我们应该在这里等上一会儿。"她低声说道。

"等什么？"娜塔莉亚问。

"看上去有点不对劲。"她说。

"是有点不对劲。"欧文从地上拾起一根树枝，"格里芬刚刚去世。"

"不，"格蕾丝说，"我不是指这个。"

"那你是指什么？"娜塔莉亚问。

"以赛亚去哪儿了？"她抬头看着树林的上空，"我不喜欢这种感觉——不知道敌人在哪里，我觉得我们应该在这里等着，以防万一，到天黑……我们就可以行动了。"

欧文摇摇头，折断了手中的树枝。"好。"他说。

娜塔莉亚走了过来，扶着格蕾丝的胳膊。

于是他们在溪流中等待着，浑身潮湿，他们颤抖着，不放过任何一个可能暗示以赛亚到来的声响。格蕾丝坐在同一个位置许久，她动了动腿脚，感觉到匕首就在她的口袋里——她差点都忘了。她拿出匕首，想象着格里芬是在哪里找到毛巾来包裹它的，然后她解开了缠绕的毛巾，发现上面沾染了他的血迹。深红色的血迹让她无法移开视线，许久，她才将视线转向手中的匕首。

三叉戟之戟尖。伊甸园碎片。

"这就是了，"欧文说，"我们都是为了这东西来的。"

她的祖先伊莉莎曾经携带着其中一把匕首将其从纽约城带给战

场上的格兰特将军，但格蕾丝从未亲手把持过。数千年已逝，匕首的边缘依旧锋利，即便没有那些巨大的威力，这件物事也不失为致命的武器。以赛亚在杀死燕玫时已经证明了它们的锐利。

"把它拿开，"娜塔莉亚说，"求你了。"

格蕾丝用毛巾将其包裹起来，塞进口袋里。没过多久，她注意到天色暗了下来，天空中的蓝色加深了，夜晚降临了。暮色之中，丝毫没有以赛亚的踪迹。如果他们要回到SUV车里，现在正是时候。

"我们走。"她说。

他们走出溪流，越过堤岸，迅速冲向树林。微光之中，格蕾丝感到奥斯特的记忆带给她的诸多便利。她知晓这片土地上的一切，这让她在树林中穿行如鱼得水，欧文和娜塔莉亚只需跟随她即可。

一路上，他们没有遭遇到任何阿布斯泰戈特工，格蕾丝也没有听到直升机的声音。他们离SUV越近，她越是觉得自己的担忧毫无道理。

"我想我看到了。"欧文说。

他说得对。前方的森林小径上，SUV仍在那里，它的窗户漆黑一片。他们做到了。

"我来开车。"格蕾丝说着，三人来到了车前。她伸手探向口袋，但很快停止了动作，她很窘迫地抛出了一个问题。"谁有钥匙？"

没人回答，格蕾丝感觉到呼吸困难，喘不上气来。他们没有从格里芬身上取来钥匙。她试图打开驾驶员那侧的门，希望车子并没上锁，或者是格里芬把钥匙落在了车里。但车子是锁着的。

"我们要走回头路？"欧文问。

刚才离开的时候，他就觉得非常难过。格蕾丝不想让他在黑暗中重新体验一次这样的经历。"我去，"她说，"我知道路。你们俩待在这儿。"

"我不觉得分头行动是个好主意。"娜塔莉亚说。

格蕾丝也不喜欢这个主意,但如果他们都去,可能会花费更多的时间。"我会搞定的,"她说,"你们就待在这儿——"

一道刺目的光亮打在格蕾丝的脸上,她抬起手臂遮住眼睛。之后又一道灯光照射过来,然后又是一道,另一道,强光从四面八方照射而来,聚集在他们身上。

"我不得不说,"一个熟悉的声音响起,"你们让我等了好久,我都开始怀疑这是不是你们的车了。"

是以赛亚。

格蕾丝差点准备拔腿就跑,一是因为恐慌,二是本能反应。但她的头脑控制住了双腿,因为她知道他们已经被包围了,她跑不远的,就算他们记得带钥匙过来也于事无补。

"刺客呢?"以赛亚问,在灯光下,他的轮廓显得格外高大。

没人回答他。

"那一下倒是致命伤,"以赛亚说,"所以,匕首在你们哪一个身上?"

仍旧无人回答。

"我们来把灯光调暗,"他说,"可能暗一点他们能把自己的处境看得更清楚。"

光束都打向了地面,格蕾丝能看到手电筒都攥在特工们手中,在他们之间,更多的特工在无言地用枪械瞄准他们。以赛亚走得更近了,他一身阿布斯泰戈的准军事化装备,绿色的眼睛在微光里显得有些苍白。

"你们可能注意到了,我没有把三叉戟带来,"以赛亚说,"你们今晚不必死,我也不想这么干。"

"你想要诸神的黄昏降临,"欧文说,"你希望所有人都被毁灭。"

"不,"以赛亚说,"不,我完全不这么想。但世界若要以更好的形式重生,必须要有所牺牲。你会为蛇蜕下的皮而哀悼吗?你会为化身为蝶的毛毛虫悲伤吗?"

"我的历史老师会告诉我这就是所谓的错误类推,"格蕾丝说,"地球不会像蛇一样蜕皮,而人类并非它的皮囊,毛毛虫不会因为化身为蝶而死亡。"

以赛亚几乎是带着赞同的神情点点头。"这让我想起来了,你真是个独特的家伙。这下我有更多的理由放过你了,因为我不想让特别的人死去,就好比灭虫剂不想让特定的蚂蚁死去。"他盯着格蕾丝,"你同意这个类比吗?"

"肖恩在哪里?"娜塔莉亚问。

以赛亚笑了。"你的忠诚和奉献精神值得钦佩。"

"他在哪儿?"娜塔莉亚再次问道,但在格蕾丝看来,很明显,以赛亚不会告诉她答案。

"你准备怎么对付我们?"格蕾丝问。

以赛亚打了个响指,一群阿布斯泰戈特工围了上来,仍举枪对着他们。

"我本来计划就把你们留在这儿,"以赛亚说,"当然,匕首我必须收回来。但我想现在我可能要带着你们随行了,你们可能会有用处,考虑到你们的血统。但如果你们胆敢反抗,我就会杀了你们,我可不希望你们都死掉,但是相信我,我也不会后悔。"

格蕾丝的双腿开始颤抖,因为寒冷,也因为恐惧,她希望以赛亚没看到这一点。这是她离死亡最近的一次,死亡就在她眼前,不久前格里芬的死，还有几秒之后可能从对准他们的十几支枪的黑洞洞的枪口喷射而出的子弹。特工们瞄准的似乎并不是活生生的人，而只是他们的目标。如果被打中，她可能和纸板也没什么两样，而且，不论密涅瓦赐予她何种护盾，面对子弹肯定也是无能为力的。

"匕首在你身上，是吗，格蕾丝？"以赛亚说。

她感觉到身体已不属于自己。她想到了大卫，还有父母。

"科尔，搜一下她的口袋。"

一名特工靠近了格蕾丝，她通过代号认出了这名特工——罗滕堡，她是圣殿骑士中的间谍，之前曾经协助过她和门罗逃离鹰巢。但现在这个女人看向格蕾丝的眼神像完全不认识她一样。

哈维尔说得对。比起奴隶，这些特工更像是僵尸。

"不要动。"科尔说。即使格蕾丝并不想遵从，但她求生的本能也让她没有轻举妄动。科尔把手伸向格蕾丝的口袋，掏出匕首，然后很快把它交给了以赛亚。

他从毛巾中取出匕首，放置在掌中，然后用拳头紧握着刀柄。"你们是不是也和我一样，被这枚戟尖的所在地逗乐了？"他问。

他们失去了那东西。

他们失去了一切。

以赛亚现在集齐了三叉戟的三枚碎片，密涅瓦数千年前最担忧的事情成为现实。

"有些事情你忘了。"欧文说。

"可能性极小，"以赛亚说，"但说说看。"

"崛起计划。"欧文讥讽地笑道，这让他的话十分可信，"门罗已经搞定了，他会阻止三叉戟的。你的超级武器已经失去了效用。"

欧文在做什么？他想要吓唬以赛亚？想要虚张声势以摆脱困

局？还是亮出他们最后的底牌？

"崛起计划？"以赛亚扬起脑袋，然后低头直视着欧文的双眼，他们的面庞靠得非常近，"你在说谎。"

"不，"欧文说，不甘示弱地和以赛亚对视，"我没有。"

几秒钟过去了，以赛亚最终撤回了他凌厉的目光。"所以门罗还是找到那东西了，在这么多年以后。"

"对，他找到了，"欧文说，"所以正如我所言，你的三叉戟……"

"无须担心，"以赛亚说，"我早有准备。没有肖恩，你们的崛起计划便无从谈起。"然后他点点头，对他自己。"你让我改变主意了，欧文。你们对我来说根本毫无用处。事实上，你们可能对我来说是个威胁。"他转身离开他们，"科尔，准备行刑。"

"遵命，先生。"

女人挥手招来几名特工，其中两个抓住格蕾丝的胳膊，半拖半抬地把她带到主干道的中央。同样，他们也把娜塔莉亚和欧文带了过来，两人就在格蕾丝的旁边，以赛亚从手下那里要来一支枪。

"你要亲自动手？"欧文问，"我很惊讶。"

"这是因为你还不懂我究竟是谁。"以赛亚大踏步走向他们，手上握着一支手枪，"我就是魔狼芬里斯本尊。我要吞噬日月，我不会回避任何摆在眼前的任务。"

"我想你大概是有毛病。"欧文说。

格蕾丝不知道他为何一直在挑衅以赛亚。她不知道随着时间流逝，自己的意识飘向了何处，她的生命好像一条纱线，而现在就是纱线的尽头。

第二十六章　肖恩的崩溃

"你让我失望了，肖恩。"以赛亚说。

"我很抱歉，"肖恩说，"非常抱歉。"他绝望地讨好着以赛亚，一直以来，他在 Animus 中花费数不尽的时间来不断地重历那些记忆，一遍又一遍，意图在一切细节中和任何隐藏的线索中找到斯泰尔比乔恩离开神龛后匕首的踪迹。

"你肯定错过了什么，"以赛亚说，"我们把那块石头方圆三百米都搜了个底儿朝天，匕首并不在那儿。"

"不可能啊，"肖恩说，"那儿是它唯一可能存在的地方。"

"很明显，不是。"以赛亚说。他转身面向技术专员。"准备好虚拟程序，我们要再来一遍……"

"不,"肖恩说,"求你了,让我出去吧。"

"我想你应该知道,对我说'不'的下场。"以赛亚说。

"我知道,我知道,但求你了。我坚持不下去了。"

他感觉头痛欲裂。他已经在 Animus 里面待了差不多有好几天的时间,但也说不准,因为在虚拟进程中时间运转的方式和现实生活中不大一样。即便是在以赛亚允许他退出虚拟场景的那些间隙,肖恩仍能感受到身体不受控制地出现出血效应,这让他感到恐惧。维京战士突然出现,手持战斧和长矛向他冲来。巨人和神灵在向他走来,似乎要将他碾碎在脚底。一头巨大的狼扑向他的咽喉,满嘴尖牙就在眼前。海浪在房间里冲刷,水面一寸寸上升,漫过了他的嘴,触碰到他的鼻,很快就要将他淹没。这些不像是幻象,相反,一切看上去都是那么真实,肖恩发现自己越来越无法保持自我意识,他已经分不清哪些是自己,哪些是记忆。本来清晰的身份认同渐渐像迷雾般翻腾起来。

"一旦找到匕首,你就自由了,"以赛亚说,"我也想让你轻松点,真的,但我无法这么做。你必须自己争取。"

肖恩抬起头,以赛亚在微笑,露出一嘴坏牙,很明显曾受过蛀虫侵蚀。肖恩眨了眨眼,以赛亚还是那个以赛亚。

"虚拟程序已经就绪。"一名技术人员说。

"很好。"以赛亚伸手去拿头盔,"不要抗拒,肖恩。你知道如果抗拒会更难受。"

他不能再做了,肖恩没法再继续做了。他的意识就像一张残破的蛛网,已经不成形状。他感觉到如果再来一遍 Animus 游历的话,他的记忆蛛网将会被彻底撕烂。

"求你了。"他说着,一边啜泣。

"放松点,"以赛亚说,开始帮他戴上头盔,"你将会……"

"先生!"一个盾女突然闯了进来,手上拿着一只死乌鸦,她将乌鸦扔向肖恩,肖恩尖叫起来,垂死的乌鸦开始在他脸上抓挠啄食。

"他还好吗?"盾女问道。

"别管他,"以赛亚说,"你去哪儿了,科尔?"

"我去了韦斯特罗斯。"她说。

鸟突然飞出窗外,肖恩现在认出了这名盾女。

"韦斯特罗斯?"以赛亚说,"为什么?"

"我看报纸的时候读到一篇文章,说是有家新公司在售卖瓶装泉水。很显然,他们在挖掘那片土地以修建工厂时,找到了一柄独特的匕首。文章上附有图片。"

"然后呢?"以赛亚将手中的头盔重新挂了起来,这或许意味着肖恩不用再进入 Animus 了,他为此舒了口气。

"我希望在向你禀告之前调查清楚,"她说,"所以我去了那家工厂。你看看。"她拿出手机向以赛亚展示,"他们在展览这柄匕首。"

"这太棒了。你做得很好,科尔,非常好。"

"谢谢你,先生。还有些旁的事情。我一直在使用阿布斯泰戈的网络连接各地的监控录像,一般是机场的安检录像。今天早些时候,我想我看到了欧文、娜塔莉亚还有格蕾丝来到了此地,和他们同行的还有一名刺客。"

"准备好两架直升机和一支突击小分队。他们可能随时会赶在我们前面行动,我不会让他们得逞的。我们尽快出发。"

"遵命,先生。"科尔转身离开房间。

"她找到匕首了吗?"肖恩问。

以赛亚自顾自地笑着,许久。然后他有些突然地看向肖恩,好像他刚刚听到他的问话似的。"你刚才说什么?"

"科尔找到匕首了?"肖恩再次问道。

"是的,她找到了。"

"所以我不用再次进入虚拟程序了?"

"是的,肖恩。你不用了。"

"谢谢你。"肖恩说,他的身体整个儿放松下来,他等待着以赛亚解下 Animus 支架上和他相连的所有系扣和绑带。因为机器没有启动,整个架构还未动起来,所以肖恩被困在了里面。但以赛亚没有动手帮他解下来。

"你能帮我一下吗?"肖恩问。

"帮你?"以赛亚说。

肖恩感到意识再次模糊起来,一层迷雾泛起。过去几天他一直待在这间牲口棚里,空气开始变得温暖,木质的墙壁散发出阵阵木香,让人迷惑,现在应该是午后。他仍旧觉得这地方是不适合作为摆放 Animus 并运行虚拟程序的地方,但时间紧迫,来不及在匕首所在地的周边建造一栋专门用来运行 Animus 的建筑,以赛亚就近利用了这个现成的地方。

"帮我解开。"肖恩说。

以赛亚看上去并没有听到肖恩的话,转身就走。

"等等,"肖恩说着,试图挣开身上的束缚,"求你了。"

但以赛亚没有理睬他,高视阔步地走向仓房的大门,肖恩不知道该说什么好。好久了,这段时间的一切对他而言都不那么真实。上一次他完全作为自己而活着,没有任何迷雾,没有痛苦和恐惧,还是在鹰巢里面。但自从离开那里之后,他就进入了一个奇怪的世界,像平行世界一般,如同原来那个真实的他还存在着,但已经去

第二十六章 肖恩的崩溃

了其他的什么地方。

以赛亚来到了门把手前,肖恩惊慌失措,大声喊道:"你不能就这么把我留在这儿!"

这句话让以赛亚停下了脚步。"不,我能。"他说,"一般而言,对已经损坏并且毫无用处的东西,大家都是这么处理的。"

他的回答让肖恩一时间哑口无言,但以赛亚没再说什么,他离开了仓房,技术人员们也都默然跟随,只留下肖恩一个人。

此时此刻,他依然不敢相信眼前的一切是真的——或许只是出血效应导致的幻觉。既然幻觉曾经让他看到海浪和古人的影像,他准备检查一番周遭的事物:他的轮椅;角落里一大包生锈的铁丝;马厩,一间空着,另一间堆放着一堆破布;木桩上悬挂在钉子上的干草杈;装有极大前车轮的老式自行车。

就这些东西,这几天以来一直如此。

所以这意味着刚才的事是真实发生的。以赛亚刚刚遗弃了他,任由他挂在 Animus 上,双臂张开,像只飞鸟,永远如此。但这不可能,以赛亚不会这么对他。肖恩相信他。

时间在流逝,好几分钟过去了。

他听到两架直升机在轰鸣,引擎发动,然后是螺旋桨破空之声,直升机起飞了。他看到其中一架从房顶的缝隙上空飞过,不一会儿,声响全无。

寂静包围了他,牲口棚四角的黑影像烟雾一样飘浮起来。他又试了几次能不能挣脱束缚,结果发现只是徒劳。

在他无法动弹地被绑在上面一个小时后,他已经感到这是他在 Animus 上所待过的最久的时间了,他的肩膀和肘部开始发痒,然后开始发痛。又一个小时过去了,他的四肢强烈要求他做点什么,但他做不到。他试过用力挣脱扣子和绑带，但丝毫没有用处。唯一能让他摆脱幽闭恐惧的办法就是挪动手指，所以他不停地挪动手指，不时握紧拳头摆动着，就像他从前在医院被护士抽血时所做的那样。

时间在流逝。

更多的时间。

数小时。

以赛亚离开数小时后，随着时间的流逝，他对以赛亚的信任也渐渐消失。到最后，他已经确信，没有人会回来拯救他。肖恩内心最大的恐惧似乎就要成真。他失败了，他就是个废物。

他挂在那里，脑袋一阵抽痛，身体在哀号、颤抖着，失去了本该拥有的行动力。他从未尝过这种苦刑的滋味，并且意识到如果他再不做点什么来转移注意力的话，他的思维可能会化为灰烬，从此再也走不出这段阴影。

他试图回想自己的家，还有父母。他在猜想他们俩对于自己的处境了解多少，比如他所在的位置，并且他模糊地意识到自己曾经和父母通过电话，而且不止一次，每一次以赛亚都坐在他的身旁聆听。

接着，他开始唱歌。歌声从哼唱渐渐变为呐喊和尖叫。他同时也听到了呐喊和尖叫，仿佛是他的回音。他决定背诵字母表，背完之后又来了一遍，再一遍。字母的发音对他已经毫无意义，他就像念下了一段咒语，召唤出一片迷雾，笼罩在他的眼前和意识中，将他的思绪带远。

巨大的黑色亡灵在他的脚下聚集，聆听着悬挂在支架上的他口吐咒语。视野所见空荡一片，一阵狂风席卷而来，眼前的场景消失不见了。

但在远处，一个人影渐渐走近，越来越近，看上去丝毫不受狂风的影响，也不受那些恨不得将他剥皮啃骨的亡灵战士的影响。他就站在亡灵们中央，在肖恩的脚下，肖恩认出了这个人。

是斯泰尔比乔恩。

"你所悬挂的这棵树可真奇怪，"他的祖先说，"你为什么不下来呢？"

"我下不来。我被绑起来了。"

"那就挣开绳索。"

"绑得太紧了。"

"但你很强壮，不是吗？"

"没有你强壮，"肖恩说，"没有人称呼我为强者肖恩。"

"或许他们应该这么称呼你，"斯泰尔比乔恩说，"只要你一声令下，这棵树就根本算不得什么。打破束缚！来吧，挣脱开来！"

"我做不到。"

"挣脱开来！快！"

肖恩闭上眼睛，开始用力挣脱束缚，他的脖子上、肩膀上、背上、手臂上、胸部的每一寸肌肉和筋骨都和绑带紧贴在了一起，仿佛要撕裂一般。

"就是这样！"斯泰尔比乔恩说。

肖恩发出了怒吼，斯泰尔比乔恩也随他一起咆哮着。狂风在呼号，肖恩听到周身发出阵阵摩擦声和断裂声，柱子开始扭曲，倾斜。

斯泰尔比乔恩点点头表示认可，然后他连再见也没有说，便顺着他来时的路，走了回去。狂风开始撕扯这些亡灵，它们的身体四分五裂，牙齿、眼睛，直至全身都被抹去，肖恩独自咆哮着，他使尽了全身的力气……

有东西击中了他。

或者说，他击中了某样东西。他睁开眼睛，发现自己就躺在Animus的下面，圆环的下方，他自由了。系带系统的部分还缠绕着他，但大部分都被撕扯得七零八落。他不知道到底发生了什么，自己是怎么做到的，但现在，他自由了。

将身上残余的系带系统清理干净后，他爬向自己的轮椅，然后翻身坐了上去，自己推着轮椅走出了牲口棚的大门。在外面，他看到斯泰尔比乔恩和塞拉成婚的巨石，还有周围遍布的网绳——那是以赛亚用来做挖掘工作的。几个特工、技术人员，还有保安仍在附近巡逻，肖恩尽可能快且安静地穿过营地，以免被别人发现。

当他来到营地边缘的停车场时，他笑了。以赛亚是坐着直升机走的，车子一辆也没开走。

波因德克斯特就在那儿。肖恩将自己推向那辆SUV，随着他的接近，车门自动打开，降下一道斜坡。

"你好，肖恩。"车子说道。

肖恩推着自己爬上斜坡，然后将轮椅放在车子后部。"你好，波因德克斯特。"

斜坡收了回去，车门关上。"您想要去哪儿？"波因德克斯特问道。

肖恩不知道。他只知道自己必须离开这里，在他头脑还清醒的现在。他在瑞典，这一点毋庸置疑。以赛亚去了一个叫韦斯特罗斯的地方夺取匕首，他担心维多利亚会随时赶上他。这就说明其他人，欧文或是哈维尔，或其他的孩子，也有一个维京人祖先。也许以赛亚是对的，他们也在瑞典，如果真是这样，或许能跟他们取得联络。

"波因德克斯特，"肖恩说，"你还和阿布斯泰戈的网络相连吗？"

"没有，"车子说道，"联络系统掉线了。"

第二十六章　肖恩的崩溃

"你能再把网络连上吗?"肖恩问。

"可以,"波因德克斯特说,"请您稍候……"

肖恩一边等待着,一边不时地朝窗外眺望,以确保没有人看到他,他希望在出血效应侵袭他之前搞定这件事,否则他很有可能失去判断力。

"联络系统现已连接网络,"车子说道,"你需要和谁进行联络?"

"你能连接到鹰巢那边吗?"肖恩问,"或者是维多利亚·碧卜?"

"可以。现在正与鹰巢进行联络……"

肖恩看着控制台前小小的屏幕,只见上面显示着几个互相用虚线连接的图标,一辆车、一个卫星,以及一部手机。不一会儿,肖恩听到了拨号声,又过了一会儿,屏幕上显露出维多利亚的影像。他几乎不敢相信这一切,她就在画面上,透过显示器盯着他看。这是他几周以来见过的最真实的事情了。

"肖恩?"她说,"怎么……"

"维多利亚,"肖恩说,"感谢上帝。听着,我从以赛亚身边逃出来了,但我不知道我现在的确切位置,也不知道我该去哪儿。我需要你给我一些指示。"

"肖恩?"她又说了一遍,"我……我有点不敢相信。好,你……你有没有受伤?你还好吗?"

"我的脑袋出了点问题,"他说,"我想是因为我在 Animus 里面待得太久了。但有时又还好。"

"好的,我们会持续关注这一情况。你会没事的。我……我真不敢相信你会联系我。格里芬和欧文、格蕾丝还有娜塔莉亚都去瑞典了,但我和他们失去了联络,没人接电话。我看你是在一辆车里。你能去他们最后所在的位置吗?你能……你能开车吗?"

"这辆车可以自己行驶，"肖恩说，"只要说出你想要我去的位置就行。波因德克斯特，听着。"

维多利亚报出一个坐标点，车辆读取了这些信息。"预计将在四十七分钟十三秒后抵达。"波因德克斯特说着，发动了引擎。

说完，肖恩和他的车子就出发了，离开了以赛亚的营地，穿行在一片密林中。阳光不停地从树叶和枝条的间隙洒下来，照射着他的眼睛，肖恩抬手遮起了脸。但当他眨眼一看，另一片树林出现在眼前，四处是带毒的荆棘，还有横冲直撞的蛮牛，他使劲眨了眨眼，那些畜生仍没消失，正沿着道路追逐他。

"维多利亚？"他说，"你还在吗？"

"我在，"她说，"在把你们所有人都安全带回来之前我哪儿也不会去。"

"你是治疗精神病的医生，对吗？"他说。

她顿了顿。"是的。"

没有任何预警，肖恩感到自己的声音失去了控制。"我想我需要帮助。"

第二十七章　重返鹰巢

欧文感觉自己都快要放弃了，但他坚持了下来，因为除了坚持他别无选择，他不打算毫无作为地死去。娜塔莉亚和格蕾丝已经一言不发，他想她们可能还没缓过神来。他想要唤醒她们，他要她们起身奋战，即便这场斗争必输无疑。

"真的吗？"他说，即使是以赛亚现在正持枪站在他的面前，"你刚刚把自己比作北欧神话里的神灵？嘿，格蕾丝，说说那头狼最后的结局？"

格蕾丝看向他，仍旧一言不发。欧文等待着，骤然间觉得孤独而愚蠢。但随之格蕾丝清了清嗓子。

"奥丁的一个儿子杀死了那头狼，"格蕾丝说，"撕裂了狼的下巴。"

"对。"欧文朝格蕾丝点点头。然后他转向以赛亚。"所以如果你真的是那头狼,这才是你应该期待的结局。"

以赛亚毫无反应,既没有愤怒,也没有被逗乐。相反,他像一个父亲一样抬手搭在欧文的肩上,欧文缩回身子,将他的手甩了回去。

"别碰我。"他说,尽管他知道在以赛亚手中有枪的情况下这么做是非常愚蠢的。但欧文有袖剑。唯一的问题是,一旦他用袖剑刺杀以赛亚,所有的特工都会开枪,打死格蕾丝和娜塔莉亚,还有他。

"你还记得我给你看过的你父亲的记忆吗?"以赛亚问。

失去格里芬之后,这个问题让欧文心中的怒火升腾起来,他的信心开始失去控制。尽管他之前一直在满口胡言,但现在他难以自持了。他没法对父亲的问题视若无睹,尤其是现在。

"你当然应该想过,那段记忆被我篡改了,对吗?"以赛亚说。

欧文决定一个字也不回答。他不能在此刻失去控制。

"你想知道我在真实的记忆里看到了什么吗?"以赛亚再次弯腰盯着欧文的双眼,但这次,欧文拒绝和他对视。不管以赛亚将要说什么,他都不想再看了,不想再听了。但他没法阻止这一切。

"没有刺客,"以赛亚说,"你父亲……"

"闭嘴!"娜塔莉亚说,这是他们被捕以来娜塔莉亚第一次发出声音,"闭嘴,让他静一静。"

"你为什么要这么折磨他?"格蕾丝也说道,"你手上已经有枪了。不管你说什么,那只会让你显得更加软弱无能。"

以赛亚从他们三人身旁退开几步,在自己的大腿上敲了敲枪管。欧文很高兴看到格蕾丝和娜塔莉亚被唤醒了,即便现在就是他们最终的结局,这样也足够了。

但以赛亚并未将枪口对准他们。相反,他在他们面前踱了一会儿,看向道路的远方。

"在蒙古,"他最后说道,"我看到了一切。三叉戟让你们看到的东西,我也全都看到了。"他回身面向他们,"在我用戟尖刺死那个刺客之前,我看到了她内心深处最恐惧的事情。你们想知道是什么吗?"

"不。"娜塔莉亚说,低沉的语气中带着愤怒。

"她害怕自己的亲生父亲,"以赛亚说,"和他对她的所作所为。她又重历了一番。她带着这些痛苦的回忆死去了。"

娜塔莉亚啜泣起来,欧文看向她。她在流泪。

"闭上你的嘴,"他说,"快动手吧。"

但以赛亚似乎没听到他的话,只是径直走向娜塔莉亚,他挺直了身子,直视着她。她没有抬头看他。

"是,"以赛亚说,"她的死全是你的错,一如你的祖父母被谋杀的梦魇一样。永远有那么一些事情,如果你当时做得更好,就不会发生。"

娜塔莉亚的肩膀随着她的哭声颤抖着。

"别听他的,"欧文说,"娜塔莉亚,那不是真的。"即便他这么说,他也知道这么说是不对的,燕玫的死再真实不过了。

以赛亚转向格蕾丝,缓慢地走了过去。"还有你。听着,你救不了你弟弟的,不管你如何努力。这边的事了结之后,我就去鹰巢,找到他。"

格蕾丝朝他扑了过去,但以赛亚举枪对准了她的前额。她举起双手退了回去,但她的双目仍愤怒地瞪着以赛亚。

"你要敢伤害他……"她说。

"噢,继续说下去。"以赛亚说,等待着。

格蕾丝没有再说什么，以赛亚再次转身面向欧文，后者早已知道他会说什么。随着以赛亚的接近，他在心里做好了准备。他要用力地告诉自己他的话都是假的，是谎言。

"至于你，欧文，"以赛亚说，"我该怎么向你诉说那些你不知道的事呢？你就是不敢让自己承认罢了。但，犯下所有罪行的人就是你父亲。他自己，是个冷血杀手。"他靠得更近了，"当然，我是在说他自己的记忆，他的所作所为。他就坐在那里，看着安保人员的血液漫延开来。他很惊讶，居然这么快，一个生命就没有了。"

欧文紧咬着牙关，牙齿几乎要被咬碎，但他没有发出任何回应。不能让他称心如意。以赛亚在说谎，他爸爸是无辜的。

他爸爸是无辜的。

他爸爸是无辜的。

他爸爸是无辜的。

但即便欧文一遍又一遍地重复着这个信念，像念咒语一般，念了一百万次，他仍觉得心里一片空虚。他意识到自己并不知道该信任谁，他意识到他不知道自己还相不相信，他甚至不敢确信自己曾经有过这个信念，可能一直以来，他都把愤怒发泄给了他人，因为那些他自己犯下的过错。

他的母亲并不脆弱。

他才是那个脆弱的人。

他的外祖父母并不是糊涂而固执的人。

他才是那个一直对自己说谎的傻子，那个现在不知道怎么面对真相的傻子。

以赛亚走开了，在不远处挺身睥睨着他们，像是一个测量陨石坑的测量员。然后他举起手枪，欧文知道这是他的最后一刻，但以

第二十七章　重返鹰巢 | 301

赛亚停止了动作,欧文听到了引擎的声音。

这声音让他重新振奋起来。

他看向自己的左侧,两道亮光在路口处闪现,然后一辆大型SUV冲了过来。他伸出两手,一手抓起娜塔莉亚的胳膊,一手抓起格蕾丝的胳膊,将两人向后拉开,这样车辆就能从他们和以赛亚之间穿过。欧文在想或许这能引开敌人的注意,让他们能够逃向另一侧的树林。

但SUV在他们面前发出一声急促的刹车声,停了下来。侧门打开,肖恩坐在里面。

"进来!"他说。

娜塔莉亚张大了嘴。"肖恩?"

"快点!"他说。

欧文坐到副驾驶座,格蕾丝和娜塔莉亚从肖恩身前跨过,坐进了后座。然后欧文就看到了空荡荡的驾驶席。

"什么鬼?"

枪声响起,子弹精准地打在SUV车身上。但很显然,这辆车是防弹的。

"波因德克斯特,"肖恩说,"开车,速度快点。"

"是,肖恩。"一个电子合成音响起。SUV发动起来,像一支离弦之箭疾速行驶,欧文由于惯性紧紧贴在座位上,森林在黑暗中只能看到模糊的黑灰色影子。

"一辆自动驾驶汽车。"格蕾丝说,她坐在肖恩身边。

"对。"肖恩说,然后他稍稍提高音量问道,"维多利亚?你还在吗?"

"我在这儿。"维多利亚说,她的声音从汽车内部传来。

"我找到他们了。"肖恩说。

"噢,感谢上帝,"她说,"大家都还好吗?我能和格里芬说话吗?"

肖恩环顾整辆汽车,好像才注意到格里芬没在里面。他看着格蕾丝。

格蕾丝略微提高声音,说:"维多利亚,格里芬死了。"

那边一下子陷入沉默中。"是怎么回事?"

"以赛亚的特工,"欧文说,他低头看着自己的手腕,"他们打中了他。"

大声说出这个事实让欧文觉得似乎现在它成了无法改变的现实。SUV全速远离以赛亚,同时也在全速远离格里芬的尸首,远离森林小溪边格里芬的尸首。

欧文从格里芬那里学到了很多。他们有过争执,但他尊重格里芬,甚至崇敬他。有好多次格里芬都舍身救下了欧文的性命,而且他舍弃了生命中最重要的东西——兄弟会——来阻止以赛亚。

"我很抱歉,"维多利亚说,"你们都还好吧?有没有受伤?"

"我们还好,"格蕾丝说,"就是有点……动摇。"

"我想象不到。"

"以赛亚拿到了第三枚戟尖。"娜塔莉亚在后座说道。

电话那头再次沉默。"我租了一架飞机,"维多利亚说,"你们现在正去往那里,然后飞机会带你们回到这里。我们要挂断了,让车子保持离线状态,不然,以赛亚能追踪到你们。所以,大家要团结在一起,注意安全,我们回头见,好吗?"

"好。"格蕾丝说。

"还有一件事,"欧文补充说,"我,呃,我告诉以赛亚门罗已经搞定了崛起计划。我告诉他崛起计划能够阻止三叉戟。我想以赛亚可能会去鹰巢，我很抱歉。"

"那我们就有的忙了，"维多利亚说，"我们很快就会再见面的。别忘了断网离线。再见。"连线中断了。

"波因德克斯特。"肖恩说。

"是，肖恩。"

"把联络系统切换到离线模式。"

车子照命令做了，娜塔莉亚从后座倾身向前。

"好，"她说，"现在你能说说你的故事了，还有你在这车里干什么。"

欧文从副驾驶位转过身来准备听他说话。

"嗯……"肖恩说，一边挠着自己的太阳穴，"实情是，我自己也不知道。我说的是，我知道，但是我不知道该不该相信自己知道的东西，你知道吗？"他打断自己的话，开始摇头，"好吧，这听上去真够混乱的。"

他和在鹰巢的表现有所不同。那时候他焦躁不安，缺乏判断力。

"我在 Animus 中待了太久，"他说，"以赛亚让我一直重复做那些事情。我的出血效应非常严重。"他顿了顿，点点头，"真的很严重。以赛亚对我使用了三叉戟，这……让我感觉失去了自我。"

"噢，肖恩。"娜塔莉亚拍了拍他的肩膀以示安慰。

欧文试图想象那是一种怎样的感觉，但他想象不到。"你是怎么逃出来的？"

"以赛亚把我留在 Animus 里，自己去找第三枚戟尖去了。我——不知怎的就挣开了。然后我到波因德克斯特里面联系了维多利亚，基本上这之后的事情全是由她来做的。"

"嗯……你现在安全了,"格蕾丝说,"你回来了。"

"我回来了,"肖恩说,"但我感觉还是有点不对劲。维多利亚说我需要时间,但她会帮我的。"

娜塔莉亚又从后座拍了拍他的肩膀,肖恩笑了。车中渐渐变得安静,随着惊讶和激动的心情逐渐平复,以赛亚所说的一切开始侵袭欧文——那些话语总能击中他最脆弱的地方,一如既往。以赛亚很可能还是在说谎。事实上,这个可能性很大。但欧文心中现在有了疑问,这在之前是没有的,或者至少,他从未真正承认过,甚至对他自己也没有。不过,现在他知道了自己内心的想法,他不能再逃避了。现在他只想回到鹰巢,该让门罗领着他探索真相了,不管这个真相是什么。

不一会儿,车子停在了一个私人机场前。欧文扫视周围,没有看到以赛亚的踪迹,或是任何阿布斯泰戈特工。相反,出现在眼前的是停在停机坪上待命的三架飞机,两架小型推进式飞机和一架大型喷气式飞机。飞行员是一名金发中年妇女,她和两名飞行助理正在移动扶梯下等候着。

"就我一个人,"格蕾丝说,"还是你们大家现在也都会对每个出现的家伙疑神疑鬼?"

"你不是一个人。"欧文说。飞行助理中一人穿着猩红色衬衫,打着黑色的领带,他身旁的女人则穿着深蓝色的裙子和短上衣。他们两人,甚至是飞行员,都有可能被以赛亚收买。这是有可能的,欧文不得不担心这一点。

车子停在喷气式飞机前,并且打开了侧门,放下了斜梯。

"再见,肖恩。"车子说道。

"再……再见,波因德克斯特。"肖恩说。然后他迅速将自己推向斜梯，推向飞机。

飞行员和飞行助理向他们所有人表示问候，并且帮助他们登机。客舱中的陈设和欧文在电影中看到的那些私人飞机别无二致，两边是豪华的座椅，中间是宽敞的过道。欧文在猜测这次行程会花掉阿布斯泰戈多少钱，但他决定不去打听。他只是对维多利亚的安排心中感激。他们都自己找了位置坐下，一名飞行助理将肖恩的轮椅推向飞机尾部存放。

乘务员们给他们拿来带有阿布斯泰戈标志的换用衣物，很快，他们就飞向天空。不一会儿，肖恩睡着了，但欧文却迟迟没有睡意，他的思绪在爸爸和格里芬之间来回跳跃。但最终，他昏昏欲睡，并允许自己闭上了眼睛。

飞机降落时，欧文很高兴地看到维多利亚在等待着他们。格蕾丝和娜塔莉亚似乎也很开心，维多利亚甚至也短暂地拥抱了一下肖恩。欧文猜测，相比其他人，她可能对肖恩身上发生的事情抱有别样的愧疚感。

在扶梯底部，他们爬上一辆运货车，车子载着他们穿过停机坪。很快，他们来到一个直升机起落坪，一架巨大的直升机在那里等着他们。这对于欧文来说又是一个第一次，由于这次的噪声和狭窄空间带给他的不快，他更喜欢私人飞机一点，但并不是说一辈子都得这么选择。

直升机带着他们前行，翻越山脉。在即将抵达目的地时，欧文终于有机会从上空俯瞰鹰巢建筑群。这些建筑在山顶上四散开来，但看上去却并不霸道。相反，它们被巧妙地融入环境中，玻璃回廊像蛇一般分布在森林中，藏于树荫之下。一降落，他们就顶着直升机螺旋桨掀起的大风，走进鹰巢的大厅中。

欧文很惊讶回到这里的感觉竟然如此美妙，在他身旁，肖恩一边推着轮椅穿过大厅，一边咧嘴傻笑着。他们来到公共休息室，很快，门罗、哈维尔，还有大卫都来了，但格里芬的缺席使得整个房间笼罩着忧伤的气氛。

哈维尔和大卫已经完成了集体潜意识的虚拟进程，据门罗所说，他们的经历和欧文、格蕾丝，还有娜塔莉亚的经历基本一致，是同一枚基因胶囊。但欧文仍旧不知道这枚基因胶囊能帮助他们做什么，它能怎样保护他们不受三叉戟的影响。

"它没能在瑞典保护我们。"他说。

"以赛亚在你们身上使用了三叉戟吗？"维多利亚问。

欧文摇摇头。"没有直接用。但他知道了我们所有人在蒙古经历的恐惧，他甚至知道我们所恐惧事物的每个细节，而且，他用这些恐惧来对付我们。我没感觉自己被什么东西保护着，没有所谓的护盾。"

门罗转向格蕾丝和娜塔莉亚。"你们两个呢？"

"一样。"娜塔莉亚说。

"差不多。"格蕾丝说。

门罗皱起了眉头，用手掌揉搓着下巴上的胡须。"我们带肖恩去经历虚拟进程，然后我们再一起探讨探讨。"

"我不觉得这是个好主意，"维多利亚说，"肖恩刚刚经历巨大的精神创伤。"

"那我觉得把决定权交给肖恩就显得尤为重要了。"门罗说。

肖恩来回看着他们俩。"如果大家都完成了，那么我也应该完成。我现在感觉好多了。"

"棒小伙。我觉得你应该经历一番,这很重要,对你们每个人来说都是。看上去一切都已经设想好了。"

"好好照顾他。"维多利亚说。

门罗竖起拇指表示赞同,然后他和肖恩离开了公共休息室。

"至于其他人,"维多利亚说,"你们需要做决定。很可能,以赛亚正在往这里进发。崛起计划一直是他的心魔,现在我们知道原因了。他会为了门罗而来的,因为他知道崛起计划对他来说是个威胁。而你们要做的抉择就是,要不要留在这儿,直到他来临。"她将平板电脑放在桌上,双臂交叉,"格里芬的死提醒了我们大家所处理的麻烦有多危险。我之前和你们说过,现在我要最后再说一次,如果你们中有人想要离开,没问题,我不会逼迫你们任何人留下来。"

欧文稍做思考。"我想我们都知道这其中的凶险,"他说,"在瑞典,以赛亚拿枪指着我们,告诉我们他将吞噬日月的时候,我们便知道了。现在他拥有完整的三叉戟了,他想称自己为魔狼芬里斯也好,别的什么也好,因为的确,他势不可挡。我不知道去别的地方能有什么好处。我会留下来,和他战斗到底。"

"我也是。"娜塔莉亚说。

格蕾丝和大卫对视了一眼,他们似乎在进行无言的争辩,欧文从刚见到他们就习惯了这个场面。大卫想要留下来战斗,格蕾丝想要保护她的小弟弟。大卫拒绝离开,所以格蕾丝决定她也要留下来,就这样。

"看样子我们都准备留下来,"哈维尔说,"为了格里芬。"

欧文面向他最好的朋友,他不知道现在合不合适,但他也不知道是否还会有更合适的时机,以赛亚已经在来的路上了,他撸起连帽夹克衫的袖子，解开了袖剑的绑带。

"是那件东西吗？"哈维尔问。

欧文点点头。"他想让你拥有它。他让我告诉你，这是你应得的。"

"他这么说了？"

欧文将袖剑从手腕上取下，递给哈维尔。"那是他的遗言。"

哈维尔接了过去，死死地盯着它，紧皱着眉头。"但我没有资格得到它，我不是刺客。"

"我只是转告他说的话，给你他想要你得到的东西。我觉得，该怎么处理它是你的权利。"

哈维尔点点头，将袖剑放在桌上。

维多利亚挑眉看着这东西。"我只能假装没有看到了。话说回来，我们现在需要一个计划。"

第二十八章 三叉戟的力量

"以赛亚会带着他能控制的一切武器装备席卷而来,"维多利亚说,"不只是三叉戟,他会带上所有为他所控制的特工,因为他肯定觉得鹰巢戒备森严。"

"到这时候,我们真的,只能靠我们自己了。"大卫说。

维多利亚叹了口气。"是的,完全没错。"

"所以我们该怎么办?"娜塔莉亚说,"我们其实没啥获胜机会,对吗?"

"胜利的天平确实不在我们这边。"维多利亚说。

"那我们就改变它,"哈维尔说,"这就好比虚拟进程中的维京人战争。"

"对。"大卫点点头表示赞同,"我们要让他们减速,尽可能地削弱他们的数量优势,就像奥斯特和托瓦尔德所做的那样。"

"怎么做?"格蕾丝问。

哈维尔面向维多利亚。"我们现在对鹰巢的防御系统还算比较了解,因为我们曾经渗透进来过一次。所以问题在于,你觉得,以赛亚会采取什么方式进攻?"

"直升机。"她说。

"那我们要做的第一件事,就是不让直升机顺利降落。"哈维尔说。

"以赛亚的军队也可能会开车上山。"维多利亚说。

"那我们就封锁道路,"大卫说,"我们逼迫他们徒步上山。"

"我们也可以在树林里设置陷阱,"哈维尔说,"尽量让他们难以抵达山顶。"

维多利亚点点头,露齿一笑。"我猜,这些都是你们祖先的惯用伎俩。"

"所以接下来,我们有的忙了。"哈维尔说。

他们着手的第一件事,就是打开鹰巢的仓库,拉出每一个沉重的盒子和板条箱,然后搬到直升机停机坪上去。他们把这些杂物随机地堆放在停机坪上,让整个停机坪杂乱无章,无处下脚,这样直升机就没法顺利降落了。山顶的其他地方都生长着各式各样的树木,要想停下飞机也没有足够大的空间,这就意味着如果直升机想要降落,必然只能选择离鹰巢很远的地方。

下一步,他们和门罗开车下山,然后使用从鹰巢的工具间中找到的链锯锯倒了几棵大树,让树干正好横陈在大路中央。伴随着链

第二十八章 三叉戟的力量 | 311

锯的轰鸣声，木屑纷飞，空气中飘散着木香，欧文担心这噪声会让他们错过直升机飞近的声音。但很快，他们就锯倒了几棵树干，现在，除非是坦克，一般的交通工具很难顺着山路抵达鹰巢了。

现在就剩下计划中的森林陷阱没有实施了。

鹰巢有自己的警戒系统，但格里芬曾经轻松地避开这些监控，因此欧文觉得这也难不倒以赛亚和他的属下。但哈维尔脑中蹦出一个新的主意，这也是他从自己的维京人祖先的经历中汲取而来的。

鹰巢里面还有用以驱赶野兽的设备，包括 M-44 氰化物炸弹。但欧文看到那东西时，觉得它更像是洒水喷头而非炸弹。阿布斯泰戈用这些装置来驱赶设施周围出没的草原狼和狐狸这些掠食性动物。以赛亚没有带走这些东西，可能是因为他觉得这些并非什么高效的武器。但氰化物对于减缓敌人的行军速度，甚至阻挡那些特工上山，都是非常有效的。所以他们在以赛亚到来之前所做的最后一件事，就是将 M-44 氰化物炸弹散布在森林中，一旦有人触发，就会被喷散出来的毒气侵害。

做完这些，他们就只能等待了。

肖恩完成了集体潜意识的虚拟进程，的确，他似乎从以赛亚强逼他工作的失神状态中恢复了一点。但欧文觉得他要真正回归正常还需时日。

准备工作就绪后，他们都聚集在公共休息室，讨论其他的战术计划。门罗站在桌首的位置。

"一旦直升机发现无法顺利降落，"他说，"可能会有一些特工顺着绳索爬下来，那些是我们需要担心的第一批敌人。我们设置的路障和陷阱会让地面部队暂时疲于应付。"

"所以我们怎么对付那些像蜘蛛一样爬下来的人呢？"娜塔莉

亚问。

"我们干掉他们。"欧文说。

"格里芬的装备里有一些武器，"哈维尔说，"有手雷、电磁脉冲装置，还有催眠弹。只要我们使用得当，就能给他们造成一定的伤害。"

"我们需要选出一个核心地带作为我们的壁垒，"维多利亚说，"我推荐地下车库。那里入口不多，窗户全无。鉴于我们的人数劣势，我觉得应当逼迫敌人进入狭路，一决胜负。"

"同意，"门罗说，"所有人，打点自己所需的一切，我们去地下车库。"

欧文没什么东西，但在鹰巢搜刮一番后，他的确也发现了一些起码比在瑞典挥舞的铲子要更好使的武器。然后他把所有东西都搬进车库，连带着其他人找到的一切，他们开始在各个入口设置路障。

门罗做的最后一件事情，就是将存储着崛起计划所有资料的Animus核心带了下来。这就是以赛亚梦寐以求的东西，如果他想要获得它，就必须为之付出代价。之后，他们再次聚集在公共休息室，等待着。这一次，无人说话，每个人都在专心注意有没有直升机的声响。

他们已经做了能做的一切。虽然欧文担心这些还不够，但他已经准备好面对敌人了，仍旧不确定的一点是，密涅瓦传达的奥秘会带来怎样的帮助。

他们等待着。

等待着。

最终，他们听到了那个声音，来自远方的直升机螺旋桨转动的声音。以赛亚已经来了。

"准备战斗。"门罗说。

第二十八章 三叉戟的力量 | 313

他们无声地从桌前起身,冲出公共休息室,来到中庭。几分钟后,直升机开始在他们头顶盘旋,很明显,他们已经注意到停机坪上的杂乱。

"准备好。"维多利亚说。

欧文取出一枚电磁脉冲手雷,然后他回想起初次遭遇阿布斯泰戈直升机的场景,那是在麦格雷戈山,尤利西斯·格兰特的故居。

欧文抬头看着头顶的直升机,把玩着手中的手雷,看了眼哈维尔。"我要去屋顶。"他说。

哈维尔看了他一眼,然后点点头,理解了欧文的意图。"来干吧。"

他们飞速狂奔,门罗在身后喊叫,但无济于事。他们越过电梯,直奔楼梯,三步并作两步向上攀爬,一层层直上,直到抵达鹰巢的最高平台。

在冲出去之前,他们在门前停下了脚步。一旦出门,他们可能会被子弹击穿。

"你准备好了吗?"哈维尔问。

欧文准备好手雷。"给我报个数。"

"三,二,一……"

哈维尔撞开门,欧文一个翻滚,闪身而出。随即,他看到了离他最近的一架直升机,心里默默希望着以赛亚就在这架直升机里,然后猛力将电磁脉冲手雷甩了过去。

手雷甫一离手,他就听到了枪声,子弹打在水泥平台上,火光四射,尘土飞扬,他们赶忙缩回室内。

"你打中了吗?"哈维尔问。

欧文不知道,但他回头一看,只见他瞄准的那一架直升机螺旋桨已开始减速。"我打中了。"他说。

手雷的电磁脉冲已经使直升机的电力系统完全崩溃,直升机失去控制,在空中打着旋儿下降,另一架直升机不得不躲开。

"干得漂亮。"哈维尔说。

失控的直升机在他们头顶斜冲下来,机尾与鹰巢的窗户极为接近,欧文突然想到,直升机很有可能直接撞进楼里,这是他没想到的。

"我们最好回去,和其他人待在一起。"他说。

于是他们飞速跃下楼梯,速度比起爬楼梯要快上不少,他们看到门罗仍是一脸怒容。但其他人都注意到了直升机,他们看着直升机从中庭的玻璃天花板上空掠过,近了,更近了,直到最后,所有人都知道了——直升机将要坠向地面。

"快跑!"维多利亚喊道。

他们都跟随她,冲向地下车库,他们准备躲在那里,因为头顶的天花板碎裂,玻璃碴儿如雨落下,巨大的响声如龙卷风席卷整个鹰巢。然后直升机整个儿坠入中庭,首先是机首,而螺旋桨则在下坠过程中不断地摩擦着建筑。

其他人在直升机撞到地面之前逃离了中庭,但他们位于欧文和哈维尔的另一侧。

直升机的螺旋桨撞击着地面,把瓷砖和地板打得粉碎,其中一片桨叶折断飞了出来,呼啸着从欧文头顶飞过。他和哈维尔低着头,不断俯身躲避着,直升机的机体砸向了地面,在玻璃墙壁之间翻腾,穿过会议室、公共休息室,最后卡在前门上。

"走!"哈维尔喊道。

他推了欧文一把,两人跑向其他人。天花板已经门户大开,另一架直升机从破洞里垂下绳索,不一会儿,特工们从那个缺口降落下来，已经在开火了。

欧文、哈维尔和其他人会合了，他们从中庭出发，穿过走廊，来到通往山的另一侧的车库入口的玻璃通道。

"这么做简直愚蠢至极！"门罗怒喊道。

"但我搞定了一架直升机！"欧文也喊了回去。

"你把整栋楼也差不多搞定了！"他说，"差点把我们也搭了进去！"

在通道中，欧文能更清楚地看到森林中的情形，透过玻璃，他隐约听到叫喊声和枪响，那是鹰巢的岗哨。不知道 M-44 氰化物炸弹有没有发挥作用……但他不可能到一片混乱的森林去一探究竟。

不一会儿，他们抵达了地下车库，带着少量武器，他们分成小组，选好位置，守住不同的入口。欧文还有一颗电磁脉冲手雷，哈维尔还有颗催眠弹。其他人各有自己的武器，也都是从格里芬的装备中取出来的。

"准备好了！"维多利亚喊道。

欧文听着远方传来的阵阵声响，似乎第一架直升机爆炸了。现在特工们随时都有可能找到他们。他的身体兴奋得有些麻木了，但他还是保持着警觉和镇定。

"如果他们靠近你守卫的入口，你们知道该怎么做的。"门罗说。肖恩坐着轮椅，就在他附近，娜塔莉亚则站在他身侧。

过了一会儿，他听到特工们接近的脚步声，还有无线电的声音。他和哈维尔做好行动准备，当敌人全副武装地出现在眼前时，他们同时发起了进攻。欧文扔出他最后一枚电磁脉冲手雷，干扰他们头盔中的语音系统以及视觉加强系统。

然后他和哈维尔冲了过去，赤手肉搏起来。欧文赌上他所有经历中学到的技巧，所有的出血效应，用他的拳头、腿脚，还有一条从工具箱中找出的钢筋，放倒了不少敌人，然后他们穿过走廊，撤回地下车库。空旷车库的另一侧，门罗和娜塔莉亚也开始对付一群特工，欧文想要去帮助他们，但这样一来，他这边的入口就无人防守了。几秒后，他很高兴自己并没有擅自过去帮忙，因为又一批圣殿骑士特工向他和哈维尔冲了过来。

电磁脉冲手雷用完后，他们拥有的唯一武器就是哈维尔的催眠弹，欧文将它掷了出去。但效果产生得太慢了，一些特工冲过了那片烟雾，欧文知道他们撑不了多久了。

又一批特工突破了维多利亚、大卫，还有格蕾丝的防线，现在欧文只能拼命防守，他闪转腾挪，试图卸掉特工手中的枪支。

"向我这边撤退！"门罗喊道。

这场溃败来得比欧文预想中更快。他和哈维尔首先同维多利亚、大卫，还有格蕾丝会合了。维多利亚在和自己从前的同事作战，而大卫和格蕾丝很明显都从他们自身的出血效应获得了力量。

但仍旧，毫无胜算。

即便他们把敌人全打趴下了，以赛亚都还没现身。

这个念头像一句魔咒，一闪而过之后，以赛亚高视阔步地走了进来，手持着完整的三叉戟。

"干掉他们！"他喊道。

"不！"肖恩尖叫着，以赛亚听到了他的叫声，"我要和你打！我要向你发起挑战，以赛亚！"

"停！"以赛亚吼道，几秒之内，他的特工们都停了火，收起了武器，"经历了那么多次失败，你还要挑战我，肖恩？"

"我要挑战你!"肖恩重复了一遍,推着轮椅前行。

"你还以为自己是斯泰尔比乔恩吗?"以赛亚问。

"不,"肖恩说,"但我不需要阻止你。我知道你内心深处的担忧。这就是你来这儿的原因。"

以赛亚轻蔑地一笑。他穿着一件光滑的白色武装服,邪恶的伊甸三叉戟的长杆之上插着所有的三枚戟尖。欧文现在看着这件武器,觉得那不只是力量的源泉,也是带来灾厄和死亡的凶器。

"地球的重生从现在开始,"以赛亚说,"从你们的死亡开始。这是你们自找的。"

"没错,"欧文说着,向前走了一步,站在肖恩身侧,"从我们的……"

以赛亚猛力将三叉戟砸向地面,将其杵在脚旁。水泥地面被砸碎了,金属之声响彻整个车库。

然后就是恐惧。

欧文闭上眼,抱头抵挡这片风暴。他曾经经历过这种恐惧。他见过这些东西,所有关于他父亲的恶言恶语都成为现实。他知道其他人也正在经历他们各自的地狱。但对欧文来说,这次和他上次的体验又有不同。门罗总是在质疑他没有做好准备看他父亲的记忆,欧文一直不懂他的意思。

现在他懂了。

之前,除了父亲是清白的,欧文从没考虑过他父亲的记忆会揭示出其他结果。但门罗曾问他,如果那些记忆揭示的结果和他所期盼的正好相反,会怎么样。如果他还没准备好接受这一结果,会怎么样。门罗所说的准备好,其实就是让欧文准备好接受其最大的恐惧变为事实。他必须要接受,他的父亲可能就是杀人犯。他必须接受，他的外祖父母是对的。

他必须接受这一切。

这就是恐惧的对立面。它并非勇气，或是果敢。他会在果敢的同时，感受恐惧。但如果他停止抗拒恐惧，接受它，恐惧就失却了力量，就如娜塔莉亚接受了巨蛇可能会吞噬她的事实。

这就是密涅瓦赐予他们的东西吗？并非免疫，而是对抗三叉戟魔力的方法？

欧文直视着三叉戟展现给他的景象。

他接受了，这一切或许就是真的。

他接受了自己其实对于爸爸的所作所为一无所知，他可能永远也不会了解，甚至可能，他并不需要知道。他可以继续走下去，过自己的人生。

眼前的景象随着这些想法烟消云散，克服恐惧后，欧文睁开了眼睛。

其他人仍旧在幻觉的重压下抬不起头，欧文大声呼唤着他们。

"你们要接受自身的恐惧！"他喊道，"想想那条巨蛇，走进它的血盆大口！"

一个接一个地，他的朋友们睁开眼睛，摆脱了他们的恐惧，他们站得更直了，眼角闪着泪光，他们终于明白古神密涅瓦赐予他们的护盾究竟是何物了。

"听着！"哈维尔说，"我们同时冲向他，全力以赴。用上出血效应，还有其他技巧。"

"不！"以赛亚叫喊着，他再次用三叉戟敲击地板。

这一次，欧文感到自己的心神被从以赛亚处传来的一阵又一阵的敬畏之波冲击着。

"我给你们更好的世界！"以赛亚说，"你们难道不懂吗？你们看不到吗？地球脆弱而充满弊病，它存活得太久了。必须让它死亡，而后重生。我给你们这些。新的地球将由你们传承，只要你们加入我！"

以赛亚身上散发着神性的光辉，吸引着欧文向他走去，欧文想要为那道光芒献身。他想要服侍在其左右，去感受它的温暖。但他强行闭上眼睛，不去看那道光芒。他回想起自己在大道上的第二站，那个流浪者，那只不知疲倦跟随他们的大狗。当欧文为那只大狗找寻新的伙伴时，他既没有选择高塔上的有钱人，也没有选择带着牧群的牧羊人，他选择了另一名流浪者，一个真理的求索者。

以赛亚不配得到任何忠诚，因为他的光辉是个谎言。

欧文睁开眼，以赛亚周身的光芒变得灰暗，变得阴冷。然后欧文又向他走近了一步。其他人也都破解了他的这一招，他们都从密涅瓦的赠礼中找到了答案。

以赛亚的脸上写满了愤怒，三叉戟第三次敲击地面。冰冷的洪波现在在欧文的脑中泛滥，这是绝望的潮汐，将他推向深渊，召唤他拥抱赦免。

在这召唤之外，他听到以赛亚的声音。"你们都看不到我所看到的，你们都无法理解我所理解的，但我能带你们离开这堕落的星球，我能带领你们走向希望和重生的世界。"

欧文感到深渊在侵占自己的意识，他再次置身于那座悬崖之上，风拍打着他的脸颊，山顶遥不可及。在一条小径上，以赛亚给他提供了绳索，以供抓握，这是保他平安的承诺。但另一条路上，欧文已经靠自己赢过一次。没有绳索，只靠他自己的力量，他自己的双手，他自己的意志。

他不再看那深渊，不再看那绳索。他要将希望和信念寄托在自己身上。

这么一想，绝望的种子消弭了，当欧文第三次睁开眼睛，他离以赛亚已只有咫尺之遥。其他人也几乎已经接近他了，他们都在攀越自己的山崖，但欧文决心不再等待。

他冲了过去，任由刺客祖先接管他的身体。维琉斯，张芷，两个来自不同时代不同世界的战士融合于一身。他们都耕耘于黑暗，服务于光明。但以赛亚也做好了准备，即便三叉戟的魔力对于欧文的心神失去了效力，它锋利的边缘也仍渴求着鲜血。

以赛亚跳开，在身前挥舞着三叉戟，这样欧文很难接近他。但渐渐地，其他人也跟了上来，哈维尔、大卫、娜塔莉亚，还有格蕾丝。

以赛亚脸上的狂怒在欧文眼中渐渐化为恐惧，欧文忍不住笑了，现在以赛亚终于理解了崛起计划的含义。

以赛亚挥舞着长戟，跃向欧文，但其他人加入战圈，保护着欧文，他们没有武器，徒手作战。以赛亚的身手比欧文想象中要难于对付得多，他旋转跳跃，用力挥刺，但欧文和其他人挡下了他的每次进攻，他的动作开始变慢。

门罗和维多利亚站在一旁，等待着，观察着，以赛亚的特工们也是如此，就好像他们懂得所谓挑战必须分出胜负。

但就快要结束了。这场战斗，行将结束。欧文和其他人逼近以赛亚，拳脚齐施。以赛亚哼了一声，连连后退。他们发起一轮接一轮的袭击，打得他丢盔弃甲，三叉戟也飞到了一旁。

以赛亚看着三叉戟抛弃自己，想要再次夺回它，哈维尔闪身而出，手腕上绑着格里芬的袖剑。

袖剑一闪，一切终结。

以赛亚瘫倒在地,一时间,寂静无声,没有人做任何动作,仿佛时间静止。他们都站在他的尸体旁,粗重地喘着气。

渐渐地,以赛亚对圣殿特工们施加的控制开始消失,他们都面面相觑。维多利亚在车库里下达命令,但他们仍是一脸茫然,站立不稳,维多利亚快步走向三叉戟。

但娜塔莉亚先一步赶到。

她举起这件武器,紧握长柄,目光坚定。

"娜塔莉亚,"维多利亚说,"来,给我三叉戟。"

"不。"娜塔莉亚说。她的声音平静而有力。

"娜塔莉亚,"维多利亚说,"我不会再说第二遍。给我——"

"你应该和我一样,知道没法从她那儿夺取那东西,"门罗说,"不过看到你努力的样子倒是颇有乐趣。"

维多利亚抬高声音。"在这件事上你无权插手,门罗。你从圣殿骑士团出走,远离了这一切,但我没有。我仍旧致力于让世界回归其应有的模样。"

"就像以赛亚那样?"娜塔莉亚说,"何处是终点,维多利亚?"她低头看向手中的武器,然后看向欧文。"密涅瓦想要我们做得更多。只有我们六个人能做的事情。"她伸出三叉戟,他们都围了过来,抓住这件武器。

一触到它,欧文感到一种振奋人心的冲击波顺着肌肉穿过他的手臂,到达他的心脏,速度极快。但这种力量似乎从他内心深处唤起了某些其他的东西。他感到脑海中升腾起一个存在,和在Animus中的感觉类似,一个遥不可知、大象无形、无边无际的意识出现,他甚至难以感知到其存在。

然后他听到了密涅瓦的声音在脑海中回荡。**时机到了。你们将**

我召唤至此，我将要完成亿万年前就该完成的事情了。

欧文体内的力量从他的心脏涌出，穿过他的手臂，回到了三叉戟中。长柄和戟尖开始震颤，一开始，还较轻缓，但很快震动感越来越强烈，欧文感觉自己简直快要握不住它了。他看着其他人，他们都咬紧牙关，紧紧握住不放手，三叉戟在他们手中几乎已经成了一道虚影。突然间，三叉戟中似乎有什么东西消失了。这件武器表面最终破裂，它所储存的所有威力和能量都被释放出来，形成冲击波向外辐射。现在，三叉戟不过就是一件普普通通的金属兵器。

欧文精疲力竭地放手了，其他人也都放手。三叉戟掉落在地。

"你们做了什么？"维多利亚问。

娜塔莉亚转身面向她。"我们拯救了世界。"

尾 声

轿车转入格蕾丝和大卫所居住的街道,此时,她对于回家这件事产生了一种奇怪的不适感。一方面,这儿还是原来的那个地方,但是另一方面,她对于这里的感受已经发生了变化。现在,她知道了一些其他人不知道的事情,她做到了一些她周围的人没有做到的事情。维多利亚曾经告诉他们,也许他们需要花费一些时间来适应普通人的生活,但是他们最终会适应的。她还一并承诺,只要他们不做什么吸引眼球的事情,圣殿骑士们会远离他们平静的人生。格蕾丝觉得这个承诺犹如鸡肋,甚至等于没说。这意味着,他们很可能正在被监视。不过话说回来,她也没有再次走进圣殿骑士团和刺客兄弟会的打算,所以她告诉自己,没什么好担心的。

车子在他们的房子前面停了下来,她身旁的大卫叹了口气。

"我们到了。"他说。

"我们到了。"格蕾丝也说。

"我很高兴,维多利亚能用车把我们送回来。"他说,"老爸要是看到坠毁在鹰巢里的直升机,他会疯掉的。"

"说到爸爸,"格蕾丝说道,"我们说好的,不告诉他和妈妈任何事情，对吧？"

"对。"

格蕾丝紧盯着他。

"干吗？"他说，"我不会说漏嘴的。"

"很好。"她说。

"你不用再担心我拖后腿了。"大卫说。

"我知道不用，"她说，"但是不代表我不会担心。你会做好你该做的，但是不代表如果你越了界，我就不会打得你鼻青脸肿。"

"格蕾丝，你不要老这样。我已经答应了，没问题的。"

她轻轻推了他一把。"走吧，我们进屋，让他们知道我们回家了。"

"嗯。"

他推开车门，两人一起走向门廊。他们的妈妈在他们走到最后一级台阶时，已经替他们打开了门，霎时间，格蕾丝闻到了烘烤香蕉面包的香味从里面飘出。

娜塔莉亚推开了祖父母公寓的大门，走了进去。她并没闻到屋里的炉子和烤箱传来任何香味，但这也没关系——她只想要拥抱亲人。所以当她在门口看到祖母的时候，她立刻张开了双臂，用力抱住了她。好在她的祖母是个强壮的女人，还可以承受这股大力。

"见到你真的太好了，娜塔莉亚。"祖母说，"见到你太好了，我们一直都在想你回来。你现在可以从学校搬回来住了？"

"嗯，是的。"娜塔莉亚说，"我再也不走了。"

"你在学校里做得怎么样？"

娜塔莉亚微笑道："我做得很好。"

"那他们为什么送你回来？"

"他们把所有人都送回来了。"娜塔莉亚说,"他们终止了那个项目。"

"那太糟糕了。"

他们走进起居室,她祖父正坐在躺椅上读报纸,眼镜耷拉在鼻尖上,娜塔莉亚好奇这眼镜竟没滑下来。

"娜塔莉亚!"祖父说着,把报纸叠起来放在一边。

她奔向祖父的怀抱。"你好呀,爷爷①。"

"学校发生了什么?他们为什么送你回来?"

"没什么,"她说,"那只是一个临时项目。现在这个项目结束了。"

"这样啊,"祖父从眼镜边框探出眼睛来,"其实对于他们来说,你太过优秀了。听到了吗?不要担心呀。"

娜塔莉亚微笑道:"我不担心。"她说着,用胳膊环住祖母。"有很多事情,我现在学着不去担心了。"

欧文在离他外祖父母的房子两个街区远的地方下了车。他想仔细思考一番进门时该说什么。他们一定会认为他是离家出走,这样问题就来了。他们会凭空生出质疑和猜测,欧文知道他们会怎么想,也完全能理解。

他外祖父大概想开车载他兜一圈,请他吃个冰激凌,看看能不能从欧文嘴里套出一些他不会告诉他妈妈和外祖母的事情。他妈妈也会出于相同的原因,晚上来到欧文的房间。但说实话,欧文不会跟他们多说一个字。

之前他声称自己要外出寻找父亲案件的真相。

---

① 原文为 Dedulya,俄语中表示对爷爷亲昵的称呼。

现在他们想知道他去了哪儿,有没有什么新发现。

他会告诉他们,他一无所获,没找到任何有价值的情报。门罗履行了他的承诺,允许欧文进入他父亲的记忆,但最终,欧文还是决定放弃。如果他这么想要这些问题的答案,那么这答案对于他就太过沉重了。所以无论答案是什么,欧文都决定不再求索到底了。

他想接受自己不知道真相的现状,他想接受那个最坏的结果:他父亲也许犯下了以赛亚曾经说过的罪行,但是欧文同时希望他父亲没有做过。这就是最奇怪的地方,答案永远悬而未决。但欧文想,这或许是最好的结果。他认为父亲也会这么想的。

最后,他漫步来到外祖父母家门前,拧了一下门把手,但是门上锁了。于是,他深吸一口气,敲了敲门。

他回家了。

最后,哈维尔锁上房门,独自一人坐在卧室里。

他妈妈花了好几个小时才平静下来,但是最终还是接受了这个事实——她的儿子拒绝谈论他这段时间去了什么地方。哈维尔知道,她并未就此放弃,但至少,短时间内,她决定尊重哈维尔的隐私。他兄弟也不准备就此打住。他爸爸呢,则打算放手让他妈妈和哥哥来慢慢询问他,虽然他自己其实也想知道。

大部分时候,他们只是庆幸他的平安归来。之前那段时间,他们有点过度担心,但是哈维尔也很理解。坦白讲,确实有很多对他来说不甚安全的地方。不过现在情况也变得越来越好了。

他坐在床上看着两个东西:第一个是格里芬给他的瓷制袖剑,第二个是一串手机号。

他没有主动问门罗要这串电话号码,但是门罗还是给他了。门罗告诉他,这件事情千万不要告诉维多利亚。只有在哈维尔知道他想干什么,他想成为什么样的人的时候,这串号码才能使用。

他又看了看刺客护腕,然后把它卷起来,放到床下的鞋盒里。他记住了那串电话号码,然后将那张纸撕掉了。哈维尔在周围所有人中记忆力最好,现在这串号码已经刻在了脑海中,他永远也不会忘记了。他不知道接这个电话的人会是谁,但是他有个绝好的主意,如果某天他下定了决心,他大可一试。

但是在他的内心深处,他知道这都不是问题。

问题在于,什么时候。

肖恩坐在等待室里,翻着一本他随手拿来的无聊杂志。他和接待员已经完成了常规交接,他告诉她学校里一切都好,这样他自己也可以感觉好一些。然后她回去继续接电话,而肖恩把轮椅推到了两把椅子之间更开阔的地方。

在他翻到杂志的最后一页之前,门开了,维多利亚叫了他一声。

"很高兴见到你。"她说。

他把杂志合在旁边的椅子上。"我也是。"

她拉开门,待他推着轮椅过去,便引着他穿过市中心阿布斯泰戈的办公室,来到一扇门前,门上标着她的名字。她打开门,让肖恩的轮椅进去。

维多利亚坐在一把白色皮沙发椅上,一条腿搭在另一条腿上,十指交叉,抱着膝盖。"这周出现过什么幻觉吗?"

肖恩摆正自己的轮椅面对她,停在离她六英尺远的地方。"没有。"

"那听觉上呢?"

"在我渐渐入睡之际,我还是能听到一些声音。但是我无法像以前一样，让它们完全消失。"

"这也同样意味着它们正在消失。"

"希望如此。"

她拿起平板电脑点了几下。"你的神经系统确实有进步，它们基本已经回到了正常的参数。你有没有做冥想练习？"

"做过。除非我忘记了。"

她皱了皱眉，不过那看上去更像是在微笑。"那么，你多久忘记一次？"

"哦，也就工作日和周末。"

"肖恩，你知道冥想练习有多重要。"

"我知道。"冥想练习对于肖恩身体和意识联系的恢复有帮助，尽管原则上他每天需要做三次，每次需要做二十分钟，但他并未感觉到明显的效用。他觉得自己比起之前已经好多了。

"一旦你完全恢复，"维多利亚说，"我们就可以让阿布斯泰戈重新开始制作你的义肢，快了。"

"我知道。"

她看着他，用手写笔戳着嘴唇，然后把平板电脑放到一边。"你难道不想要一对能帮助你行走的义肢吗？"

"我当然想要。"他说。能再次行走当然很好——怎么可能不好呢？这肯定比推着轮椅走路更加方便。有很多地方都因为坐着轮椅而去不了，比如某些未达标店铺和饭店。

"那你现在是怎么回事？"维多利亚问道。

"我……"肖恩耸耸肩，"我想我只是不那么着急。"

维多利亚点点头。"我就当这是你恢复得越来越好的标志了。你会很快变回原来的自己的。"

"不，"肖恩说，"我会变得更好。"

门罗曾经消失过一次，所以他也可以再次消失。崛起计划的工作还未完成，但是他不能再寻求与圣殿骑士团或是刺客兄弟会的合作了，他们永远也理解不了自己的理念。他将自己一个人走完接下来的路，就像他遇到欧文和其他人之前那样。

他开着偷来的阿布斯泰戈汽车，行驶在高速公路上，车的前灯照亮了前方的黑暗，车的后座安放着Animus的核心以及伊甸三叉戟的残骸，这也是他窃取的。娜塔莉亚坚称所有能量都从伊甸园碎片中消失了，但是门罗不相信所有圣器的秘密都已随之消弭，他打算继续研究一番——在找到安全据点之后。

他也深信，自己和这些青少年的故事并未完全终结。至于三叉戟，还有他们DNA中的秘密，门罗才刚刚揭开冰山一角。

但现在，该让他们好好休息一番了。

还有，一如既往，还他们自由。